# TORMENTA DE FURIA

## SEVER ESCUADRÓN

### LIBRO 6

A.R. KNIGHT

## PRESENTACIONES

El sistema minado a cielo abierto tenía poco que ofrecer. Su objetivo, Aurum Tres, apareció en el parabrisas del *Prisa*. Una lejana estrella azul lanzaba su luz más allá de la nave del Sever Escuadrón mientras se acercaba, iluminando el planeta y revelando su superficie amarillenta y marrón. Líneas más oscuras y borrosas se movían por la tierra, como manchas vivientes desfilando sobre un papel.

—Tormentas masivas —señaló Eponi, sentada en la silla del piloto—. Nunca es divertido correr en esas condiciones.

—Ni luchar —respondió Aurora, en el asiento del copiloto junto a Eponi.

Ambas tenían sus tazas de café rebosantes, despertando al primer día en meses que realmente importaría. Los trajes de piel —el de Eponi de un suave dorado, el de Aurora de un rojo sangre— las ceñían, permitiendo un rápido acceso a la armadura de poder. El brazo izquierdo de Eponi ya no tenía el yeso, el hueso roto se había regenerado por sí solo. La mano izquierda de la piloto tamborileaba sobre su muslo, ansiosa.

Nervios oxidados. El costo de unas vacaciones.

No es que Sever tuviera muchas opciones. Por mucho que Aurora hubiera querido perseguir a la agente Vana hasta este mundo, Sever había dejado Gillane Cuatro maltrechos y agotados. Los combatientes apenas habían dormido, habían estado bajo los efectos de la adrenalina y cualquier otra cosa que pudiera mantenerlos funcionando durante días. Quemaduras de láser, conmociones cerebrales, cortes de cuchillo y cosas peores necesitaban atención.

Pero, después de más de cien días dedicados a recuperarse, reparar y realinear a su escuadrón con su misión y su lugar en una galaxia que ahora veía a Sever como un grupo que debía ser detenido o destruido, Aurora sintió que habían esperado lo suficiente.

Más importante aún, Deepak, el almirante de Defense-Corp y tal vez algo más que amigo de Aurora, había enviado el mensaje diciendo que era hora.

Vana, la agente de DefenseCorp que dirigía un programa para diseñar trajes de armadura de poder casi invisibles junto con soldados mejorados genéticamente, había decidido defender sus afirmaciones y reunir a los líderes de DefenseCorp en un solo lugar. Allí, según Deepak, Vana convencería a los líderes de la masiva compañía que abarcaba la galaxia para que siguieran el plan, creando una nueva fuerza que no tanto manejaría contratos de ayuda como dejaría caer un manto férreo sobre la civilización.

Después de todo, ¿quién podría luchar contra un enemigo que podría estar en cualquier parte?

—Podríamos habernos quedado —dijo Sai, el padre residente y maestro de espadas de Sever. Su voz llegó por el intercomunicador del *Prisa*, procedente de la torreta derecha de la nave—. El dinero era bastante bueno.

La estación, un punto central de libre albedrío en un gran cúmulo de asteroides, había ofrecido a Sever un contrato permanente para proporcionar seguridad. Aunque a Aurora no le habría importado golpear a mineros borrachos por un salario estable en los confines de la galaxia, ya había desempeñado ese papel una vez y había visto cómo DefenseCorp llegaba y les arrebataba el trabajo.

—¿Cuánto crees que duraríamos antes de que los nuevos juguetes de Vana nos lo quitaran? —Rovo, el experto en comunicaciones del escuadrón y tercer ocupante de la cabina, habló por Aurora—. Nos aburriríamos, y luego estaríamos muertos.

Rovo tenía sus propias motivaciones para atacar a Vana. Todo Sever las tenía. Esa sensación tirante y ardiente se sentía mal dentro de Aurora: la venganza no solía ser un problema, porque los enemigos de Aurora tendían a morir mucho antes de convertirse en un problema persistente. Vana, sin embargo, continuaba escapando, torciendo las peleas para que no fueran simples etiquetas láser hasta que un lado quedara humeando en el suelo. Como bloques que se apilaban en una torre enfurecedora, Aurora había pasado el tiempo de recuperación en la estación reuniendo todas las razones por las que necesitaba convertir a Vana en cenizas.

Y ahora, habían llegado.

—Dime que estoy viendo cosas —dijo Eponi, asintiendo hacia el cristal.

Nuevas imperfecciones cruzaban la superficie del planeta mientras el *Prisa* se acercaba. Lo que había parecido manchas, borrones normales a lo largo de un paisaje visto desde lejos, se resolvió en un enfoque más nítido. Las líneas borrosas se convirtieron en bordes rectos asociados con máquinas hechas por el hombre. Una o dos podrían haber significado las propias fuerzas de Vana, pero a medida que el *Prisa* se acercaba más, esos puntos seguían apareciendo y creciendo.

—No solo se trajeron a sí mismos —dijo Aurora, sin querer creerlo—. Realmente trajeron también a sus comandos.

—Eso va a quemar muchos contratos —añadió Rovo, como si decirlo aquí convencería a todos esos almirantes de volver a saltar a sus naves y regresar a casa.

—DefenseCorp debe estar perdiendo mucho dinero por esto —concordó Eponi—. Mira todos estos cruceros. No lo entiendo.

Aurora se sumió en el silencio, armando tanto una respuesta como una inspiración—. Están aquí porque quieren una parte. Vana está publicitando trajes *y* una mejora genética. No puedes conseguir una dosis para tus soldados si están al otro lado de la galaxia. Pero también significa que tenemos la audiencia que estamos buscando.

—¿Los almirantes? —preguntó Rovo—. ¿No sabíamos que estarían aquí?

—No ellos. Todos los soldados. El personal. Los pilotos y los mecánicos. Si podemos mostrarles lo que Vana está planeando, lo que este virus realmente hará, DefenseCorp no podrá ocultárselo a tanta gente. No como lo hicieron con Dynas.

Aquel planeta, con sus experimentos secretos, había escapado a la atención de la galaxia. Sever Escuadrón había sido enviado en una misión de rescate fallida al supuestamente deshabitado mundo, solo para encontrar un proyecto putrefacto que convertía a sus sujetos en alimento para una enfermedad voraz. Alimento enojado y destructivo, pero alimento al fin y al cabo.

Solo con frío extremo Sever Escuadrón había logrado erradicar la enfermedad antes de que los reclamara a todos.

—Creo que te estás saltando un paso, capitana —dijo Eponi—. Vamos a aparecer en un montón de sensores en unos minutos, y no puedo imaginar que vayan a ser amistosos.

—¿Estás diciendo que no le caemos bien a la gente? —preguntó Rovo.

—Yo pensaba que todo el mundo adoraba a la capitana —dijo Sai.

Aurora hizo una mueca. El sarcasmo de Sai tenía algo de verdad. El nombre de Aurora, el nombre de Sever Escuadrón, sería conocido por muchos en ese enjambre que tenían delante. Cuando el *Prisa* apareciera en sus escáneres, todos esos cruceros, esas fragatas, esos cazas averiguarían quién pilotaba la nave. Cuando lo hicieran, todas las misiones que Sever Escuadrón había pasado estrellándose en el corazón del enemigo para salvar los activos y los traseros de DefenseCorp podrían valer algo.

O, cuando el sistema de monitoreo del *Prisa* emitió un agudo pitido, tal vez no.

—Parece que se acabó la diversión, chicos —bromeó Eponi—. Estamos recibiendo señales hostiles. Bloqueos de misiles, radares de alcance, toda la cosa. Última oportunidad para dar la vuelta, Aurora.

—Ya sabes la respuesta.

—Lanzándonos de cabeza, con las armas en ristre —confirmó Eponi—. Eso es lo que me encanta de esta tripulación. No importa lo sombrío que parezca todo, seguiremos disparando hasta que cambien las probabilidades.

—Ahí hay un lema en alguna parte —dijo Sai—. Eponi, ¿cuál es nuestra asignación?

—Vas a tener justo lo suficiente para jugar —respondió Eponi—. Los motores y los escudos se llevan todo lo demás. Esto no es una pelea, es una carrera.

Aurora se recostó en el asiento, mirando todas las naves dispuestas alrededor del mundo elegido por Vana. Eponi dirigió el *Prisa* hacia el nudo más flojo que aún les diera una carrera directa hacia la superficie. La piloto tenía amplias opciones: esto no era una flota cohesionada de DefenseCorp esperando un ataque, sino un guiso de oficiales, con cada comandante individual decidiendo dónde estacionar sus naves mientras descendían a la roca.

Hmm. Aurora podría usar eso.

—Eponi, dame un canal de transmisión —dijo Aurora.

—¿Te apetece dar un discurso?

—Algo así.

La consola de Aurora emitió un pitido, cambiando la pequeña pantalla a una amplia lista de objetivos en verde. Aurora podía tocar los nombres de las naves para eliminarlas de la transmisión, pero no iba a tener favoritos.

El café se había entibiado, pero el líquido calmaba su garganta nerviosa. Aurora podía liderar a mil tropas hacia las fauces del enemigo sin pestañear, pero ¿dar un discurso audaz ante miles, quizás millones? No, gracias.

Las cosas que hacía por el Sever Escuadrón.

—Llamando a las naves de DefenseCorp —comenzó Aurora, dejando que el inicio rutinario la preparara para lo siguiente—. Aquí el Sever Escuadrón y su comandante, enviando un aviso de que estamos atravesando su perímetro en ruta hacia la superficie. —Un respiro. Aquí venía el juego —. A pesar de lo que sus sistemas puedan indicarles, se nos ha concedido un paso único. Si nos disparan, se disparan a sí mismos.

Palabras audaces, palabras ridículas. Una afirmación que cualquier oficial competente descartaría con una carcajada y ordenaría a sus soldados abrir fuego al siguiente instante.

Excepto que cada nave apuntando al *Prisa* en este momento tenía a sus suplentes al mando. Líderes que no tenían todos los detalles, que no tenían el rango ni la responsabilidad para decidir si una nave solitaria que se aproximaba debía ser amiga o enemiga.

—¿Está funcionando? —preguntó Aurora en el silencio.

—Aún estamos en la mira —respondió Eponi—, pero nadie ha apretado el gatillo todavía.

—Voz de miel, siempre lo digo —añadió Rovo—. Todos confían en ti.

Aurora deslizó el dedo alejándose de la transmisión y miró los escáneres. El *Prisa* ganó velocidad mientras Eponi aprovechaba la vacilación, desviando más energía de las armas de la nave hacia sus motores hambrientos. Los escáneres mostraban largas fragatas ovaladas naranjas, puntos rojos de cazas y círculos gordos de cruceros. La mayoría se desplazaba hacia la ruta de entrada del *Prisa*, pero todos mantenían también su distancia entre sí. Sin estrategia coordinada.

—Mira todo esto —dijo Eponi—. El *Nautilus* siempre vuela solo. Olvidamos para quién trabajamos.

—Trabajábamos —aclaró Aurora, pero no podía negar lo que veía.

Fuera, con las luces de navegación ya visibles, los cascos que componían el arsenal de DefenseCorp se recortaban en la vista desde todos los ángulos. Enormes motores muchas veces más grandes que el del *Prisa* se iluminaban con brillos que iban desde un suave amarillo hasta un azul feroz y ardiente. Los cascos metálicos pasaban por arriba y por abajo, y Aurora podía distinguir las torretas giratorias moviéndose para seguir la nave de Sever mientras pasaba.

—Amigos izquierda —dijo Gregor, el propio casco viviente de Sever. Atrapado en la torreta izquierda del *Prisa*,

Gregor había estado más callado desde Gillane Cuatro, eligiendo usar sus limitadas palabras con cuidado, como si cada una arriesgara traicionar alguna emoción, alguna grieta en la armadura del hombre—. ¿Disparar?

—Mantén los dedos lejos de los gatillos —dijo Aurora, aunque luchó por ocultar un respingo cuando los amigos de Gregor, un trío de cazas, pasaron volando junto a la cabina. Las naves ondulantes, un borde delgado rebosante de cañones, se aseguraron de que el *Prisa* supiera que moriría de mil maneras si algo cambiaba—. No ayudamos en nada si nos enfrentamos aquí fuera.

Todos aquellos oficiales que Aurora había escuchado estarían comprobando, tratando de confirmar, con sus comandantes. La propia Vana probablemente se enteraría pronto. Uno de ellos volvería, ordenaría destruir a Sever Escuadrón.

El misterio sería cuándo.

—¿Viene Deepak? —preguntó Rovo.

—¿Por qué es eso relevante ahora mismo? —respondió Aurora.

—Supongo que no lo es, pero estamos volando —dijo Rovo—. No hay mucho que pueda hacer, así que, eh, ¿pensé en hacer una pregunta?

Aurora lanzó una ceja levantada por encima del hombro al novato. Eponi, sin embargo, parecía concentrada en mantener la *Prisa* en su ruta, señalada por una flecha verde translúcida que guiaba a través de la flota hacia la superficie de Aurum Tres, y ni Sai ni Gregor tenían otra actualización en camino.

—No lo sé —Aurora dio la única respuesta que tenía.

La conversación había sido dolorosa. El parque en Gillane Cuatro, cuando Deepak dijo que Sever Escuadrón sería un objetivo para siempre a menos que ocurriera un milagro. A Aurora no le importaba que le dispararan, pero debajo de la advertencia de Deepak venía una segunda verdad más dura: los dos, en el corto tiempo entre la insurrección del *Nautilus* y los combates en Gillane Cuatro, habían reavivado las brasas latentes. Esas chispas se habían apagado en ese parque, y desde entonces Deepak solo había enviado consejos fríos.

—Tal vez deberías ver si está cerca —dijo Rovo—, porque si esto sale como esperamos, apuesto a que no tendremos muchos amigos en este grupo.

—Él sabe dónde estamos —dijo Aurora.

—Bien —intervino Eponi—. Esos bloqueos están empezando a calentarse...

—¡Misiles disparados! —gritó Sai—. ¡Eponi, dame algo de potencia o estamos acabados!

Aurora se inclinó hacia adelante, deslizando el dedo hacia el escáner mientras Eponi lanzaba la nave en un giro en espiral, apuntando hacia el planeta. Aurora deseó haber tomado una de las torretas, deseó poder hacer algo más allá de observar cómo la muerte venía por su nave y su tripulación.

Pero Aurora tendría que esperar hasta que aterrizaran.

Entonces, entonces obtendría su cuota.

## JUEGOS DE ARTILLERÍA

Sin duda, la muerte inminente restaba mucho a la espectacular vista. Desde el parabrisas de su torreta, Sai admiraba las naves agrupadas, sus enormes estructuras mezclándose de manera estratégicamente terrible pero fotográficamente hermosa mientras oficiales disparejos y pilotos aburridos maniobraban por posicionarse. Cruceros masivos más grandes que el *Nautilus* apartaban a las fragatas más pequeñas y grupos de corbetas como una piedra que ondula el agua. Luces de todos los colores transmitían intenciones, creando halos punteados en la oscuridad.

Toda la escena se volvió dentada cuando las explosiones blancas y ardientes estallaron contra esas magníficas naves. Los cohetes se encendieron, los detonadores indicando a las baterías que lo dieran todo y se lanzaran hacia Sever Escuadrón y su nave.

La primera andanada surgió de una corbeta cercana, una nave no mucho más grande que la *Prisa* pero erizada de armas. Con forma de moneda, los lanzamisiles de la corbeta formaban una corona en su lado superior, cada uno escupiendo un pequeño proyectil por turno. La velocidad de la nave dejaba atrás las nubes de humo, una señal nebulosa de que el ataque estaba en marcha.

Sai tocó la consola cerca de sus manos, cambiando la configuración de la torreta a disparo de dispersión. La corbeta se acercaba desde su lado y, después de gritar la alarma de aproximación por el comunicador, Sai giró la torreta y apretó el gatillo, esperando que Eponi le hubiera dado algo de energía para jugar.

La piloto no decepcionó a Sai, y la torreta de la *Prisa* estalló como un fuego artificial barato. La luz ardiente explotó por todas partes en la dirección de la torreta, los espejos de enfoque en los cañones de la torreta girando a una velocidad ridícula para enviar rayos en un amplio campo. Serían demasiado débiles para perforar el casco de cualquier nave, no harían mucho contra los escudos a menos que Eponi volara lo suficientemente cerca como para que Sai besara el objetivo. Pero contra un misil fino como el papel...

Si los cohetes soltaban humo blanco al lanzarse, estas cosas explotaban incandescentes. Cada misil venía empaquetado con diferentes objetivos en mente, desde un azul chispeante para inutilizar la electrónica hasta un rojo rosado para el calor y un amarillo soleado para el sónico. Defense-Corp dependía de abrumar cualquier resistencia con un asalto variado, y Sai tachó cada color de la lista en su cabeza.

Doce cohetes en una descarga, y Sai solo respiró cuando vio doce explosiones. Los misiles habían hecho lo que los misiles hacen y volaron directamente hacia la *Prisa*, justo en medio de las ráfagas dispersas.

—Como en los viejos tiempos —dijo Gregor por el canal privado de torreta a torreta, diseñado para mantener sincronizados a los artilleros sin molestar al piloto.

—Un escenario un poco diferente.

Sai y Gregor, junto con Aurora, solían ocupar las posiciones de artillería en cualquier descenso de naves de desembarco hacia zonas de guerra. Los dos habían derribado más misiles de los que Sai podía contar. La experiencia evitaba que el miedo que le apretaba las entrañas rompiera la concentración de Sai.

Eso no significaba que no fuera a pedir algo fuerte esa noche.

Suponiendo que hubiera una noche después de todo esto.

Eponi impulsó la *Prisa* hacia adelante, acelerando hacia la atmósfera del planeta. Sai vigilaba en busca de más misiles, pero la corbeta cambió de opinión y contuvo sus lanzadores de una segunda descarga.

—¿Tienen miedo? —preguntó Sai.

—Cambian de táctica —respondió Gregor—. Cazas, ambos bandos.

Volviendo la torreta a su configuración de disparo estándar, Sai frunció el ceño ante la energía que le quedaba. Eponi tenía a la *Prisa* enviando su energía a los motores, con un poco de sobra para los escudos, dejando una mínima concesión para Gregor y Sai.

—Eponi —dijo Sai por el canal general de la nave—, si quieres que juguemos a la defensiva, vas a tener que darnos algo más.

—No puedo dárselos —replicó Eponi, como si Sai y Gregor estuvieran pidiendo caramelos.

—No dispararemos contra naves de DefenseCorp —intervino Aurora, su voz de acero no admitía disensión.

Pero la capitana no estaba en la silla de Sai, no tenía la vista de Sai mirando seis cazas alineándose para hacer pasadas que, en conjunto, convertirían a la *Prisa* en poco más que cenizas ardientes.

—Aurora, estamos atacando a los altos mandos de DefenseCorp en un planeta que ellos controlan —dijo Sai, asumiendo esa disensión porque nadie más podía. Nadie había servido con Aurora por más tiempo, nadie entendía mejor que él cómo pensaba ella—. Ya van a estar lo suficientemente enfadados con nosotros.

—No lo haremos. Distráelos. Desoriéntalos. Una vez que entremos en la atmósfera, habremos aterrizado antes de que puedan hacernos daño.

Antes de que Aurora terminara de hablar, los primeros láseres destellaron desde los cazas hacia la *Prisa*. Eponi sacudió la nave en otra maniobra, una de una serie interminable que nunca parecía repetirse. Los primeros disparos salpicaron contra los escudos de la *Prisa*, desvaneciéndose contra la barrera de energía. Los rayos siguientes pasaron quemando, sin golpear absolutamente nada.

El silbido de Gregor se oyó por el comunicador mientras Eponi invertía el giro ascendente, retrocediendo justo cuando los cazas se lanzaban tras su primer movimiento. Sai tuvo que estar de acuerdo con el hombre del martillo: el vuelo preciso de Eponi les compraba segundos, y en un juego de minutos, eso podía marcar la diferencia.

—¿Encuentros cercanos? —dijo Sai, usando el canal de la torreta.

—Es la única opción —coincidió Gregor.

Con los dedos en los gatillos, Sai actuó siguiendo la orden de desorientación de Aurora. Disparó, enviando ráfagas amarillas que surcaron hacia los cazas. Apuntó con amplitud, justo al lado de donde estarían los cazas, para que los disparos fallaran. Los cazas reaccionaron, separándose de sus trayectorias de disparo rectas para realizar bailes y picados. La formación se rompió mientras Sai y Gregor enviaban su fuego inofensivo a los huecos entre los enemigos, donde los cazas habían estado en lugar de donde iban a estar. Mientras los láseres de Sai no tocaran un escudo o rebotaran en un casco, los cazas no sabrían que no estaban en peligro real.

—Pensarán que somos los peores artilleros de la historia —dijo Sai, trazando una línea abrasadora a través del escape de iones azules de su objetivo.

La risa despreocupada y llena de alegría maniática de Gregor resonó en respuesta. Ese hombre nunca encontró una batalla que no amara, sin importar lo que estuviera en juego o las probabilidades. Tal vez era una libertad que venía con no tener ataduras, ya que Sai nunca había visto a Gregor hablar de una familia o un ser querido. Sin nada que perder, Gregor disfrutaba todo esto.

La consola parpadeó, llamando la atención de Sai. La *Prisa* entró en la atmósfera, y el sistema advirtió a Sai que sus disparos podrían desviarse ligeramente debido al aire denso. No es que Sai necesitara que la consola se lo dijera: la repentina reaparición de la gravedad hizo que Sai cayera hacia arriba, presionando contra sus ataduras. La sangre se le subió a la cabeza, solo para desaparecer cuando Eponi hizo girar la *Prisa* a una mejor posición.

—Lo siento por eso —dijo Eponi—. Las cosas están un poco locas ahora mismo.

Pero no tan locas como podrían estar. El farol de Gregor y Sai hizo que los cazas fueran cautelosos, con sus aproximaciones lentas y desde ángulos extraños. Los pilotos no tenían forma de saber que las torretas de la *Prisa* tenían tanta energía letal como las miradas furiosas de Sai, y volaban con cuidado. ¿Por qué arriesgarse cuando el objetivo parecía estar zambulléndose directamente en una trampa mortal?

—Parece que los asustamos —dijo Sai.

—Demasiado bien —respondió Gregor.

A través del parabrisas de Sai, el espacio negro se volvió púrpura y naranja, con llamas lamiendo el exterior mientras la *Prisa* irrumpía en la atmósfera del planeta. La nave se sacudió y corcoveó, su estructura ajustándose mientras el peso, el calor y todas las leyes de la física cobraban su precio. Sai aflojó la torreta —de todos modos no podía apuntar con tanto rebote— y observó cómo los cazas mantenían su distancia.

Demonios, esos pilotos eran unos cobardes por mantenerse tan atrás.

—Estoy recibiendo una transmisión entrante —dijo Aurora—. Manteneos en silencio.

Sai ladeó la cabeza hacia nadie, sorprendido. Aurora podría haber mantenido la transmisión en privado, o simplemente reproducirla en la cabina. Si quería transmitirla por el canal abierto, debía ser de alguien importante.

—Aurora, realmente deseaba que nunca volviéramos a vernos —dijo una voz que retorció las entrañas bastante calmadas de Sai en nudos de ira. Vana, la agente de DefenseCorp detrás de toda esta basura—. Sin embargo, parece que has venido a estropear mi fiesta.

Sai imaginó el rostro de Vana en esas llamas parpadeantes fuera de su ventana. La mujer había tomado a Sai como rehén, brevemente, en Gillane Cuatro. El espadachín había pasado una noche bajo su terrible custodia, soportando sus interminables peticiones para que abandonara el Sever Escuadrón y cambiara de bando. Cuando se negó, Vana en su lugar había sondeado en busca de debilidades, había indagado sobre lo que Sai más temía.

Esa noche, por primera vez en su vida, Sai se negó a pensar, a decir algo sobre su familia. Los agentes sabían cómo leer un rostro, leer los ojos, y si Sai revelaba el secreto de su corazón, sabía que Vana los encontraría. Ella alcanzaría a través de toda la galaxia y arrastraría a su esposa, a sus hijos a sus experimentos.

Lo peor de todo, Vana no se reiría mientras lo hacía. No prometería alguna revolución audaz como Renard, su difunto socio. No se carcajearía como Anaskya, la científica detrás de la enfermedad que Vana buscaba propagar, quien obsesionaba con cada oportunidad de probar sus juguetes en nuevos sujetos.

No, Vana mataría a la familia de Sai porque eso haría más difícil que Sai continuara. Un cálculo, hecho para mejorar la posición de Vana, y nada más.

—Así es —respondió Aurora—. ¿Por qué no nos lo pones fácil y vienes a saludar?

—Desafortunadamente, estoy ocupada —dijo Vana—. Quizás hayas notado que tengo algunos invitados. Ellos preferirían que no interrumpan nuestro evento, pero tengo una mejor idea.

—¿Me atrevo a preguntar?

—Oh, ni te molestes —dijo Vana—. Estoy segura de que entiendes que una demostración es un espectáculo mucho mejor que un discurso. Abriré una bahía para ustedes. Por favor, vuelen con cuidado.

La transmisión se cortó. Afuera, los incendios se extinguieron, reemplazados por un cielo espeso y bronceado. El parabrisas atrapó polvo dorado, sus partículas se adherían a las grietas y brotaban sobre el cristal. Sai se reclinó en la torreta, dejando que sus manos se relajaran.

—Está cometiendo un error —dijo Gregor a toda la nave —. Dejarnos aterrizar es una mala táctica.

—No somos el objetivo —respondió Aurora—. Ella necesita que DefenseCorp la respalde. ¿Qué mejor manera de lograrlo que destrozar a uno de sus escuadrones de élite?

—En Helix, despedacé a esos monstruos infectados —dijo Sai—. No fueron tan terribles. Tampoco lo fueron los agentes en Gillane Cuatro. Creo que podemos con esto.

—Números, Sai —intervino Rovo—. Tu katana puede ser afilada y todo, pero mira esta cosa. Es enorme. Debe tener miles ahí dentro.

Sai se inclinó hacia adelante, tratando de mirar hacia abajo y sin ver nada más que polvo. Echó un vistazo a su consola, el escáner mostraba que los cazas se habían retirado por completo. Sin amenazas, entonces.

—No puedo ver nada desde aquí abajo —dijo Sai—. Parece que están retirando la persecución también. ¿Les importa si intervenimos?

—Cambia con Rovo —dijo Aurora.

Un movimiento inteligente, y el novato no objetó. Mientras la *Prisa* descendía cada vez más, Rovo apareció en el nicho de la torreta de Sai, y los dos intercambiaron lugares. Pasando por el estrecho pasillo que conducía a la mitad trasera de la *Prisa*, similar a una columna vertebral, Sai trepó por la pequeña puerta hacia la cámara central de la nave. Aunque se dirigían hacia una trampa mortal, Sai no pudo evitar una sonrisa al ver lo que Sever había hecho con su nave.

En los cien días pasados en la estación fronteriza, Eponi y Rovo, seguidos pronto por los otros tres, habían añadido sus propios toques a la *Prisa*. Lo que había sido una eficiente mezcla de metal ahora lucía recuerdos, eslóganes pintados para cada Sever, y sus nombres tallados. Debajo del de Sai estaban también los de su familia, grabados para siempre en la pared del fondo.

Las escaleras a su derecha y al frente conducían hacia

abajo y arriba, a la rampa de abordaje y los camarotes de la tripulación, respectivamente. Sai no tomó ninguna de las dos, en su lugar fue a la derecha y se unió a Eponi y Aurora en la cabina.

Ninguna necesitó señalar hacia dónde se dirigían. Ninguna necesitó resaltar un punto en el vasto desierto dorado-marrón de abajo. Extendiéndose por el suelo como una araña industrial, su objetivo brillaba en la luz diurna teñida de azul. Una estructura curva, cubierta de paneles solares, se ubicaba en el centro, con lo que parecían ser túneles inclinados que se sumergían en la tierra alejándose de ella. Esos túneles volvían a subir a la superficie en todas direcciones, desembocando en campos aplanados cubiertos con redes brillantes, edificios modulares que parecían como si alguien hubiera dejado caer bloques de acero brillante y los hubiera dejado donde cayeron, y donde debería estar la cabeza de la araña, una vasta plataforma de aterrizaje con naves de descenso por docenas.

Vana no solo estaba jugando con unos cuantos trajes, unos cuantos agentes enfermos. Había construido una fábrica para darle a DefenseCorp todo un nuevo ejército.

[ 3 ]

LOS CONDENADOS

Por mucho que disfrutara escupiendo fuego ardiente al espacio desde su torreta, Gregor saboreaba la adrenalina cuando su armadura de combate se ajustaba en su lugar. El traje, cubierto de placas que absorbían energía, entretejido con una malla capaz de resistir golpes y enviar la energía cinética absorbida a las botas propulsoras del traje, costaba un dineral que Gregor y su martillo recuperarían destrozando las fuerzas de Vana en pedazos.

El hombretón se erguía en el centro del *Prisa*, apreciando cómo las botas de bloqueo de la armadura lo sellaban al suelo. El descenso en picada de Eponi hacía que la nave zigzagueara, convirtiéndola en un objetivo difícil. Vana no parecía estar disparándoles, pero Aurora ordenó las maniobras evasivas de todos modos: no sería extraño que Vana engañara a Sever Escuadrón con un acercamiento tranquilo solo para destruirlos con un disparo repentino.

A su lado, Sai, también abandonando su torreta, se ajustaba su propia armadura. El dúo, Gregor con su martillo y Sai con su katana de diamante, lideraría el asalto desde el *Prisa* hacia cualquier caos que Vana les tuviera preparado. Los dos no encajaban exactamente bien —el martillo y la katana, ambos con su longitud, podrían chocar entre sí con sus movimientos—, pero se separarían en direcciones opuestas, deshaciéndose de cualquier chusma emboscada como olas mortales que arrasan la arena invasora.

Aurora y Rovo tomaron las torretas en su lugar, listos para manejar cualquier otra sorpresa en la bahía de aterrizaje. Incluso a baja potencia, los cañones de la *Prisa* contenían suficiente energía para chamuscar a un pobre desgraciado. Eponi, también, tenía el cañón central. Entre todos, podían desatar una rápida devastación a cualquier fuerza que los estuviera esperando.

—Están abriendo una bahía —dijo Eponi—. Al otro lado de la base, no en el recinto central. Su control de vuelo me dice que vaya en esa dirección. ¿Lo hacemos?

—¿Alternativas? —preguntó Aurora, las voces llegando a través del altavoz en el visor de Gregor.

Ese visor, también, se iluminó con más que las palabras de Aurora y Eponi. Cuando el sello se cerró sobre la cabeza de Gregor, aparecieron barras y gráficos que mostraban estadísticas a toda velocidad mientras el traje evaluaba rápidamente los signos vitales de Gregor y las funciones propias de la armadura, declarándolos todos óptimos. Como máquina destructiva, Gregor tenía el visto bueno para arrasar.

—Podríamos intentar abrir nuestro propio agujero —dijo Eponi—. Eso podría enfadar un poco a Vana.

—Estoy totalmente a favor —intervino Sai.

—Pero en nuestros términos —Aurora descartó la idea—. No conocemos la distribución, ni dónde está esperando Vana. Una vez que sepamos dónde está, entonces podremos recuperar la iniciativa. Sigue las instrucciones, Eponi, llévanos dentro.

—Como ordene, capitana.

Con la armadura de potencia cerrada sobre los brazos y piernas de Gregor, los diversos mecanismos del traje apretándose sobre las articulaciones de Gregor para asegurar un movimiento preciso, él alcanzó su martillo. El arma de metro y medio de largo terminaba en una gran cabeza cúbica inscrita con circuitos. Pequeños círculos unidos por líneas doradas capturaban la energía gastada en cada golpe y, según fuera necesario, la devolvían a través del impacto. Lo suficientemente fuerte como para destrozar el concreto, para atravesar una pared.

Para convertir a Vana en puro puré.

—¿Listos allá atrás? —llamó Eponi—. Diez segundos para el aterrizaje.

—Me siento afilado —respondió Sai—. ¿Qué hay de ti?

—Bien —dijo Gregor.

Los dos avanzaron, casi hasta la cabina. Gregor se paró al frente, con Sai apretujándose cerca. Adelante, más allá de los asientos vacíos de la cabina —salvo por Eponi en la silla del piloto— Gregor vio su objetivo previsto. La *Prisa* dio un giro largo y perezoso, estremeciéndose mientras sus motores principales se apagaban y transferían su potencia a los propulsores de maniobra de la nave.

Su bahía parecía una boca roja sobresaliendo de la arena marrón dorada que cubría Aurum Tres. Los granos fluían sobre la abertura, demostrando que la elección de Vana para el muelle de Sever no se había usado en mucho tiempo. La oscuridad se ocultaba detrás de la boca de metal rojo.

Eponi voló directamente adentro.

—La energía está configurada para escudos y armas —

anunció la piloto—. Rovo, Aurora, deberían estar listos para desatar toda la muerte que necesiten.

—Oh, hurra —dijo Rovo.

La *Prisa* entró a baja altura, la luz azul del día se filtraba detrás de la nave mientras se adentraba en la bahía. La primera vista de la base de Vana no reveló el metal duro, los suelos limpios y la eficiencia estéril que esperaban, sino una locura desatada.

La bahía en sí había sido diseñada para naves mucho más grandes que la *Prisa*, la entrada daba paso a una enorme extensión circular que parecía poder servir como muelle de carga para tropas que embarcaban hacia quién sabe dónde. Mientras la *Prisa* entraba y Eponi trataba de decidir dónde aterrizar, Sever Escuadrón contempló un mundo tan radical como jamás habían visto.

Los suelos de la bahía se arqueaban y ondulaban con escombros, pero no eran los desechos de un mundo abandonado. En cambio, la basura aquí había sido apilada en formas. Enormes construcciones hechas con bidones de combustible vacíos, tuberías oxidadas y contenedores de carga desechados se alzaban en el gigantesco espacio. El suelo mismo parecía haber sido utilizado como lienzo por mil pintores locos, cada uno dibujando con pinceles de su propia creación. Líneas en los púrpuras y negros de combustibles antiguos se arremolinaban bajo las luces de la *Prisa*, a veces formando rostros, mientras que a menudo se desvanecían en patrones indescifrables.

Entre esos colores oscuros se deslizaban brillantes rojos y azules, también manchas amarillas. Gregor no podía imaginar qué productos químicos se habían sacrificado para estos trazos, pero el conjunto ofrecía una sensación confusa y desorientadora. Gregor había visto demasiados planetas, demasiadas naves y demasiados alienígenas como para entrar en pánico ante las rarezas, pero el impulso de combate listo para golpear y aporrear se ahogaba bajo lo extraño.

—Voy a suponer que nadie sabe qué estamos mirando —dijo Rovo—. Honestamente, me está dando escalofríos.

—He visto muchas cosas raras en las carreras de karts —agregó Eponi—. Nada como esto. Definitivamente no con DefenseCorp. Es como si alguien hubiera celebrado una fiesta al final del mundo.

—Aterriza, Eponi —ordenó Aurora—. Encuentra un lugar y bájanos.

Como si confirmara la orden de Aurora, las fauces detrás de ellos, la única salida de Sever Escuadrón de vuelta a los cielos de Aurum Tres, se cerraron. Ninguna luz parpadeó. Solo la *Prisa* brillaba en la vasta oscuridad, esos armazones huecos luchando contra el resplandor con altas sombras.

—¿Cambiamos nuestra estrategia? —dijo Sai—. Porque esto no es lo que esperaba.

—El mismo plan —respondió Aurora rápidamente—. Vana va a jugar con nosotros. Dijo que necesitaba montar un espectáculo. Todo esto es solo un escenario. Una fachada.

—Parece muy antiguo para ser una fachada —dijo Eponi—. Miren todo el óxido aquí. Todos estos colores en el suelo. No hay manera de que Vana haya armado todo esto solo por si aparecíamos.

Gregor jugó con esa incómoda verdad, intentando emparejarla con alguna historia que hubiera escuchado antes, alguna explicación en todos los boletines de DefenseCorp que habían llegado a sus mensajes a lo largo de los años. No había forma de que una empresa tan centrada en las ganancias como DefenseCorp permitiera que una base tan grande como esta simplemente se desvaneciera, cayera en este desastre y la abandonara.

No había forma, a menos que, como Dynas, lo que sucedió aquí no pudiera salvarse.

—Bájanos, Eponi —dijo Gregor.

—¿Estás seguro de que quieres meterte en todo eso? —preguntó Eponi, y Gregor captó su nariz arrugada y su labio curvado en el reflejo del parabrisas de la cabina.

—Soy más aterrador que cualquier cosa que haya allá afuera.

—El hombre tiene razón —coincidió Rovo—. Yo digo que dejemos que el martillo golpee.

—Siento que no me están respetando aquí —murmuró Sai.

—Me alegro de que estés a mi lado —Gregor habría puesto su mano en el hombro del hombre si hubiera tenido espacio.

—¿No es eso lo más adorable? —dijo Eponi—. ¿Lista para partir, capitana?

Aurora no respondió, y Gregor podía adivinar por qué. Como el resto de ellos, Aurora quería una pista antes de aventurarse en la oscuridad. Ya fuera un mensaje de Vana incitándolos en una dirección u otra, o tal vez alguna luz, alguna chispa más allá que diera a Sever una idea de lo que les esperaba.

Cuando ninguna llamada llegó, Aurora dio la orden.

El ascensor secundario de la *Prisa* se precipitó hacia abajo. Diseñado para entradas y salidas rápidas sin la vulnerabilidad de bajar una larga rampa de abordaje, la plataforma circular golpeó el suelo pintado antes de que el cuerpo de Gregor se diera cuenta de que estaba cayendo. Dos postes conectaban el ascensor de vuelta a la cabina de Sever, pero nada más obstruía la vista a nivel del suelo.

Tampoco nada más interfería con los ruidos.

Vivir en el espacio, en las bases de DefenseCorp, había preparado a Gregor para ciertos sonidos de fondo. Los constantes zumbidos y crujidos mientras el oxígeno giraba a través de los recicladores, mientras los calentadores mantenían a raya el gélido abrazo del vacío. El eco de las charlas rebotando en los pasillos metálicos, o los ascensores anunciando sus llegadas y salidas. La sinfonía estándar de la vida.

Aurum Tres, o al menos este lugar, no se ajustaba a eso.

La brisa golpeó a Gregor primero. O más bien, golpeó su armadura de poder. El viento silbante resonó a través de las construcciones huecas, haciendo vibrar sus huesos metálicos y atravesando sus cuerpos tambaleantes. Algo tiraba del aire de un lado de la habitación al otro, un efecto inaudito para una base como esta.

Pero, quizás, no había bases como esta.

—¿Estás oyendo eso? —preguntó Sai, los dos trajes de armadura de poder conectando al espadachín con Gregor para que sus palabras fueran solo entre ellos y a ningún otro lado.

—¿El viento?

—Debajo de él. Como hojas, pero más pesadas.

Gregor se concentró, buscó más allá del silbido y encontró a lo que Sai se refería. Un profundo murmullo, casi como cien perros gruñendo bajo, sus tonos superponiéndose unos con otros. A diferencia del viento, este sonido venía de todas partes.

Rodeados.

—¿Les importaría bajarse de esa plataforma? —interrumpió Eponi—. Ustedes dos quizás estén en armaduras energéticas, pero el resto de nosotros estamos bastante, eh, expuestos aquí arriba.

—Lo siento —habló Sai por ambos, mientras abandonaban el elevador.

La *Prisa* absorbió la plataforma, dejándolos solos. Las luces de posición de la nave proporcionaban un halo, con sus tres patas de aterrizaje sirviendo como marcadores hacia lo desconocido. El visor de Gregor permaneció oscuro, sin detectar amenazas. Eso, al menos, significaba que no había rifles apuntándoles desde las profundidades.

—¿Elegimos una dirección? —preguntó Sai.

—Espera —dijo Gregor—. Estate listo.

—¿Por qué?

Gregor no respondió. En su lugar, levantó el martillo, se alejó de Sai y luego lo golpeó contra el suelo. El arma impactó el metal, lanzando chispas, pintura vieja y enviando un claro repique que reverberó por toda la amplia sala.

El murmullo desapareció por un largo momento.

—Los has asustado —dijo Sai.

—Espera —repitió Gregor, girando lentamente para mirar en todas direcciones.

Los aullidos comenzaron uno aquí, otro allá. Enojados, confusos. Otros se unieron al grito, algunos sonando claros, otros roncos, terminando en toses secas. Esto no era una manada de animales esperando para darse un festín.

—Se acercan —llegó la voz de Aurora—. Detecto movimiento en todos los flancos.

—Te lo dije —le dijo Gregor a Sai.

—Sí —dijo el espadachín, levantando su katana en una mano y la pistola en la otra—. Odio cuando tienes razón.

El visor de Gregor captó a la criatura antes que él. Una cosa que se arrastraba, moviéndose en cuatro, no, cinco extremidades mientras corría hacia Gregor. Brazos y piernas como un humano, pero una quinta, una cosa oscura y fluida, empujaba junto con el hombre. Gregor no pudo, ni quiso suprimir su propio gruñido ante la visión, ante una pesadilla que regresaba.

Felix, en Dynas, había tenido otros con él como este. Más virus que personas. En aquel entonces, Gregor había reventado una tubería de gas, enviando llamas abrasadoras a través de todo el grupo. Esta vez, tendría que hacerlo personal.

Gregor dio un paso hacia la criatura antes de que el enemigo desapareciera en un destello láser. La torreta de Aurora atrapó al monstruo, friéndolo hasta convertirlo en alquitrán hirviente en un flash cegador. Antes de que Gregor pudiera parpadear para superar la obliteración, la torreta de Aurora se iluminó de nuevo, encontrando e incinerando a alguna otra criatura que se acercaba en la oscuridad.

—¡A tu derecha! —gritó Rovo—. ¡Hay demasiados!

Gregor giró, balanceando su martillo con el giro. La cabeza del martillo erró el objetivo, pero el mango golpeó a la criatura mientras esta arañaba la armadura de Gregor con manos afiladas como garras por el virus y sus destructivos designios. El impacto envió al monstruo rodando hacia la derecha, pero Gregor no pudo seguir atacando ya que otro tomó el lugar de la criatura.

El hombre del martillo del Sever Escuadrón soltó su mano izquierda del martillo, echó el codo hacia atrás y lanzó un jab crepitante al siguiente enemigo saltarín. Mientras golpeaba, Gregor vio lo que había sido un rostro, con la mitad ahora devorada por esa masa negra y supurante. Por debajo, jirones de ropa colgaban de la piel restante de la cosa.

En ellos, colgando de un hilo, había una insignia de identidad que Gregor reconoció: dos espirales ascendiendo por una escalera invisible. Helix, la compañía improvisada para controlar y supervisar los experimentos Dynas.

Un destello ardió sobre el hombro de Gregor, provocando un grito cerca de su oído izquierdo.

—¡Presta atención, hombre! —gritó Sai, el espadachín haciendo girar su katana en rápidos cortes, disparando su pistola en los huecos.

Más allá, alrededor de la nave, la oscuridad desaparecía entre destellos de luz mientras las torretas gemelas de la *Prisa* y el cañón central de Eponi se iluminaban. Estallaron incendios cuando cuerpos no diseñados para ello absorbieron el láser sobrecalentado.

Gregor siguió el ejemplo de Sai, agarrando su martillo y arremetiendo a su alrededor mientras las criaturas continuaban su asalto, sin prestar atención a sus propias pérdidas, a sus propias vidas.

Se suponía que las batallas eran asuntos divertidos, una oportunidad para demostrar el temple de uno en la competición más pura que le quedaba a la humanidad. Gregor quería saborear cada golpe, cada esquiva y contraataque que enviaba a sus enemigos al suelo. Quería rugir con rabia jubilosa mientras desmembraba a sus adversarios.

En cambio, permaneció en silencio, golpeando y aplastando y exterminando a las personas que Sever había dejado atrás hacía mucho tiempo.

## 4

## DE ADENTRO HACIA AFUERA

Durante sus primeras misiones con Sever Escuadrón, Eponi no podía superar la idea de que ahora ella era la protagonista de las películas de acción que había visto de niña. Con la armadura potenciada puesta y el rifle en mano, Eponi corría con Sever Escuadrón de un combate a otro, lanzando plasma y repartiendo muerte a través de planetas por encargo de DefenseCorp. Cada vez que Eponi esquivaba un disparo y devolvía uno propio, o daba un salto desde un edificio en ruinas para aterrizar en medio de los enemigos con las armas disparando, su mundo parecía alejarse, presentándola como la estrella en el clímax.

Luego, como secuelas que van cojeando de una trama a otra, las escenas espectaculares comenzaron a mezclarse. Los informes de misión de Aurora dejaron de estimular la adrenalina y mantuvieron la atención de Eponi en el número al final: el dinero que iría a su cuenta cuando toda la masacre terminara.

Con ese enfoque llegó la persistente necesidad de sobrevivir, el pensamiento implícito de que a DefenseCorp no le importaría un comino si Eponi recibiera un misil en la sección media, pero a ella sí que le importaría un montón. ¿Cómo podría Eponi gastar todo el dinero que estaba ganando incinerando a gente por todas las estrellas si ella misma terminaba carbonizada?

El cañón del *Prisa* zumbó, escupiendo fuego hacia adelante en la oscuridad. Las formas seguían llegando y, sin gastar nada en escudos o motores, el *Prisa* tenía el poder para enfrentarlas. El cañón elegido de la cabina no tenía mucha flexibilidad, pero el enemigo tampoco tenía mucha estrategia. Eponi se sentó con la mano en el gatillo, manteniendo el rociado recto hacia adelante mientras licuaba a los monstruos que cargaban uno tras otro.

No recibiría ningún pago extra por el número de bajas, y estar sentada en una silla difícilmente constituía una actuación cinematográfica, pero Eponi sobreviviría a este asalto. Eso tendría que ser suficiente.

—¿Aguantando? —preguntó Rovo desde la torreta derecha, transmitiendo por la banda amplia.

—Es un buen entrenamiento —respondió Gregor.

Eponi no podía ver al hombretón balanceando su martillo, dada la posición de Gregor justo debajo del centro del *Prisa*. Sin embargo, la evidencia de su trabajo se presentaba con una frecuencia que trituraba huesos, mientras los cuerpos salían volando y desaparecían entre los escombros. La katana de Sai no tenía el mismo impacto, pero Eponi supuso que sería testigo de ese desastre cuando finalmente cesara la lucha.

Menudo premio.

—¿Vamos a aguantar esto? —preguntó Eponi, observando cómo los rayos amarillos del cañón destrozaban otro trío de atacantes—. ¿Hay un final, o han traído a todos los miles de Dynas para este espectáculo de horror?

—Vana quería una demostración —respondió Aurora—. La está teniendo. Y todos los demás también.

—¿Los demás? —preguntó Rovo.

—Grabando —Eponi sonrió con suficiencia—. Mientras la *Prisa* no sea incinerada, transmitiremos este pequeño evento a toda la galaxia cuando salgamos. Todos sabrán lo que le pasó a Helix. Será un momento de palomitas, seguro.

—¿La muerte de miles por una enfermedad horrible es un momento de palomitas?

—Rovo, todos tenemos nuestras formas de afrontar las cosas, ¿vale? —respondió Eponi.

La respuesta hizo callar al novato, y durante más minutos de los que Eponi quiso contar, los cinco lidiaron con la marea de infectados. Cuando el ataque disminuyó, sin embargo, Eponi miró dos veces, y luego una tercera para asegurarse. A pesar de los números, las bajas alrededor de la *Prisa* aún parecían ser mucho menos que la gente que vivía en Dynas.

¿Tal vez algunos habían escapado?

¿Tal vez Vana los tenía esperando?

—Gregor, Sai —dijo Aurora cuando su torreta convirtió en cenizas al último objetivo—, echad un vistazo alrededor. Nos prepararemos y os encontraremos fuera.

Despedirse de la *Prisa* siempre dejaba a Eponi con una punzada. Nunca había sido dueña de una nave antes, y a pesar de haber robado la *Prisa*, Eponi había llegado a considerarla como propia. Durante el descanso de Sever, Eponi había escudriñado la nave, mejorado las piezas que pudo y dejado que su propia personalidad se filtrara en la configuración de la nave. Eponi había llenado los bancos de memoria de la *Prisa* con sus canciones, películas y juegos favoritos. Había cambiado los temas de cada consola a sus colores preferidos, ganándose miradas de exasperación de los demás.

Todo lo que Eponi podía reclamar en la nave, lo había hecho.

—¿En serio? —preguntó Rovo mientras esperaban a que la rampa de embarque descendiera, los tres ahora embutidos en sus armaduras de combate.

Eponi había puesto en la *Prisa* una antigua melodía sobre una cuenta atrás final. Parecía apropiado.

—¿Es que odias la diversión? —replicó Eponi mientras la rampa de embarque tocaba el suelo.

El alegre estruendo guio a los combatientes por la rampa mientras la canción alcanzaba su clímax, poniendo una sonrisa en el rostro de Eponi.

Tocar el suelo borró esa sonrisa rápidamente. La armadura de combate no podía filtrar el olor, el hedor putrefacto de demasiados cuerpos demasiado deteriorados, aunque hubieran estado vivos hace apenas unos minutos. El visor distinguía las pilas, las sombrías colecciones de lo que una vez fueron personas y ahora no lo eran, yaciendo en sus lugares finales. Un lúgubre monumento para que la *Prisa* se alzara sobre él, sus puntales formando un triángulo alrededor de la despiadada eficiencia de Gregor y Sai.

Más allá de las vísceras, las cosas no mejoraban mucho. El trabajo del dúo de las torretas y el cañón de Eponi proporcionaban su propia versión única de la carnicería: más negra, a menudo aún ardiendo, y destrozada. Los fragmentos persistían, acumulándose entre los escombros, contando breves historias sobre vidas terminadas con mucha más energía de la que un cuerpo humano podría soportar jamás.

En conjunto, Eponi sentía ganas de vomitar. En conjunto, sentía ganas de correr de vuelta a la *Prisa*, encender los motores y dirigirse hacia la salida. Claro, Vana podría haberlos sellado dentro, pero con el tiempo suficiente, los cañones de la *Prisa* podrían abrirse paso.

¿Y entonces qué? ¿Huir de vuelta a través de toda la flota de DefenseCorp?

—Hay dos salidas —dijo Sai, su voz sonando justo al oído de Eponi, provocándole un sobresalto—. Bueno, hay más de dos, pero Vana solo nos está dando dos puertas abiertas.

—Yo podría abrir una tercera a la fuerza —añadió Gregor.

Los dos asesinos se alejaron rápidamente del *Prisa* tras el incidente, trazando un contorno alrededor de su aparente celda. El espacio, en la oscuridad, parecía extenderse eternamente, pero Sai afirmaba que, de hecho, tenía un final. Una estructura circular con al menos siete salidas, todas posicionadas en intervalos aleatorios, como si esta bahía hubiera comenzado como un centro neurálgico para una base con una expansión rápida y no planificada.

Ambas salidas abiertas parecían cambios recientes, con el polvo aún flotando en el aire donde las grandes puertas se habían desplazado, según dijo Sai. Ninguna hacía obvia su conexión, pero Aurora desglosó sus respectivas direcciones de manera metódica.

—La primera se inclina hacia el norte y hacia el centro de la base —dijo Aurora—. Las otras bahías de atraque probablemente estén en esa dirección, basándonos en lo que captamos durante el aterrizaje. Apuesto a que Vana no querría que los mandamases de DefenseCorp dieran un largo paseo después de su viaje aquí, así que digamos que ella está por ahí.

—¿Crees que Vana te dejaría simplemente caminar hasta ella? —preguntó Eponi.

Todo el escuadrón se había reunido alrededor del *Prisa*. Cinco soldados con armadura potenciada de pie en un círculo. Gregor tenía su martillo, Sai su katana, y Rovo llevaba esa cosa parecida a una guadaña que había recogido en Wexer. Eponi aún no había cobrado su apuesta con Aurora de que Rovo se lastimaría con el arma, pero supuso que tenía que suceder tarde o temprano.

Eponi y la capitana tenían sus rifles, y todos llevaban pistolas, cuchillos y más agallas que granos de arena dorada en este maldito planeta.

—Creo que Vana nos va a dejar demostrar que somos una amenaza adecuada antes de matarnos —dijo Aurora—. Al mismo tiempo, podemos limpiar algunos de sus desastres.

—¿Como unos cuantos cientos de refugiados de Dynas? —dijo Sai.

—Sabemos que no tiene ni un ápice de moral —concordó Aurora—. Debemos esperar cualquier cosa, especialmente cuando su plan se desmorone.

Oh, Aurora. Su interminable confianza en el éxito seguro de Sever siempre hacía sonreír a Eponi, a pesar de la fea escena que les rodeaba.

—Entonces, ¿cuál es nuestro plan? —preguntó Rovo—. ¿Deambular y ver qué trampas podemos activar?

—No exactamente —respondió Aurora—. Por mucho que me gustaría que permaneciéramos juntos, no podemos poner toda nuestra fuerza en un solo camino. Hay dos salidas, así que tendremos que ir en dos grupos.

—¿Y si eso es lo que Vana quiere? —preguntó Eponi—. ¿No sería separarnos, ya sabes, una buena forma de que nos maten?

—Es un riesgo que vamos a tomar. —Aurora dejó que su mirada visada recorriera el escuadrón, esperando que alguien hablara—. Ahora mismo, estamos jugando el juego de Vana. Ella espera que perdamos. No lo haremos.

Las palabras de Aurora dieron poco consuelo mientras Eponi, Rovo y Sai se adentraban en el túnel de la salida occidental. Gregor y Aurora fueron hacia el norte, persiguiendo a Vana. Los dos habían destruido tan a fondo el enclave de agentes en Gillane Cuatro, que Aurora pensó que podrían manejar cualquier cosa que Vana intentara lanzarles.

—Entonces, ¿qué nos toca a nosotros, las sobras? —preguntó Eponi mientras dejaban atrás el suelo ensangrentado, los destartalados robots de escombros y, gracias a todo lo bueno, el hedor a putrefacción—. ¿Y si Vana nos dio un largo paseo hasta, no sé, el sistema séptico de la base?

—Entonces lo encontraremos, daremos la vuelta y se lo diremos a Aurora —dijo Sai, liderando el trío con su katana.

—Eres tan divertido, Sai.

—Pruébame cuando no haya masacrado a un pueblo pequeño.

El túnel, marcado por un techo abovedado, compartía una cualidad clave con la bahía que acababan de dejar: un agudo sentido del estilo. En lugar del metal constante y monótono que se encontraba en toda la civilización, los diseñadores aquí habían creado diseños arremolinados. Símbolos se extendían por los suelos y las paredes, algunos incluso en el techo, en una danza interconectada que Eponi no podía descifrar. A diferencia de la bahía que dejaron atrás, los símbolos brillaban en tonos dorados y azules más vivos, como si el trío de Sever Escuadrón hubiera pasado de una sombría hondonada a un agradable prado.

Las luces reforzaban esta impresión. Barras rectas de color blanco azulado corrían justo por encima de la altura de la cabeza, disipando la oscuridad a medida que Sever avanzaba. Cada metro o dos, el siguiente conjunto de barras cobraba vida mientras las que quedaban atrás se apagaban.

La brisa mantenía su presión, y Eponi supuso que este debía ser el objetivo del viento, porque su fuerza azotadora aumentaba mientras Sever caminaba. El aire arremolinado empujaba las piernas de Eponi hacia adelante, cosquilleando sus articulaciones.

—Parece que estamos en nuestro propio mundo —murmuró Rovo—. Oscuridad detrás, oscuridad adelante. Si aparecemos en alguna tierra de fantasía, todos me deben dinero.

—No voy a apostar contra eso —dijo Eponi.

—Silencio —siseó Sai, levantando una mano.

Adelante, no había mucho que ver. El túnel continuaba, las luces de las barras se apagaban no muy lejos. Y sin embargo, Eponi captó el rojo en su visor. Algo allá abajo tenía a Sever en la mira, lo suficientemente claro para que la armadura potenciada lo detectara.

—Si el visor lo está captando —dijo Rovo—, entonces tienen que vernos. Y no es como si fuéramos difíciles de distinguir. Con las luces y todo.

—Es casi como si no hubieran diseñado estos trajes para el sigilo —añadió Eponi, pero de todos modos apuntó su rifle hacia el corredor.

Si los visores tenían un defecto, era que las máquinas no indicaban la distancia de la amenaza. Eponi no podía decir si el rojo venía de un metro de distancia o de cien. Por lo tanto, aunque supuso que algo se acercaría hacia ellos, Eponi se llevó una maldita sorpresa cuando las luces de adelante parpadearon y mostraron... nada.

—Trajes de invisibilidad —dijo Sai, tomando una posición en el centro del pasillo y sujetando su katana con ambas manos—. Sáquenlos.

Eponi y Rovo tomaron la orden y la ejecutaron, apretando los gatillos de sus rifles y enviando rayos rojos, ajustados lo suficientemente calientes como para atravesar la mayoría de las armaduras, abrasando el pasillo. Sin nada a lo que apuntar, Eponi optó por el enfoque de dispersión, enviando fuego arriba, abajo y por todas partes a lo largo del túnel.

Los rayos dieron en el blanco rápidamente. Chispas destellaron cuando los disparos de Rovo y Eponi alcanzaron objetos que corrían por el corredor, acercándose velozmente. Los impactos dejaban marcas negras en el aire, flotando como si fueran hechas por magia mientras los trajes cargaban.

—Ya no son tan difíciles de ver —dijo Eponi, apuntando al que venía directamente hacia ella.

Su rifle explotó. En un segundo, el arma estaba preparada y lista, y al siguiente Eponi estaba de espaldas en el suelo. Su visor emitió una advertencia de que su armadura potenciada había recibido una paliza, y la propia Eponi sintió la piel en carne viva en sus manos y brazos. Hormigueante, abrasada.

Antes de que pudiera asimilar qué demonios acababa de suceder, Eponi sintió una mano que la agarraba y la levantaba. El traje invisible tenía marcas negras por todo el frente, con chispas saltando de una articulación del hombro, pero aún así le daba a su portador la fuerza para poner a Eponi de pie.

—¿Todavía viva? —preguntó una voz de mujer, arrogante y nada preocupada.

—Claro, vamos con eso —respondió Eponi, asimilando una escena extraña.

Rovo, a la izquierda de Eponi, tenía su guadaña en modo de dos armas, bailando con lo que parecía ser un cable largo y afilado que lo atacaba desde otro traje. Sai, más adelante en el pasillo, pateó lo que parecía ser aire, solo para conectar y enviar a su objetivo estrellándose contra el suelo.

—Bien —respondió la voz—. Odiaría perderlos tan rápido, después de lo que nos hicieron la última vez.

El captor de Eponi sostuvo una pistola, agitándola frente a los ojos de Eponi. La piloto de Sever reconoció el arma. La había sostenido, había golpeado a su dueño en la cara con ella.

¿Tarla?

Maldita sea.

## 5

## RANGOS Y FILAS

Si no hubiera visto el disparo impactar contra el rifle de Eponi, un láser preciso desde metros de distancia que hizo explotar el arma de la piloto de Sever Escuadrón en sus manos, Rovo no habría tenido tiempo de desenvainar la guadaña. El arma de tono azulado, ganada por Sai en las calles de roca negra de Wexer y donada al novato, no tenía utilidad alguna en el estrecho túnel hasta que Rovo partió la guadaña por la mitad.

El mango en su mano izquierda, con un giro de muñeca, se desplegó en un reluciente escudo pequeño, mientras que la derecha, portando la larga hoja curva de la guadaña, se elevó y extendió para interceptar el objeto que se precipitaba hacia Rovo.

Un látigo trenzado, desplegándose sobre un hombro invisible, se lanzó hacia Rovo en un parpadeo. El instinto más que la habilidad ayudó a Rovo a atrapar el golpe, a enredar el látigo en un movimiento. El portador del látigo intentó retirar su arma, pero la armadura potenciada de Rovo le dio suficiente fuerza para hacer lo contrario. La hoja de la guadaña trabajó contra el cordón, cortando y separando el último tercio del látigo.

—Parece que tendrás que acercarte más —dijo Rovo, sus palabras ahogadas por los resonantes choques metálicos cuando la katana de Sai se encontró con otra hoja adelante y a la derecha de Rovo.

El novato quería echar un vistazo hacia Eponi, asegurarse de que la piloto aún vivía. La armadura potenciada podía absorber mucho, pero el rifle había explotado justo en las manos de Eponi. Incluso si la mujer respiraba, quien hubiera disparado a su arma probablemente no desaprovecharía la oportunidad de sacar ventaja.

Antes de que Rovo pudiera moverse, el látigo y su portador regresaron. El enemigo siguió el consejo de Rovo, acercándose hasta que su arma dañada pudo atacar de nuevo. El golpe vino dirigido a la cabeza de Rovo, y el novato movió el escudo para bloquearlo. Mientras el látigo rebotaba en el círculo en la mano de Rovo, el novato cargó hacia adelante, soltando un rugido sin palabras. Dos largos pasos se convirtieron en un repentino tajo frontal con la guadaña.

O Rovo había mejorado su juego en el combate cuerpo a cuerpo, o su oponente realmente no esperaba un ataque rápido desde el gancho. La hoja de Rovo dio en el blanco, clavándose en la placa del pecho del traje y dibujando una cicatriz rugosa y chispeante en su frente. La guadaña encontró un punto de apoyo y, con Rovo inclinándose en el balanceo, derribó el traje al suelo.

Rovo retiró la guadaña, la levantó para dar el golpe de gracia, cuando un grito lo hizo detenerse. Normalmente, alguien gritando en una pelea no llamaría mucho la atención —la gente tiende a gritar en combate por todo tipo de razones terribles—, excepto que esta persona gritó el nombre de Sever.

—¡Deteneos, bastardos de Sever! —volvió a gritar la mujer, y Rovo miró para ver a Eponi, apenas de pie, con una pistola pegada justo debajo de su barbilla—. Seguid luchando y vuestra piloto recibirá un disparo en la cabeza. Uno que no sobrevivirá.

—¿Acaso hay muchos disparos en la cabeza que sí sobreviviría? —preguntó Rovo, moviendo su mano izquierda para volver el escudo de guadaña a una sola barra.

Al mismo tiempo, Rovo también movió su pie izquierdo. Plantó la bota en el pecho de su enemigo inmediato, un movimiento tambaleante dado que Rovo no podía ver dónde estaba realmente el cuerpo del traje. La armadura de poder se ajustó, sin embargo, y logró hacer la burla sin caerse de cara.

Una verdadera demostración de poder.

—Solo hay una forma de averiguarlo —respondió la mujer. Su voz tiró de la memoria de Rovo, una comezón allí, pero con el traje aún ocultando el rostro de la mujer, el novato no podía ubicarla—. Pero eso será para después. Por ahora, puedes quitarte de encima de mi amigo. Y tu compañero de allí puede bajar la espada.

Sai parecía haberle hecho un número a su oponente también. El traje contrario tenía largos cortes que ahora parecían estar flotando, uno de ellos goteando una delgada línea sangrienta a lo largo del traje y hasta el suelo del túnel, donde se mezclaba con los símbolos pintados.

—¿No quieres negociar, Tarla? —dijo Sai, encajando todas las piezas para Rovo.

La pistola empujada contra la garganta de Eponi, el látigo chasqueando contra la guadaña de Rovo. Las armas de

Tarla y Javelin. Rovo no sabía quién empuñaba una espada entre los Twilight Rangers, ese grupo de mercenarios que se había enfrentado a Sever Escuadrón en Wexer, pero dadas las afinidades de francotirador de Perro y la afición de Briany por las armas gigantes, Rovo apostaba a que el propio piloto de Tarla, Sanje, cruzaba espadas con Sai.

Identificar a sus oponentes solo planteaba otra pregunta: ¿qué demonios hacían los Twilight Rangers aquí?

—Ya he negociado —dijo Tarla—. Menudo enemigo picante que habéis encontrado, Sever. Aquí estábamos, sentados en Wexer preguntándonos si podríamos exprimir suficiente dinero de ese cobarde de Calico Max para conseguir una nueva nave, y aparece un agente de DefenseCorp. ¿Queréis adivinar qué nos ofrecieron?

—Más bien me intriga por qué acudieron a vosotros —preguntó Rovo.

Con Sever Escuadrón aventajando dos a uno en la pelea, el novato captó la señal de mano de Sai mientras Rovo respondía a la pregunta de Tarla. El espadachín quería ir despacio. Había otros dos miembros de los Twilight Rangers por alguna parte, y valía la pena averiguar si se avecinaba otra emboscada. Sin mencionar que la vida de Eponi, ya sabes, pendía de la pistola de Tarla.

A los pies de Rovo, Javelin murmuró una maldición. Rovo hundió su bota, cortando las palabras con un jadeo.

—Me lo pregunté yo misma —dijo Tarla, aparentemente sin importarle un comino la situación de su compañero de equipo—. Hasta que empezaron a preguntar por ti. Poco dinero por poca información. Les dije que tenías demasiado corazón para ser un asesino.

—Su número de víctimas dice lo contrario —dijo Sai—. Decirle a Vana algo que ya sabía no te trae aquí, Tarla.

—Oh, no. Eso fue todo obra mía. Ofrecí nuestros servicios a cambio de un viaje fuera de esa roca, y míranos ahora. Nuevos juguetes, mismos enemigos.

—Y sin dinero.

Tarla hizo una mueca y se encogió de hombros.

—El precio del progreso, supongo.

—Si nos matas —dijo Rovo—, ¿entonces qué? ¿Vana te da una gran medalla?

—¿Qué tal vuestra nave y lo que quede en ella? —dijo Javelin, con la voz tensa, pero aún arrogante bajo la presión de Rovo—. Vosotros os llevasteis la nuestra, es justo que nos llevemos la vuestra, ¿no?

Cuando Rovo fue a apretar de nuevo a Javelin, Eponi movió su mano y algo hizo clic. Todos los ojos se dirigieron a la piloto, Rovo esperando que Tarla apretara el gatillo. Sin embargo, Tarla vaciló, y por una buena razón: la mano de Eponi sostenía una granada, una de las varias que todos tenían en los cinturones de sus armaduras. En los estrechos confines del túnel, la bomba los destrozaría a todos.

Difícil reclamar una recompensa cuando estás hecho pedazos.

—No os vais a llevar mi nave —dijo Eponi, presionando la mandíbula contra la pistola de Tarla para poder hablar—. Id...

—¿Veis? —interrumpió Tarla, con los nervios aparentemente intactos ante la muerte segura en su cintura—. Eso es lo que me encanta de todos vosotros. Siempre dispuestos a volverse completamente locos. —Rio, suave y encantada—. Oh, Eponi. ¿Cuál es tu jugada? ¿Explotar y llevarnos a todos contigo?

—Ni de lejos —los ojos de Eponi se desviaron hacia Rovo—. Moved el culo, Rovo. Si Tarla se ha plantado aquí, Vana debe estar escondiendo algo bueno al final del pasillo. Si vienen a por vosotros, la bomba explota.

—¿Qué? —dijo Rovo, mientras Sai se alejaba de Sanje, con su katana aún al alcance para un golpe rápido y letal—. No vamos a dejarte.

—Oh, por favor —dijo Eponi—. Estaré bien. Id.

—No estará bien —añadió Tarla—. Pero, por favor, seguid las instrucciones de vuestra piloto. Preferiría no morir hoy.

Rovo dudó mientras Javelin soltaba una risa entrecortada en el suelo. Sanje, hasta este momento, había permanecido callado, sin moverse con la hoja de Sai tan cerca. Dejar a Eponi significaba abandonar a un miembro del escuadrón, uno con una pistola en la cara. Fuera lo que fuese lo que había al final del pasillo, ¿quién sabía si importaba? Sai y Rovo podrían salir corriendo, dejar a Eponi a su muerte, ¿y encontrar absolutamente nada?

Pero Rovo no veía otra salida. Apretar el gatillo de su rifle, romper los huesos de Javelin bajo sus botas tampoco liberaría a Eponi. Podría matarlos a todos.

—Si le haces daño —empezó Rovo.

—No viviréis para contarlo —terminó Sai—. Eso va por todos vosotros. —El espadachín movió los dedos, y Rovo entendió la orden. Era hora de irse—. Eponi, mantente con vida.

—Claro —respondió Eponi—. Sin problema.

Rovo hundió una vez más el talón de su bota de armadura potenciada en Javelin al alejarse. Sai, retrocediendo, comenzó a avanzar por el pasillo hasta que Rovo igualó su paso. Juntos, sin burlas ni disparos, el par activó sus armaduras potenciadas y avanzó pesadamente por el corredor. Las luces de las barras parpadeaban mientras avanzaban, aunque cada vez que Rovo miraba hacia atrás, en la creciente distancia, podía ver la luz donde habían dejado atrás a Eponi.

El túnel terminaba con una puerta, como la mayoría de los túneles. Los símbolos arremolinados que habían seguido a Sai y Rovo a lo largo del túnel se unían al final, cubriendo la amplia hoja de la puerta con una decoración salpicada. Un único escáner negro, buscando una pulsera para validar, esperaba en el lado derecho de la puerta. Sai, guiando al novato, se detuvo frente al escáner.

—¿Alguna idea brillante? —preguntó Rovo, acercándose por detrás.

—Todavía estoy pensando en Eponi —respondió Sai—. Si podríamos haber hecho algo diferente.

—Ella tomó la decisión —replicó Rovo—, y no creo que lo hiciera a la ligera.

Ya fuera porque Rovo realmente lo creyera o se hubiera convencido a sí mismo durante la carrera hacia la puerta, el novato pensaba que Eponi seguía viva. Que había burlado a Tarla y a los otros dos. Tal vez Eponi había esquivado y se había escabullido de vuelta a la *Prisa*, manteniéndose firme en su fortaleza espacial.

—He intentado llamarla —dijo Sai—. Aún no hay respuesta.

La visera ocultó el rubor de Rovo. A pesar de ser un experto en comunicaciones, se había olvidado de enviar cualquier consulta por la frecuencia del escuadrón a Eponi. Demasiada adrenalina, demasiadas preguntas sobre qué más les esperaba en esta línea.

—Entonces tenemos que seguir adelante. —Rovo pasó junto a Sai y acercó su pulsera al escáner. Este emitió un graznido de negación—. Parece que eso no va a funcionar.

—Podría hacerla explotar —dijo Sai, señalando los paquetes en ambos muslos. El experto en demoliciones había pasado parte de sus vacaciones construyendo bombas y, ahora, Rovo luchaba contra cierta inquietud por todo ese poder explosivo empaquetado justo a su lado—. Pero no creo que nos haga ningún favor. Si hay otros cientos detrás de esa puerta, preferiría no convertirme en un blanco fácil.

—Como si —Rovo señaló la katana—. Los harías pedazos.

Sai negó con la cabeza, apartó a Rovo y se acercó al escáner. Con Rovo dándole espacio, Sai tomó su katana, niveló la hoja frente al pequeño aparato y la clavó directamente.

—¿Qué? —gritó Rovo mientras saltaban chispas y el escáner emitía un triste y último lamento—. ¿Qué demonios estás haciendo?

—Estar desesperado.

Sai hundió aún más la katana en la pared y meneó la hoja tanto como pudo. Nada parecía suceder aparte de la creciente incredulidad de Rovo de que su amigo, su experimentado compañero de Sever Escuadrón, pensara que podía abrirse paso a través de un escáner cortándolo.

La puerta se abrió de golpe. Un silbido que sorprendió a Rovo y Sai casi tanto como la presencia de Sever sorprendió al hombre del otro lado. Frunciendo el ceño a su pulsera mientras se alejaba del escáner opuesto, el hombre levantó la mirada y vio a los dos soldados con armaduras potenciadas. Su boca se abrió, seguida por el resto de su cuerpo, cuando Rovo le propinó un puñetazo en la sien.

—Agente —dijo Rovo, arrodillándose para revisar la etiqueta en el uniforme del hombre, de un carmesí apagado. Solo inconsciente, el brazalete del hombre seguía activo, mostrando lo que el desafortunado había estado haciendo un segundo antes—. Respondiendo a una puerta rota. Nuestra puerta rota.

—¿Ves? —respondió Sai, liberando su katana—. Sabía que funcionaría.

Dejando atrás al hombre noqueado, Rovo guio a Sai a

través de la puerta hacia una pasarela rectangular que resonaba. Su visor se ajustó a la iluminación azul más brillante que entraba por una enorme cúpula de cristal y su ventana al cielo de Aurum Tres. Toda esa luz caía en otro espacio enorme, más grande que la bahía de aterrizaje que la *Prisa* había conseguido para Sever Escuadrón. La pasarela parecía rodear todo el exterior, con letreros rojos colgando sobre las puertas cada cierto tramo.

El arte en espiral continuaba, aunque los colores cambiaban entre cada conjunto de puertas, como si sirvieran de guía para lo que alguien encontraría en el siguiente pasaje. Había más agentes deambulando por la pasarela, con los ojos en sus brazaletes o, como los de Rovo y Sai, en lo que sucedía abajo.

Sai maldijo varias veces, y Rovo lo imitó, porque ¿qué más se podía decir?

Cientos, incluso miles, se erguían en filas, rectos y con la mirada fija. Su ropa a menudo estaba andrajosa, con poco parecido a un uniforme. Algunos no llevaban casi nada, aunque nadie parecía notarlo ni importarle. Más agentes caminaban por los espacios entre las filas, cada uno seguido por robots como los de la bahía médica del *Nautilus*. Mientras pisaban el suelo de metal decorado, los agentes inspeccionaban cada cuerpo que pasaban, asintiendo o negando con la cabeza.

Aquellas pobres almas que recibían un asentimiento se ganaban una inyección, una rápida puñalada del robot enfermero. Aquellos que no, eran recogidos por un segundo equipo de agentes. Estos dúos agarraban al perdedor y lo arrastraban fuera de la fila, llevándolos al costado de la habitación y fuera de la vista de Rovo y Sai.

—La bahía —dijo Rovo.

—Los rechazados son echados a un lado —acordó Sai, con voz pesada—. Esto, esto está muy lejos de ser correcto.

—Se pone peor.

La primera fila tenía una combinación diferente de agentes caminando por las filas. Seguidos no por un robot enfermero, sino por un largo estante en un carro móvil de metal rojo, los agentes colocaban los trajes de borde blanco frente a cada alma de pie. Una vez que toda la fila, de varias docenas de largo, tenía su traje colocado, los agentes ladraban una orden para comenzar. Casi al unísono, los cautivos aceptaban su regalo, poniéndose la armadura de poder.

Uno por uno, la fila desaparecía de la vista clara. Solo cuando los agentes siguieron su primera orden, Rovo comprendió.

—Diríganse a las lanzaderas. Permanezcan en su fila —declararon los agentes que colocaban los trajes, mientras aún más trabajadores con trajes carmesí rellenaban el carro con más trajes—. Nuestro momento está casi aquí, ¡y con él, su oportunidad de ganar su libertad!

Si a alguien le importaba un comino el grito de arenga, Rovo no podía verlo. Sin embargo, podía sentir la náusea enroscándose en su estómago. No era miedo, no exactamente. El miedo significaría que tenían una oportunidad, el miedo significaría que había algún lugar donde pudiera huir.

Pero contra tantos trajes, tantos monstruos, ¿qué podía hacer un escuadrón?

[ 6 ]

## UN ENCUENTRO AMISTOSO

La salida hacia el norte conducía a la superficie. O, más bien, a un pasillo cerrado de doble sentido que llevaba a Gregor y Aurora en un rápido viaje hacia lo que parecía ser el centro de la base. El cristal parecía nuevo, y nada mostraba los escombros o las pinturas decorativas de la bahía que dejaban atrás. Simple, anodino y reconfortante.

—No estoy captando nada —dijo Aurora mientras ella y Gregor, con el rifle y el martillo listos, se adentraban por la pasarela negra y veloz—. Por lo visto, a Vana no le gustan las radios.

—O tiene nuestras frecuencias —respondió Gregor.

El bloqueo no sería una sorpresa. Vana conocería todas las bandas estándar del escuadrón, después de haber trabajado tanto tiempo con DefenseCorp. Sever aún usaba su antigua frecuencia, y ahora Aurora se maldecía por no haber pensado en cambiarla. La bravuconería y la fe en el éxito de Sever no la llevarían muy lejos si la volvían estúpida.

—Entonces esa es la prioridad número uno —dijo

Aurora mientras la superficie dorada de Aurum Tres, iluminada de azul, se extendía a su alrededor—. Encontraremos desde dónde nos está bloqueando y lo destruiremos.

—Vana era la prioridad número uno.

—La número dos, entonces.

Arriba, la tarde de Aurum Tres ocultaba todas las estrellas artificiales que se mostrarían al caer la noche. La flota improvisada de DefenseCorp debía estar preguntándose qué había pasado con la *Prisa*, especialmente después de la proclamación de Aurora. ¿Cuántos aspirantes a generales allá arriba estarían sudando, pensando que habían dejado pasar al enemigo a través de sus líneas?

¿Alguno decidiría enviar tropas tras ellos, o serían todos unos cobardes, contentos de esperar en sus caparazones blindados?

La pasarela llevó a la pareja hacia la estructura alta de lados inclinados que Sever había visto durante el aterrizaje. Desde el acercamiento por tierra, el tamaño del edificio adquirió un nuevo significado: Aurum Tres no tenía nada en los registros de DefenseCorp sobre este lugar, incluyendo el costo en efectivo o los trabajadores contratados para construirlo. Borrar algo tan grande, u ocultarlo, requeriría esfuerzos y permiso del personal de más alto rango de la compañía.

En otras palabras, puede que Vana dirigiera el lugar ahora, pero había existido mucho antes de que ella pusiera sus sucias manos de agente en él.

La pasarela terminaba con una puerta en espiral, que se abrió al tiempo que una voz plácida advertía a Aurora y Gregor que no se cayeran cuando las láminas móviles llegaran a su fin. Ninguno lo hizo, bajando y mirando fijamente hacia una entrada poco profunda. Apenas una gran entrada, la pasarela escupió a los recién llegados en un espacio semicircular, con tres ramificaciones: una escalera a la izquierda, otra a la derecha, y un ascensor en el medio con un escáner de muñequera de brillo rojo junto a él.

—Por seguridad —dijo una voz, y Aurora ya tenía su rifle apuntando hacia ella antes de que las dos palabras terminaran. Vana estaba de pie, con los brazos a los costados y las manos vacías, en la escalera superior. Se apoyaba en la rígida barandilla de piedra que subía los escalones, luciendo divertida con un peinado exagerado y un atuendo ceñido—. Supongo que vieron la bahía, ¿no? No podían confiar en quién podría bajar por esta pasarela.

Gregor se apartó un paso de Aurora, dándoles espacio para reaccionar, para alejarse en caso de que Vana tuviera algún truco. Aurora mantuvo su rifle levantado, con el dedo en el gatillo. Quería dispararle a Vana, pero una vez más, la agente había soltado una sorpresa. Vana no estaría aquí afuera a menos que tuviera algo que ganar, pero ¿qué?

—¿Quiénes son "ellos"? —preguntó Aurora, más para darse tiempo de descifrar el motivo de Vana que por otra cosa.

—Han oído hablar de los Asaltantes, por supuesto —dijo Vana, sin moverse, hablando como una madre paciente—. Un poco antes de su tiempo, pero estoy segura de que les enseñan algo de historia a ustedes, los soldados, ¿no?

El último intento fallido de infección. Crear un montón de soldados sin mente, lo suficientemente fuertes, lo suficientemente insensibles al dolor y al miedo como para atravesar cualquier defensa y cumplir la misión. Una idea divertida, hasta que todos los sujetos decidieron que ya no obedecerían órdenes y se dedicaron a destruir todo lo que pudieran.

—¿Adivino que este era su hogar? —dijo Aurora.

—Abandonado durante años y años —Vana asintió—.

Todo lo que Renard necesitaba, justo aquí y listo. Espacio de laboratorio, fabricación de armas, y sin curiosos que pasaran por aquí. El hombre pensó que él y Anaskya podrían traer de vuelta a los Asaltantes, y mejores que nunca.

—Eso le funcionó muy bien —murmuró Gregor.

—Renard está muerto, y tú estás a punto de estarlo —dijo Aurora—. La única razón por la que no estoy apretando este gatillo es porque estoy tratando de averiguar tu jugada. ¿Cuál es?

—Para eso, tendrán que seguirme —respondió Vana, luego lanzó una mirada escaleras arriba—. No muy lejos. Hay algunas personas que me gustaría que conozcan. Tal vez ellos los persuadan de que no soy su enemiga.

—No es probable —dijo Aurora. Tenía preguntas que hacer, preguntas que Vana podría no responder, pero la agente parecía tan tranquila, tan en control, ¿por qué mentiría?—. ¿Quiénes eran esos en la bahía, los que dejaste morir?

Vana frunció el ceño, sus ojos cayendo al suelo. ¿Era esa tristeza real?

—Bajas —dijo Vana—. Gracias por acabar con su sufrimiento.

La agente se dio la vuelta y empezó a subir las escaleras. Aurora apretó el gatillo. Un rayo rojo pasó rozando a Vana y chamuscó la pared a su izquierda. La agente se quedó inmóvil y se volvió.

—Aún no he terminado —dijo Aurora.

—Entonces habla —respondió Vana—. Pero sé breve. No quiero hacer esperar a nuestros otros invitados.

—Me importan un bledo tus otros invitados. Había otra salida de la bahía. ¿Adónde lleva?

—¿No enviaste a los tuyos por ahí?

—Lo hicimos, pero estás interfiriendo nuestras comunicaciones. No puedo contactar con ellos —dijo Aurora—. O lo detienes, o respondes a mi pregunta.

Vana negó con la cabeza.

—Mátame si quieres, pero no voy a arruinar la sorpresa. Tendrás que confiar en tus amigos.

—Vana, ¿acaso parece que me importe tu sorpresa?

Eso, al menos, hizo que Vana se volviera completamente, poniendo sus manos en la barandilla y agarrándola con fuerza.

—Si insistes, Aurora, me aseguraré de que todo tu escuadrón muera, uno por uno, ante tus ojos. Ahora, por favor, sígueme y podremos prescindir de todo este asunto desagradable.

Esta vez, cuando Vana se movió para continuar subiendo las escaleras, Aurora no disparó. Mantuvo el dedo en el gatillo y el cañón apuntando a la agente hasta que desapareció por los escalones curvos.

—No disparaste —dijo Gregor—. La tenías justo ahí.

—Vamos —respondió Aurora.

Pasó junto a Gregor, dirigiéndose a las escaleras. Había subido dos escalones cuando sintió la mano de Gregor en su hombro, tirando con fuerza.

—¿Qué? —dijo Aurora mientras miraba al gran soldado.

Las viseras hacían mucho para ocultar expresiones, para hacer que la gente fuera difícil de leer, pero de cerca, el rostro de Gregor se veía a través de la barrera translúcida. En una palabra, estaba enfadado.

—Acordamos que Vana era el objetivo número uno —dijo Gregor—. No estoy aquí para juegos.

—¿Crees que yo sí?

Esas palabras, de una comandante a un soldado, deberían haber provocado un respingo. Tal vez un *no, señora* y una retirada. Ya fuera porque Gregor se había tomado en serio las palabras de Aurora de hace tiempo, sobre que Sever Escuadrón ya no tenía la estructura de mando de Defense-Corp, o porque al grandullón simplemente no le importaba, Gregor se mantuvo firme.

—No estoy seguro —dijo Gregor—. Sai, Rovo y Eponi están en peligro. Cada minuto que pasamos aquí los pone en mayor riesgo.

—Si le disparara a Vana ahora, nunca lograríamos salir vivos de este planeta —respondió Aurora—. Ella no está tratando de matarnos, y quiero saber por qué. Tal vez, si hay una razón que podamos aprovechar, exista la posibilidad de que sobrevivamos a esto.

—O moriremos intentándolo.

Aurora asintió.

—Te pido, Gregor, que confíes en mí. Una vez más.

Gregor dudó, luego retiró su mano. La devolvió al mango de su martillo.

—Una vez más.

Las escaleras subían, la barandilla daba paso a metal sólido y encajaba los escalones entre dos paredes grises sin ventanas. Tan poca personalidad se grababa en la escena que Aurora echaba de menos la ruina sangrienta e interesante de la bahía de la *Prisa*. Finalmente, los escalones llegaron a otra puerta, reforzada con barras adicionales en el medio y el zumbido de un escudo láser.

Vana había dicho que esta larga entrada había sido construida para la defensa, y no estaba bromeando.

El escáner de muñeca dio luz verde a Aurora y Gregor, quienes habían subido en fila india por la estrecha escalera. Aurora levantó su muñeca izquierda, y la armadura energética se deslizó hacia atrás revelando el ordenador a los ojos del escáner. Incluso con la luz verde, Aurora aún sintió una conmoción cuando la puerta se abrió. De alguna manera, por alguna razón, Vana no estaba aprovechando cada oportunidad para matarlos.

Más allá, les recibió una amplia sala redondeada con una puerta doble. Lo que parecían barreras improvisadas se apoyaban contra la pared derecha, listas para ser derribadas en caso de un ataque. A la izquierda, una ventana que ocupaba toda la longitud de la sala mostraba las dunas doradas de Aurum Tres. Mezcladas en la sala, observando y esperando, había personas que Aurora solo conocía por fotos.

Específicamente, las fotos en la unidad que Sai dijo que Vana le había dado, de vuelta en el *Nautilus*. La red de Renard, todos presentes para contemplar su aparente éxito.

Muchos de los altos mandos de DefenseCorp, sus amos financieros, militares y diplomáticos, estaban de pie en sus variados atuendos carmesí. Algunos portaban armas, pero la mayoría miraba a Aurora y Gregor, con toda su elegancia y su seguridad de invencibilidad, sin la menor preocupación. Como si una conversación educada hubiera sido interrumpida por camareros con canapés.

—Empezaba a preocuparme —dijo Vana, de pie justo en el interior—. Aquí estaba yo, diciéndoles a todos mis invitados que estaban a punto de conocer a la mejor comandante de escuadrón de DefenseCorp, y luego no aparecíais.

Aurora no podía pensar en nada que decir. Había apretado el gatillo contra mil o más enemigos, sobrevivido a innumerables tratos con la muerte, pero ninguna parte del papel de Sever, del plan de Sever para Aurum Tres, contemplaba reunirse con las personas que la habían enviado a una misión tras otra durante tantos años.

—Puede bajar su rifle, capitana —dijo un hombre mayor a la derecha de Aurora, uno que reconoció como un almirante de alto rango que servía en el lado opuesto de la galaxia—. No hay necesidad de violencia aquí.

—Ni en ningún otro lugar —añadió Vana, haciendo un gesto a Aurora y Gregor para que entraran—. Todos ustedes entienden, como mencioné cuando Aurora y su escuadrón llegaron a nuestra reunión, que ella cree que nuestro trabajo aquí es un desastre. Debemos convencerla de lo contrario.

Aurora, apuntando su rifle al suelo pero sin mover el dedo del gatillo, entró en la sala. El movimiento era menos por seguir la dirección de Vana que por darle a Gregor una visión clara, porque hasta donde Aurora veía, todos en esta sala habían considerado a Sever, como a cualquier otro escuadrón de DefenseCorp, prescindible frente al dinero. Nadie aquí dudaría en dispararle un láser por la espalda si eso significaba garantizar los beneficios de DefenseCorp, y Aurora ni siquiera los culparía.

Había estado haciendo más o menos lo mismo durante toda su carrera.

El grupo reunido, que según el rápido recuento de Aurora sumaba quince, se lanzó a lo que parecía ser un orden de intervención preestablecido. Cada uno, presentado por Vana, explicó cómo los trajes invisibles, cómo los soldados mejorados por el virus, beneficiarían su posición. Menos rotación, mejor control. Amenazas interminables para aquellos que pudieran rechazar los generosos contratos de DefenseCorp. Comandantes como Aurora tendrían escuadrones sin rencillas personales, listos para luchar en un abrir y cerrar de ojos.

Y, con el virus actuando como administrador, Defense-Corp podría reclutar de cualquier parte. Ningún vagabundo, ninguna alma perdida estaría sin un lugar. Por fin, cualquiera podría recibir las inyecciones, renunciar a su torturada existencia por las comodidades asesinas de DefenseCorp.

El dedo en el gatillo de Aurora se entumecía con los discursos, con las sonrisas crecientes en los rostros a su alrededor mientras presentaban lo que parecía tan evidentemente incorrecto. A su izquierda, vio las manos de Gregor apretándose alrededor del martillo. Ninguno había dicho una palabra hasta ahora, a ninguno se le había preguntado su posición. Y no lo harían: la única opción que Aurora y Gregor tenían aquí era aceptar lo inevitable o morir intentando evitarlo.

—¿Ven, Aurora? ¿Gregor? —dijo Vana cuando el último hombre terminó su conmovedora visión de una galaxia bajo el benevolente gobierno de DefenseCorp—. Eso es lo que estamos haciendo aquí. Dando a nuestra civilización un futuro mejor y más brillante. ¿Qué dicen, se unirán a nosotros?

Aurora había visto ofertas tentadoras toda su vida. Los objetivos del Sever Escuadrón ofrecían sobornos absurdos ante el cañón de su rifle, mientras que otros escuadrones intentaban comprar la ayuda de Sever, o a ella misma, para unirse a sus misiones o sus filas. Organizaciones más pequeñas le habían pedido a Aurora que se quedara en el lujo en varios planetas, proporcionando seguridad especial a algún VIP o celebridad. Ella había dicho que no a todas esas ofertas, declarando que el eventual pago de DefenseCorp valdría más al final.

Pero sabiendo, realmente, que se quedaba por su escuadrón.

—¿Dónde están los demás? —dijo Aurora en ese vacío—. ¿Rovo, Sai y Eponi? Los dejaste ir por un camino diferente.

Los almirantes, los políticos, los ejecutivos en la sala se volvieron hacia Vana, quien negó con la cabeza.

—El camino equivocado —dijo Vana—. Tropezaron con un lugar al que no deberían haber ido, Aurora. Lo siento, pero el Sever Escuadrón se ha reducido a solo dos. Los dos mejores y más importantes. Sin embargo, si aceptan, estoy segura de que podemos recuperar sus cuerpos para ustedes.

—Mentirosa —gruñó Gregor mientras Aurora intentaba, de nuevo, con la banda del escuadrón.

El llamado, lanzado a través de su frecuencia, no encontró nada más que el silencio borroso de una señal interferida. Vana bien podría estar mintiendo, o podría estar, como lo había hecho abajo en la escalera, diciendo la terrible verdad.

—Crean lo que quieran —dijo Vana, respondiendo a Gregor—. No obstante, necesito una respuesta. Ahora.

La agente, retrocediendo hacia la parte trasera de la sala, levantó su muñequera. Los demás le dieron espacio a Aurora y Gregor, retirándose hacia las paredes, la ventana. ¿Tendría Vana alguna trampa preparada? ¿Algún láser que dispararía desde el techo sin características, o tal vez un pozo que se tragaría a Gregor y Aurora por completo, aplastándolos en la oscuridad?

Aurora no necesitaba usar los dedos, no necesitaba enviar el código silencioso. Había venido a Aurum Tres para eliminar a Vana, creyendo, esperando que eso sería el final. Ahora, eso no sería suficiente. Sin Vana, una de las personas aquí tomaría su manto. Todos veían lo mismo que Renard, querían lo mismo que él.

Y eso, Aurora no podía permitirlo.

Levantando su rifle de golpe, Aurora apuntó a Vana. Mientras Aurora apretaba el gatillo, Vana se escabulló hacia atrás arrastrando a otra alma desafortunada en su camino. El rifle de Aurora escupió, el rayo amarillo-rojizo salió disparado y alcanzó su objetivo. Vana siguió retrocediendo, agachándose entre la multitud mientras los funcionarios reunidos se daban cuenta de que su tiempo se había agotado.

Gregor tomó la señal y actuó, saltando hacia adelante y sembrando la destrucción con el martillo. El primer golpe se llevó a dos, el segundo a otros tres. Los pocos que aún sostenían armas no intentaron luchar contra los escuadristas blindados, sino que huyeron.

No llegaron muy lejos.

Pasaron unos segundos mortales, terminando con Aurora y Gregor de pie en medio de la ruina. Personas que habían conquistado sistemas planetarios yacían a su alrededor, codo con codo con otros que habían manipulado las cuentas de DefenseCorp para comprar las gigantescas naves que le daban poder a la compañía. En unos pocos latidos, los más poderosos de la galaxia habían sido destruidos.

En sus naves, esta gente habría tenido guardias. Soldados leales. Vana los había traído aquí, despojándolos de su protección a través de la codicia. Aurora habría sentido lástima por los bastardos, excepto que ya no le quedaba compasión para dar.

—Algunos escaparon —dijo Gregor, sin siquiera jadear—. ¿Los seguimos?

—Vana ni siquiera intentó detenernos —dijo Aurora—. Simplemente huyó.

—Los agentes son cobardes.

—Entonces vamos a atrapar a una cobarde.

Aurora tomó la delantera, dejando atrás los cadáveres. Su rifle funcionaría mejor en el pasillo más allá, un tramo estrecho que continuaba la vista con ventanas a la izquierda y una habitación tras otra sellada con escáneres. Existía la posibilidad, por supuesto, de que Vana se hubiera escabullido en cualquiera de estas, junto con los funcionarios que habían escapado.

Sin embargo, los sonidos que venían de adelante hacían que ese curso fuera poco probable.

Gritos y exigencias llegaban hasta el par de Sever Escuadrón mientras los invitados restantes de Vana le ordenaban que tomara alguna acción, que los sacara de allí. Las palabras eran acaloradas, y aunque Aurora quería apretar el gatillo final contra Vana ella misma, no se molestaría demasiado si alguien le disparaba a la agente primero.

El pasillo se doblaba, curvándose hacia adentro, con una puerta sellada que impedía seguir caminando en línea recta. A medida que Aurora se acercaba a la curva, la discusión se volvía más fuerte, más decidida y luego, como si se hubiera accionado un interruptor, más aterrorizada. Destellos manchaban la luz de la tarde de Aurum Tres, y cuando Aurora dobló la esquina, con el rifle listo, la fuente se hizo evidente.

Otros cinco cuerpos, con agujeros ardientes en sus pechos, yacían en el suelo. Vana no estaba entre ellos.

—No está huyendo —dijo Aurora, observando el humo que se elevaba de las víctimas—. Vana está tomando el control.

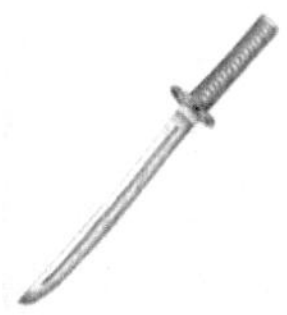

## 7

JUEGO DE ESPADAS

El momento de observar a los agentes trabajando, equipando a las filas en marcha con trajes, duró tanto demasiado como no lo suficiente. La pasarela resonante donde Sai y Rovo estaban parados ofrecía poca cobertura, así que Sai no se sorprendió cuando su visor se iluminó en rojo cuando los otros agentes que patrullaban avistaron al dúo blindado.

—Es hora de irnos —dijo Sai, envainando su katana y sacando sus pistolas en su lugar. La espada no sería de mucha utilidad a esta distancia.

—¿Ir a dónde? —respondió Rovo mientras los dos se deslizaban, tanto como podían en la voluminosa armadura, detrás de la barandilla del anillo—. Tarla y sus amigos están detrás de nosotros. Enfrente, hay unos cuantos miles de enemigos.

—Entonces piensa en algo.

Sai, mirando hacia el túnel del que habían salido, esperó a que el visor le indicara cuándo se acercaban los agentes. El halo rojo se arrastró desde la parte inferior de su visor hasta los bordes izquierdo y derecho. Cerca, ahora.

—Voy a la izquierda —dijo Sai.

Rovo no respondió, y ambos se movieron con experiencia instantánea cuando el rojo alcanzó el nivel adecuado. Sai se levantó, girando a la izquierda mientras la agente, con sus propias armas desenfundadas, doblaba la esquina. Sai disparó, pero la agente aparentemente lo esperaba, porque apareció en un repentino sprint. Los disparos de Sai la persiguieron, dejando marcas negras en el metal pintado detrás.

La muñeca derecha de la agente se sacudió mientras corría, y dos brillantes esferas plateadas rebotaron en dirección a Sai.

—¡Granadas! —gritó Sai.

Si tuviera las manos libres, Sai podría haber intentado devolvérselas. Si tuviera su katana, podría haber intentado cortarlas, desactivando la explosión antes de que comenzara. En su lugar, activó las botas potenciadas de la armadura, lanzándose hacia adelante. Voló sobre las granadas en un salto desenfrenado, chocando contra el agente, que había usado la pared para frenar su carrera y comenzar a retirarse de sus propias bombas.

Sai embistió a la mujer, cubierta con una armadura corporal carmesí más esbelta, estándar de DefenseCorp. Juntos, se estrellaron contra el lado opuesto, con el peso de Sai empujando a la agente contra el metal. Sai sintió que el cuerpo de ella se relajaba —los agentes siempre parecían pensar que los cascos no eran cool— mientras él retrocedía. La agente se desplomó en el suelo, inconsciente.

Una menos, un millón más por derribar.

El visor de Sai mostró una nueva amenaza roja a su izquierda, pero el espadachín de Sever Escuadrón no vio nada a lo largo de la pasarela.

El luchador con traje se reveló con un ardiente rayo azul

disparado desde la distancia, seguido por otro. El espadachín se apartó de los disparos, manteniéndose agachado. Un
rayo rozó el hombro derecho de Sai, y la armadura recibió el
impacto con alarma mientras el calor consumía la mitad de
su protección. Sai levantó sus pistolas, esperando proporcionar algo de fuego de cobertura para acercarse, hacer que
el tirador parpadeara y ganar algo de tiempo.

Las granadas explotaron.

Dos estallidos ondulantes resonaron en las paredes
mientras el fuego destrozaba la pasarela. Sai se inclinó hacia
un lado al desaparecer su punto de apoyo, con el metal
doblándose bajo él o consumiéndose. La armadura potenciada recibió el fuego como había recibido el láser, sin inmutarse en absoluto. Sai, sin embargo, gritó mientras caía,
golpeando el suelo de abajo mientras los escombros llovían a
su alrededor. El golpe aturdió a Sai por un segundo, y sus
pistolas ya no estaban en sus manos.

—¿Estás ahí? —las palabras de Rovo llegaron al oído de
Sai—. Por favor, di que estás ahí.

—Aquí —respondió Sai, sintiendo sangre en la boca
donde se había mordido la lengua con el impacto—. He
estado mejor.

—He oído que es más inteligente correr *lejos* de las
granadas, en lugar de hacia ellas.

—No te equivocas.

Sai se dio la vuelta, parpadeando ante la escena frente a
él. Aquellos ciudadanos, los muchos inyectados de Dynas
que esperaban su oportunidad con los trajes, estaban a su
nivel. De pie, y sin parecer reaccionar. Los agentes que
repartían los trajes continuaban su proceso, colocando
nuevo hardware y ayudando a cada nueva fila a abrazar su
armadura.

¿No les importaba que dos granadas acabaran de

destruir un extremo de la sala? ¿No les importaba que dos soldados, en armaduras potenciadas, hubieran invadido su operación?

El siguiente grupo comenzó su marcha casi silenciosa e invisible, y Sai vio por qué. Los nuevos trajes iban a la derecha de Sai, dirigiéndose hacia una gran abertura. Parches en los lados del portal declaraban el destino como zonas de aterrizaje, esas amplias áreas que Sever Escuadrón había visto durante el acercamiento. Los agentes seguían gritando a cada nuevo grupo que se dirigiera a las lanzaderas, preparándose para un viaje fuera del planeta.

¿Adónde irían esas lanzaderas? ¿Dispersarían a todos estos locos por la galaxia o se trataba de una invasión dirigida?

—Eh, ¿ayuda? —La voz de Rovo irrumpió en los pensamientos de Sai—. ¡Estoy rodeado aquí arriba!

Sai se puso de pie, alcanzando su katana. A su alrededor, la luz se filtraba en pedazos a través de los restos de la pasarela. El enemigo con traje que le había estado disparando no había seguido adelante. Tal vez pensaba que Sai estaba muerto. Su error.

—No puedo subir hasta ti —dijo Sai—. Mis propulsores aún no tienen energía.

—Qué gran ayuda eres —respondió Rovo—. He derribado a dos, pero hay otros cinco rodeándome.

Tenía un par de opciones, entonces. Sai podría salir cargando de los escombros, llamar la atención y tal vez encontrar una manera de conectar con el novato antes de que los agentes lo abrumaran. Pero ya estaban en desventaja numérica. El par de Sever no podía enfrentarse a todos los agentes en este lugar, no sin cobertura, sin el elemento sorpresa de su lado. Pero había otra opción.

—Corre —dijo Sai—. Sal y aléjate. Están llevando estos

trajes a las lanzaderas, y no sé por qué, pero no podemos dejar que se vayan.

—Sí, eh, no me va a importar un comino esos soldados si estoy muerto.

—Entonces no lo estés —repitió Sai—. Vete. Encuentra una puerta, sal y haz llegar un mensaje allá arriba. Alguien en DefenseCorp tiene que importarle, tiene que creer que dejar libres a estos monstruos es un problema.

Sai siguió los destellos de láser arriba mientras se estrechaban desde alrededor del segundo nivel hacia su lado izquierdo. Los disparos golpearon la barandilla, impactaron en la pared de arriba, y algunos pasaron rozando por encima. Sai no podía distinguir la forma de Rovo, pero esperaba que el novato tomara en serio sus palabras.

Otra línea recién equipada rompió filas y comenzó su marcha hacia la larga abertura y las plataformas de aterrizaje más allá. El movimiento devolvió a Sai al punto, a las filas frente a él que, hasta ahora, no se habían molestado en investigar los escombros y la armadura potenciada que se alzaba de ellos. Sai todavía no podía creer que ninguno de los agentes que manejaban los trajes hubiera hecho un movimiento en su dirección.

Tenían que verlo, tenían que saber que una caída así no mataría a alguien con armadura potenciada. Incluso si tenían que equipar y sacar a toda esa gente apacible, parecía ridículo no...

El destello rojo del visor empujó a Sai a lanzarse hacia adelante. Detrás de él, los escombros chillaron cuando algo los atravesó. Recuperándose de la voltereta sobre su hombro, Sai se equilibró con su mano izquierda, levantando su katana con la derecha para bloquear cualquier continuación.

Los trajes invisibles hacían lo que podían para ocultar

las armas adheridas o cubiertas por los compartimentos del traje. Los malditos cuchillos que Vana solía usar tenían un revestimiento similar que doblaba la luz, haciéndolos difíciles de rastrear. Este tipo, sin embargo, tenía una hoja curvada y zumbante de acero rojo que no hacía nada por ocultarse. Pareciendo flotar en el aire, la espada se balanceaba de un lado a otro, su dueño haciendo alarde.

—¿Segunda ronda? —dijo el traje, aunque Sai no podía ver al hombre que hablaba.

¿Segunda ronda?

A Sai no le importaba un comino ninguna ronda. Lo que importaba era que el tipo, parado allí blandiendo la espada, le dio a Sai la oportunidad de ponerse de pie. De agarrar cómodamente la katana. Quizás un duelista lo consideraría un rito, un honor concedido a un oponente, pero ¿en un lugar como este? ¿En una pelea como esta?

El honor tendría que esperar.

Sai se lanzó hacia adelante, levantando la katana en un golpe por encima de la cabeza. Dejando su pecho abierto para un ataque, Sai tentó al traje, y el hombre mordió el anzuelo. La hoja roja se alzó en una estocada recta, nivelándose hacia el estómago de Sai.

Normalmente, una katana sería demasiado pesada para dar un tajo con una sola mano como el de Sai, sería demasiado difícil de manejar y propensa a tambalearse fuera de peligro. Normalmente, un espadachín no tendría un traje de armadura que amplifica la fuerza manteniendo su agarre donde debe estar.

Sai bajó su mano izquierda, barriendo su brazo protegido hacia abajo delante de la katana para desviar la hoja roja. El zumbido demostró su significado cuando la energía que rodeaba la espada chisporroteó con destellos blanco-incandescentes contra la armadura potenciada, pero Sai redirigió la mortal punta hacia abajo y lejos. En lugar de atravesar la caja torácica de Sai, la espada rozó la pierna de Sai, dejando a su dueño abierto, vulnerable.

La katana cortó a través del hombro del hombre, eliminando el traje invisible y la ropa debajo. Solo al dejar caer la hoja y retroceder logró sobrevivir el hombre, aunque con un profundo corte en el hombro. Sai volteó el agarre de la katana, apuntando su punta en una estocada fatal, cuando el traje apagó su energía invisible, mostrando al hombre encapuchado debajo.

—¿Perro? —dijo Sai, pateando lejos la hoja roja y mirando al hombre herido—. ¿Por qué?

—¿Es el dinero una buena respuesta?

—Ya nos encontramos con Tarla —dijo Sai. No tenía tiempo para esto, pero el hombre podría ser útil. Una vez que los agentes vieran que Sai se había encargado de su protección, el espadachín de Sever calculó que sería abrumado—. Ella explicó vuestro trato. Te estoy preguntando por qué no me disparaste.

—No parecía justo —Perro hizo una mueca mientras esbozaba una sonrisa relajada—. Además, quería probar mi nuevo juguete. Tienen todo tipo de armas geniales aquí.

—Me lo imagino.

Sai miró por encima de su hombro, hacia la pasarela. Los láseres ya no se cruzaban, lo que sugería que Rovo estaba muerto o se había ido. Que Rovo no hubiera enviado ningún mensaje tampoco respondía la pregunta, ya que toda la base parecía bloquear cualquier comunicación una vez que habían dejado el rango de campo cercano.

—No vas a vivir mucho tiempo, ¿sabes? —dijo Perro—. Matarme no importa. Míralos a todos. Van a estar en todas partes de la galaxia antes de que pase mucho tiempo, obedeciendo las órdenes de esa agente.

Sai apuntó la katana a la garganta de Perro. —Dime cómo te ayuda eso. No habrá mucho trabajo para un mercenario si todos ya están muertos.

—Supongo que esperábamos que alguien como tú la detuviera, después de que cobráramos, por supuesto.

—¿Conoces alguna manera? ¿De detenerlos?

Perro se rió, hizo una mueca de nuevo. —¿Matarlos a todos?

No iba a suceder, por mucho que Sai lo deseara. Sin embargo, la sugerencia de Perro trazó un camino diferente a seguir. Sai y Gregor, junto con Sever Escuadrón en el *Prisa*, se habían encargado de las criaturas Helix sin demasiado esfuerzo. Los trajes eran lo que las hacía letales, lo que le daba a la variopinta fuerza de Vana la oportunidad de perturbar la galaxia.

Si se deshacían de los trajes, tal vez habría una oportunidad.

—¿Cuánto tiempo llevas aquí? —preguntó Sai a Perro.

—Unas semanas —respondió Perro—. Vana no estaba segura de cuándo llegarías.

—Así que conoces la base.

Ahora Perro se incorporó, haciendo una mueca.

—Puede que sí. ¿Por qué?

—¿Puedes mostrarme dónde fabrican los trajes?

—Creo que estás olvidando de qué lado estoy.

La katana se movió, apoyando su punta contra el cuello de Perro.

—Creo que tú estás olvidando lo desesperado que estoy —dijo Sai—. Muéstramelo, y tal vez vivas para cobrar todo ese dinero.

—Solo nos pagan si estás muerto.

Sai quería estrangular al hombre. Perro no recibiría ni un maldito centavo si Sever moría. Probablemente Vana los mataría, o el dinero en sí sería insignificante una vez que el ejército invisible e irreflexivo de Vana doblegara la galaxia a su voluntad.

—Perro, te lo voy a decir lentamente —dijo Sai—. Me vas a llevar a donde fabrican los trajes. Vamos a destruir la producción. Luego podemos discutir tu pago. —Perro abrió la boca y Sai presionó la hoja más cerca—. Si dices algo que no sea sí, te mataré ahora mismo y me arriesgaré.

Perro parpadeó y ofreció una sonrisa helada.

—Lo que tú digas, jefe.

## 8

## CEBO Y CAMBIO

Dos veces hoy había empuñado el martillo. Dos veces hoy había usado el formidable poder del arma para aplastar y machacar a enemigos indefensos. La primera vez, habían cargado contra Gregor con el abandono temerario propio de quienes habían cortado sus lazos con la realidad. La segunda había sido un acto de defensa contra un enemigo que no podía atacar.

Al igual que Aurora, Gregor había visto los nombres y rostros en la unidad de Sai. Cada uno, vinculado al plan que Sever Escuadrón se había encontrado tratando de detener. Cada uno culpable de, al menos, un intento de crimen contra la civilización. No debería sentirse remordimiento al tratar con seres como estos.

Y sin embargo, Gregor no se sentía embargado por una gloria victoriosa. Esto no era un combate que creara leyendas, esto no era heroísmo.

Masacre era la descripción adecuada.

Peor aún, Vana, la única que realmente importaba, seguía escapando. Gregor estaba de pie con Aurora al final del pasillo, escáneres parpadeando en rojo bloqueaban las habitaciones a su alrededor. Las víctimas más recientes de Vana yacían atrás, humeando mientras sus cadáveres se enfriaban. Con el camino hacia adelante bloqueado, y el camino de regreso un rápido viaje a ninguna parte, Gregor necesitaba encontrar algo que golpear que le devolviera el golpe.

—O perderé la cabeza —dijo Gregor la última parte en voz alta, atrayendo la mirada de Aurora desde el escáner, que seguía rechazando su pulsera.

—¿Perderás qué? —Aurora se enderezó.

La comandante de Sever Escuadrón había guardado su rifle y mantenía sus pistolas enfundadas. Su armadura potenciada parecía inmaculada, mientras que la de Gregor mostraba evidencias del combate. Sus armas contaban una historia.

—Estamos atrapados, y ahora somos claramente criminales para nuestra antigua compañía —dijo Gregor—. Incluso si destruimos a Vana, nadie nos verá como héroes.

—¿Alguna vez lo fuimos?

—Quizás no, pero no me gusta ser el villano.

—Nunca supe que te importara.

—¿A ti no? —preguntó Gregor.

Aurora se volvió hacia la puerta y la señaló con un gesto.

—Me importa atravesar esto. Me importa encontrar a Vana. Me importa detener todo esto.

—¿Y luego qué?

—Conoceremos el futuro cuando llegue. No soy muy dada a las predicciones.

—Una postura audaz de nuestra comandante.

Aurora ahora encaró a Gregor directamente.

—¿Qué te pasa? Me estás cuestionando, te estás poniendo filosófico. Este no es el Gregor que conozco.

—El Gregor que conocías no asesinaba a los indefensos.

—Cualquiera de ellos te habría matado si hubiera podido —Aurora puso una mano pesada sobre el hombro de Gregor—. No es momento de ponerse sentimental, amigo mío. Todavía tienes la oportunidad de luchar por la galaxia. No lo olvides.

Dejar a un lado los debates internos para otro momento. Qué típico de Aurora, de Sever. Gregor frunció el ceño, intentó hacer lo que Aurora le pedía. Había preocupaciones, dilemas morales que resolver, pero eso podría hacerse después, cuando Gregor estuviera muerto o encerrado en una celda por los siglos que le quedaban.

Por ahora, tendría que silenciar las voces como siempre lo había hecho Gregor.

—Apártate —dijo Gregor y Aurora obedeció.

Libre de daños colaterales, Gregor giró la base del martillo. La energía cinética almacenada, maximizada por los balanceos en la bahía y luego en la sala anterior, cargó la cabeza del martillo. Con un fuerte golpe por encima de la cabeza, Gregor aplastó el centro superior de la puerta de frente.

El comentario de Vana sobre los Asaltantes explicaba mucho sobre el diseño de la base, con la bahía del *Prisa* marcando el caos discordante y enloquecido mientras los soldados retorcidos por dentro y por fuera eran forzados al servicio. Muy parecido a la propia familia y amigos de Gregor, que trabajaban en las minas de cometas, habían sido mantenidos separados de los administradores, los accionistas, los dueños corporativos.

Hasta ahora, este edificio central demostraba tener un núcleo protegido. Todas las puertas con escáneres, los pasillos estrechos y las habitaciones construidas para canalizar a una fuerza atacante a través de un punto de estrangulamiento tras otro. Los Asaltantes no podían ser controlados, pero podían ser eliminados, aniquilados y luego reiniciados con un nuevo lote.

Gregor reconocía un matadero cuando lo veía.

A través de la puerta, la humanidad regresó. Las paredes lisas desaparecieron, reemplazadas por obras de arte colgadas, con los lemas corporativos de DefenseCorp plasmados en paredes repentinamente suavizadas, de un dorado suave que combinaba con las dunas de Aurum Tres. La puerta que se derrumbaba, doblándose bajo el martillo de Gregor, dejó entrar una brisa filtrada y cálida modulada para coincidir con la humedad y temperatura óptimas para la salud humana sostenida.

—Los de arriba siempre lo tienen mejor —refunfuñó Aurora, asimilando la diferencia.

—Y los de abajo nunca lo ven —coincidió Gregor.

Aurora dejó que Gregor, siendo el que tenía el martillo gigante, tomara la delantera. Dejando atrás todas las otras puertas cerradas, Gregor trepó por encima de su propio desastre y entró pesadamente en un lugar extraño. Por mucho que pareciera una oficina y un laboratorio elegantes —las paredes tenían ventanas aquí, dando vista a espaciosos lugares de trabajo y salas de reuniones—, el silencio inquietante, junto con los espacios perfectos y sin polvo, hacía que Sever se sintiera como si se moviera a través de una exposición de museo.

Vana o bien dirigía una operación muy estricta, o había querido montar un bonito espectáculo para servir a los altos mandos visitantes.

—¿Desierto? —dijo Gregor mientras continuaban por el pasillo alfombrado, con habitaciones a ambos lados.

—O evacuado. Tal vez los ahuyentamos.

—Entonces tuvieron la evacuación menos apresurada que he visto jamás.

Las opciones surgieron cuando el pasillo se encontró con otras alternativas. Ir a la derecha, continuar recto, el dilema habría sido difícil de resolver en el laberinto del edificio. Lo habría sido, si las botas de Vana no hubieran dejado un rastro claro en cada paso que daba. Las depresiones en la alfombra, manchadas por tierra dorada y pedazos de cosas que Vana debía haber recogido al pisar los cuerpos que sus invitados habían dejado atrás, eran bastante fáciles de distinguir.

—Está siendo descuidada —dijo Gregor después de que la segunda intersección volviera a tener un camino claramente marcado.

—La estamos subestimando —respondió Aurora, girando en el espacio, manteniendo su rifle apuntando hacia atrás, adelante y a los lados—. Nos llevó a todos esos VIP, y tiene que saber que la estamos siguiendo.

—Hemos visto sus sorpresas, y son débiles —replicó Gregor, y reanudó la marcha.

Los solitarios laboratorios y oficinas se desvanecieron cuando los dos llegaron al final del pasillo, esta vez con una puerta abierta, el escáner iluminado en verde permanecía desbloqueado. Gregor miró a Aurora, quien se encogió de hombros y le indicó que continuara. Si Vana quería ahorrarle a sus puertas el dolor del martillo de Gregor, Sever Escuadrón podía complacerla.

La puerta que se abrió conducía a un espacio amplio y plano. En el extremo más alejado, un lado abierto dejaba entrar el aire natural de Aurum Tres. Varios metros más alto que los pisos estándar por los que habían estado caminando, las lanzaderas llenaban el evidente muelle de atraque. Estas eran naves especiales, cubiertas de insignias, trabajos de pintura llamativos y nombres que las declaraban propiedad de los cuerpos que Aurora y Gregor habían dejado atrás.

Más preocupantes eran todos los guardias que merodeaban alrededor de esas mismas naves. La seguridad que había faltado en el baño de sangre privado de Vana aparentemente esperaba aquí, armada y girándose ahora en dirección a Sever Escuadrón. El visor de Gregor contabilizó las potenciales amenazas, salpicando su visión de rojo, y estimó cerca de cincuenta.

—No es bueno —dijo Gregor, de pie allí en la entrada con su martillo listo.

—De acuerdo —respondió Aurora—. Volvemos. Nos cubrimos en el pasillo. Limitamos su número.

Una ventaja de cincuenta contra dos requeriría más que un pasillo y algunas habitaciones cerradas para equilibrarse, pero Gregor tomaría una oportunidad sobre las nulas probabilidades que tendrían luchando en la bahía abierta. Aurora comenzó a retroceder y Gregor la siguió mientras los guardias observaban.

—A todos —retumbó la voz de Vana desde los intercomunicadores, haciendo eco a través de los pasillos detrás y la bahía frente a Gregor—. Me dirijo a ustedes, asustados y heridos. Dos desertores de DefenseCorp han atacado, bajo una bandera de paz, a sus protegidos y han dejado sus cuerpos atrás. Deben ser destruidos antes de que podamos recuperarnos, antes de que el brillante futuro de DefenseCorp pueda definirse. Como su oficial al mando ahora, les ordeno eliminar a estos dos inmediatamente.

Una orden descuidada, carente de estrategia y sustancia, pero Gregor vio los llamativos resultados mientras retrocedía: la nave más cercana a la entrada, un transporte verde y plateado, escupió a sus guardias en la bahía a través de una rampa de abordaje. La insignia de las fuerzas especiales de

DefenseCorp, grabada sobre la armadura verde y negra, se veía claramente mientras el escuadrón levantaba sus rifles hacia Gregor. Otros escuadrones seguirían cuando se reportaran con sus líderes y los encontraran sin respuesta.

—Es hora de irnos —dijo Aurora, y Gregor tuvo que estar de acuerdo.

La comandante de Sever Escuadrón lideró una retirada activa, reventando ventanas a su paso con precisos disparos del rifle. Los grandes paneles de vidrio eran más que suficientemente grandes para que alguien trepara y pasara a través, y cada abertura ofrecía una emboscada que cualquier persecución tendría que investigar. El rastro se ralentizaría, por poco que fuera.

Giraron a la izquierda en la primera intersección, esperando que nadie viera el repentino cambio de dirección. Aurora intercambió posiciones con Gregor, retrocediendo hacia la bifurcación del pasillo para cubrirlo mientras Gregor se encargaba de la puerta de la única manera que podía: otro golpe.

El martillo no había golpeado suficientes cosas para recargar su explosión cinética, así que el primer impacto solo abolló la puerta. El escáner chilló, activando una alarma.

—Lo siento —dijo Gregor, levantando el martillo para otro golpe.

—Y después de que disparé a todas esas ventanas —dijo Aurora—. Qué desperdicio.

La capitana abandonó su sarcasmo con una maldición, atrayendo la mirada de Gregor mientras Aurora se agachaba y disparaba. Gregor volvió a la puerta, golpeó de nuevo y destrozó el portal. Más allá se encontraba un amplio laboratorio, donde colgaban de ganchos prototipos de trajes a medio hacer. El cristalería cubría las mesas, algunas aún llenas de varios polímeros esperando su oportunidad de ser moldeados con propósitos asesinos.

Más puertas ofrecían salidas a la derecha y al lado opuesto del laboratorio, mientras que a la izquierda de Gregor, al final del equipo de laboratorio, una puerta pintada de amarillo declaraba que la habitación más allá era un congelador. Una idea tomó forma en la mente de Gregor, inspirada más por los juegos que había jugado en las rocas flotantes cuando era niño. Los escondites más efectivos eran aquellos que eran tanto posibles como ridículos, demasiado arriesgados para ser permitidos.

Pero si querías ganar realmente un juego, enviar a los buscadores a casa sin su premio, entonces tenías que trabajar en equipo. Un señuelo combinado con un lugar bien elegido llevaría a una oportunidad, llevaría a la victoria.

—Entra ahí —dijo Gregor, señalando el congelador—. Ahora.

—¿El congelador?

—Los alejaré de aquí. No lo revisarán.

Había comandantes que negarían la jugada de Gregor, que evaluarían la oferta de su soldado y se preguntarían si podían confiar en sus intenciones. Si el soldado quería ofrecer al comandante como cebo.

Aurora miró a Gregor y ofreció un simple asentimiento. Alcanzó, tomó una granada de su cinturón y la lanzó de vuelta por el pasillo. Nadie correría hacia la bomba, y podría retrasar a los perseguidores lo suficiente para que ella se escondiera.

—Ponte en marcha entonces —dijo Aurora.

—Ocúpate de Vana.

Aurora no necesitaba decir nada. La forma en que apretó el agarre de su rifle fue toda la respuesta que Gregor necesitaba. Antes había dudado, curiosa por una vía de escape, pero esa idea se esfumó cuando Sever Escuadrón acabó con los jefes en la otra habitación. La supervivencia ya no era el objetivo.

Gregor giró sobre sí mismo y corrió hacia la puerta de la derecha. Mientras corría, volvió a girar el mango de su martillo, cargando los golpes de la primera puerta en un impacto demoledor contra la siguiente. La delgada estructura se hizo añicos, sus dos mitades se dispersaron por el pasillo siguiente, arañando las paredes en su trayectoria.

El hombre del martillo no se molestó en echar un último vistazo atrás, no se preocupó por ver si Aurora había llegado a un lugar seguro. En su lugar, siguió corriendo, dejando que el martillo dejara su marca en las paredes a su alrededor, permitiendo que su ruido siguiera sus pasos.

Los perros lo seguirían, y cuando lo alcanzaran, Gregor finalmente encontraría su pelea.

## 9

## TOUR INTERRUMPIDO

El dolor acabó con su cobardía. Cualquier impulso de huir, llorar o rendirse nunca superó el dolor en sus palmas, donde la armadura potenciada no había podido hacer frente a la explosión de su rifle. La quemadura cantaba ahora, con Eponi sosteniendo la granada en su mano izquierda. Sai y Rovo habían huido, dejando un divertido punto muerto de tres contra uno.

—Te dije que me dieras un minuto —espetó Tarla a Javelin, que se había levantado del suelo. El arrogante usuario del látigo había vendado la herida de katana de Sanje y ahora ambos miraban con furia a Tarla, quejándose del dinero perdido—. No va a volarnos por los aires, pero podría asustarse si haces alguna estupidez.

—Parece probable —añadió Eponi, con las palabras tensas mientras su mandíbula presionaba contra el cañón de la pistola—. Soy una piloto loca. Podría volarnos por los aires sin motivo.

—No lo dudo —murmuró Javelin.

—Vamos, vamos —Tarla intentó suavizar la situación—. Te marqué como la más inteligente de tu escuadrón hace tiempo en Wexer, ¿recuerdas? Te invité a esas copas y nos embarcamos en una gran aventura juntas.

—Intentaste matarme.

—Oh, toda historia tiene sus puntos de inflexión —continuó Tarla sin inmutarse—. Los desacuerdos son inevitables en nuestra profesión. Tanta violencia, tanto dinero. —Tarla se inclinó, con los ojos brillantes—. Hablando de eso, ¿cuánto te está pagando la vieja Aurora para que la acompañes en esta misión suicida?

Eponi no tenía nada que decir. Sabía, y Aurora lo había dejado bastante claro, que el papel de Sever Escuadrón al venir a Aurum Tres no era un juego a corto plazo. Se trataba de mantener el orden galáctico y sus diversas vías de ingresos abiertas e intactas. Ah, y Aurora había añadido algo sobre salvar a la humanidad también, si querías un dulce más allá de la línea de fondo.

—¿Nada? —Tarla respondió por sí misma cuando Eponi no habló—. ¿Oyen eso, ustedes dos? Aurora tiene a su escuadrón operando de forma gratuita. Un montón de héroes, aquí.

—No somos héroes —Eponi se animó a responder—. Simplemente odiamos a Vana.

Tarla parpadeó.

—Bueno, al menos en eso podemos estar todos de acuerdo.

Ahora los ojos de Eponi se abrieron de par en par.

—¿Pero ustedes están trabajando para ella?

—Claro que sí —dijo Javelin—, pero que sea ella quien hace los depósitos no significa que no podamos ver que está podrida. Perro hizo algunas investigaciones después de que recibimos la oferta, y tiene un historial sombrío, esa.

—Es seguro decir —Tarla rebotó en las palabras de Javelin— que después de que termine este trabajo, nos vamos. Trabajar para ella significa un viaje rápido a la tumba.

—Apuesto a que puedo hacerlo más rápido —dijo Eponi, agitando la granada—. A menos que quites esta pistola de mi cara.

El comentario de Javelin sobre el pasado de Vana mordió el cerebro de Eponi, pero cualquier investigación tendría que esperar hasta que su proximidad a la muerte por láser ardiente desapareciera.

—¿Entonces qué pasa? —dijo Tarla—. ¿Te vas? ¿Nos disparas?

—¿Qué tal si los llevo al *Prisa* para un recorrido? Así podrán ver la nave por la que están luchando tanto para conseguir —Eponi desarrolló el juego mientras lo hacía, colocando las piezas en su lugar a medida que se formaban —. De todos modos, no podrán entrar sin mis códigos.

Tarla miró hacia Javelin y Sanje, este último no había hecho nada más que hacer muecas y mantener una mano sobre los vendajes que cubrían el corte en su pecho.

—¿Qué piensan, Rangers? ¿Confiamos en la piloto de Sever Escuadrón?

—Si me estás ofreciendo elegir entre explotar o conseguir una nave, voy a elegir la nave —dijo Javelin.

Sanje asintió hacia el otro hombre.

—Lo que él dijo.

Tarla apartó su pistola rápidamente, retrocediendo de Eponi. Levantó la pistola de nuevo, manteniéndola centrada en la cara de Eponi, el único lugar en su armadura de poder donde un disparo directo podría hacer daño. Antes de que Tarla pudiera hablar, sin embargo, Eponi decidió duplicar la apuesta.

—Oh, ¿adivinen qué? —dijo Eponi, sosteniendo la granada—. Mis amigos podrían estar en problemas, y es todo culpa de ustedes que no pueda ayudarlos. Así que, ¿qué tal si ustedes dos van a asegurarse de que mis compañeros estén a salvo, y yo le doy el recorrido a Tarla? De esa manera saben que están obteniendo algo bueno, y yo tengo una razón para no hacerlos volar a todos aquí y ahora.

Javelin comenzó un insulto maldiciendo, pero Tarla lo calló con un disparo de pistola al techo del túnel. El destello brillante hizo que Eponi se estremeciera y casi quitó su mano del gatillo de la granada. ¿Lo único que la detuvo? La sonrisa contagiosa de Tarla.

—Esta sí, esta sí —Tarla sacudió la cabeza—. Eres especial, ¿lo sabías?

Eponi no sabía si era especial, pero sí sabía que pasar de tres contra una a un enfrentamiento parejo tenía mucho sentido. Rovo y Sai ya tenían suficiente ventaja como para que, a menos que fueran los Severs más lentos de la historia, Javelin y Sanje no los encontraran.

No quería detonar la granada, pero Eponi había llegado hasta aquí. Bien podría sacarle el máximo provecho.

—Javelin, Sanje, haced lo que ella pide —dijo Tarla.

—¿Y el contrato? —replicó Javelin—. ¿Lo abandonamos sin más?

—Vana nos pagó para detener a Sever —dijo Tarla—. Aún hay tiempo para hacerlo. Tal como yo lo veo, viva o muera Sever, hoy nos haremos con una nave.

Claro. Si eso es lo que Tarla quería pensar.

—Tú mandas, jefa —dijo Javelin—. ¿Listo, Sanje?

El piloto no parecía estar listo, pero con Javelin ayudándolo a ponerse de pie, los dos comenzaron a avanzar por el túnel. Tarla mantuvo una pistola apuntando a Eponi y agitó la otra en dirección a sus dos compañeros de escuadrón.

—Ahí lo tienes, Eponi —dijo Tarla—. Justo lo que querías. Ahora guardemos la bomba, ¿de acuerdo?

El truco había llegado a su fin. Eponi volvió a colocar el detonador en su posición segura y deslizó la granada en su funda. El movimiento desató un dolor punzante en sus palmas, un recordatorio de que la bravuconería no curaba todos sus males.

—¡Eh! —gritó Tarla por el túnel hacia la pareja que se alejaba, asintiendo ante el gesto conciliador de Eponi—. Sea lo que sea que encontréis que estén haciendo, no os arriesguéis. Este lugar, este trato, no lo vale.

—Vaya mercenarios que sois —dijo Eponi.

—Apuesto a que DefenseCorp también te ha enviado a algunas misiones de mierda —replicó Tarla—. Ningún contrato merece que mueras por él.

—En eso sí que estamos de acuerdo.

—Bien, entonces pongámonos en marcha. Quiero ver mi premio.

Su premio. Eponi se dio la vuelta, ocultando su ceño fruncido. Se condenaría antes de dejar que Tarla se llevara la *Prisa*, pero permitir que la mujer se aferrara a esa creencia hasta que Sever terminara su trabajo aquí no mataría a Eponi. Solo tendría que callarse y dejar que Tarla ganara por un tiempo.

Las dos marcharon de vuelta por el túnel hacia la bahía, con Tarla acribillando a Eponi con preguntas sobre lo que había sucedido después de Wexer. Relatar lo ocurrido en Gillane Cuatro y el largo descanso en la estación del borde llevó más tiempo del que Eponi esperaba, y se sumergió en los recuerdos. La larga carrera por las calles de Gillane Cuatro, con tiradores a sus espaldas, brotó de su lengua, salpicada de maldiciones, y por un momento Eponi olvidó que era a Tarla a quien le hablaba.

Sever era la familia de Eponi, pero ellos ya habían escuchado todas sus historias, habían estado a su lado en la mayoría. Tarla, sin embargo, escuchaba el relato con una perspectiva fresca, y sondeaba cada otro momento para demostrar que había estado atenta todo el tiempo.

—Tengo que decir que le di mierda a Aurora en DC —dijo Tarla—. Pero os ha convertido a todos en una maldita buena máquina.

—No lo hizo todo ella —replicó Eponi mientras llegaban a la puerta abierta que daba a aquella bahía oscura y sangrienta—. Empezamos siendo fuertes.

—Por supuesto que sí —respondió Tarla—. Yo tampoco llevaría bebés a los Rangers.

Las palabras de Tarla se desvanecieron mientras miraba la bahía. Eponi observó la expresión de la capitana mientras las luces integradas de la armadura potenciada se encendían para revelar la pintura ensangrentada, los escombros apilados, las evidentes luchas que habían tenido lugar en este horrible sitio.

—Sabes —susurró Tarla, con toda la arrogancia desaparecida—, cuando viajas lo suficiente por la galaxia, ves lugares como este. Intentas olvidar, intentas superar todas las cosas horribles que nos hacemos los unos a los otros, pero nunca lo consigues realmente. Cada uno de estos añade otro mal recuerdo que necesito suprimir.

—Vana hizo esto. Es culpa suya.

Tarla no dijo nada a eso, pero hizo un gesto a Eponi para que continuara.

Con Eponi liderando, las dos se dirigieron hacia la *Prisa*. Las luces de posición de la nave proporcionaban un faro claro que seguir en la oscuridad, con aquella brisa empujándolas durante todo el camino. Tarla no soltó ninguna ocurrencia y Eponi no se opuso al silencio: la atmósfera parecía inadecuada para historias, bromas o amenazas.

La *Prisa* requería códigos para desbloquearla, enviados a

través de una pulsera o un teclado en el puntal delantero de la nave. Eponi tenía esos códigos, el truco era cómo entrar en la *Prisa* sin que Tarla la siguiera. O, Eponi podría arriesgarse en un combate directo. Incluso con una pistola apuntándole, la armadura de Eponi podría aguantar el impacto y darle tiempo para escapar, sacar otra arma y devolver el fuego.

Todas esas ideas giraban en torno a una incómoda verdad: Eponi realmente no *quería* matar, diablos, ni siquiera herir a Tarla. Tal vez era por enfrentarse a un enemigo más temible en Vana o a las cosas infectadas y escurridizas que habían atacado después de aterrizar aquí, pero ¿una mercenaria arrogante con carácter? La galaxia podría usar algunas más de esas.

El dilema no se había resuelto cuando llegaron a la *Prisa*. Tarla silbó, el sonido atravesando el visor de su traje. Se había puesto de nuevo bajo la capa de invisibilidad y la protección completa del traje, aparentemente pensando que Eponi podría intentar algo. En su lugar, ambas miraron los restos de la lucha anterior, todavía allí con todos sus restos macabros.

—Me gusta la nave —dijo Tarla—. Aunque podría usar un lavado y un cambio de escenario.

Eponi solo asintió. El visor emitió un pitido y ella se enfocó hacia los puntales traseros. Más allá de los dos pilares inclinados estaba donde Sever Escuadrón había apilado los cuerpos que no habían sido reducidos a cenizas por las torretas. El visor parecía pensar que algo se movía allá atrás, más allá del alcance de las luces de posición.

—No me gustaría nada más —respondió Eponi—. Pero no me iré sin mi escuadrón.

—Ni sin el mío.

—Claro —dijo Eponi, avanzando. El visor seguía

emitiendo alertas de movimiento, aunque no podía definir lo que veía como una amenaza. Eponi quería sacar un arma, pero Tarla aún tenía la suya fuera, y recibir un disparo por la espalda estaba bastante abajo en la lista de lo que Eponi deseaba—. ¿Estás captando esto?

—¿Captando qué?

Tal vez esos trajes no eran tan sofisticados después de todo. ¿Habrían reducido la tecnología del visor para conseguir todos esos trucos reflectantes?

—Estoy detectando movimiento detrás de la nave —dijo Eponi—. No es que hayamos registrado a fondo la bahía después de que dejaran de venir. Quizás quede uno.

—¿Vas a luchar contra eso con las manos desnudas?

—Solo no quería que me dispararas.

—Eponi, sé cuándo disparar —dijo Tarla. Su voz provenía de la izquierda de Eponi, y si la piloto se concentraba, podía distinguir las borrosas siluetas que los trajes dejaban en la luz—. Consíguete un arma, por favor.

De acuerdo entonces. Eponi sacó la pistola de repuesto y la sostuvo en su mano derecha. Puso un cuchillo de combate en la izquierda, extraído de un compartimento de almacenamiento en el muslo de la armadura de potencia. No era exactamente una ofensiva de alto poder, pero suficiente para manejar a uno de esos despojos infectados.

—Tú ve adelante —dijo Tarla.

—¿Asustada?

—Lista.

Eponi resopló, pero avanzó de todos modos. Al acercarse a la parte trasera de la *Prisa*, el visor finalmente encontró su bloqueo, resaltando al menos quince secciones en la vista de Eponi con cuadrados naranja. Su armadura había detectado movimiento en esos puntos, pero no estaba segura si señalaba una amenaza o qué. Un nuevo sonido también entró en juego, un burbujeo chirriante como el de una sartén cocinando.

Con los motores de la *Prisa* sobre ella, Eponi aumentó las luces de su armadura de potencia al máximo nivel. Estallaron desde los puntos en su hombro, lanzándose y cubriendo lo que debería haber sido una pila pútrida y horrible con una luz amarillo-naranja brillante.

—Qué demonios... —dijo Tarla.

La masa se movía, sin duda. Temblaba y se sacudía en su oscuridad ondulante. Crecimientos borrosos y serpenteantes se enredaban sobre la pila, burbujeando y desvaneciéndose una y otra vez. En su base, la forma negruzca se derramaba, creciendo muy lentamente como un estanque llenándose de agua. Un extraño olor, como el fertilizante de los planetas llenos de cultivos sobre los que Eponi solía correr, se filtraba a través de su visor.

—Es el virus —dijo Eponi—. De Dynas.

—¿Dónde?

—No importa —Eponi levantó su pistola hacia la masa —. Podemos matarlo con fuego.

Tarla no necesitó una segunda orden. La mercenaria levantó sus pistolas y comenzó a disparar contra la masa. Eponi la imitó, sus rayos se entrelazaron en la enorme pila sin hacer absolutamente nada. Después de agotar sus paquetes de energía y retroceder varios pasos para evitar el borde reptante de la pila, Eponi pensó que necesitaban una nueva estrategia.

Una que significaba dejar que Tarla entrara en la *Prisa*.

—Sígueme —dijo Eponi, abriendo su muñequera y tecleando el código—. No vamos a matar esta cosa aquí fuera.

—Me hago una idea. ¿Te importaría decirme qué es y si debo tenerle miedo?

—Esto es lo que están metiendo en los soldados —explicó Eponi mientras la rampa del *Prisa* descendía hasta el suelo—. O alguna versión de ello, al menos. Los hace muy fuertes antes de volverlos completamente locos. Luego, acaban pareciendo eso.

—¿Vana está asesinando a toda su fuerza? No tiene sentido.

Eponi lideró el camino por la rampa, con los dos soldados equipados pisando fuerte al entrar en el *Prisa*. Tarla ni siquiera hizo una broma o se maravilló con la nave, una señal de que quizás, solo quizás, la mercenaria entendía lo que estaba en juego.

—No los está matando —respondió Eponi cuando llegaron al centro de la nave—. En Gillane Cuatro, tenían alguna dosis supresora que mantenía el virus bajo control. No está empoderando a toda esta gente...

—Los está esclavizando —dijo Tarla—. Eso es... eso es un asunto seriamente malvado.

—Ahora entiendes por qué estamos aquí. —Eponi cruzó miradas a través de los visores con Tarla, cuya silueta borrosa destacaba a esta distancia—. Esto no es solo un trabajo para nosotros. En un segundo, voy a salir de mi armadura y hacer lo que hay que hacer. Tú eliges de qué lado quieres estar.

En las carreras de karts, Eponi tenía que apostar todo el tiempo. Tenía que predecir hacia dónde iría el corredor de delante, si el de atrás intentaría adelantarla y sacarla de la pista. Tomar la decisión equivocada podía costar la carrera, incluso el kart. Esto no era muy diferente, y al menos, si Tarla le disparaba por la espalda, Eponi no tendría que preocuparse mucho tiempo.

Dando la espalda a Tarla, Eponi ordenó a su armadura potenciada que la liberara. El traje se abrió, se separó y se aflojó para que la piloto pudiera extraerse. Alejándose, dirigiéndose hacia la cabina, Eponi cerró los ojos durante un largo segundo, esperando que llegara el disparo. Un tiro, y Tarla tendría su nave, tendría un buen comienzo para hacerse con el contrato de Vana.

La sonrisa apareció cuando Eponi se deslizó en el asiento del piloto, activando los motores del *Prisa*. La gran nave cobró vida con un zumbido, retrayendo la rampa de abordaje. Suavemente, con muchísimo cuidado, Eponi elevó la nave del suelo sin levantar los soportes. Girando la palanca de vuelo, Eponi activó los propulsores de maniobra del *Prisa* e hizo que la nave comenzara a girar lentamente. Al frente, las estatuas de escombros y los suelos salpicados de pintura se fueron convirtiendo gradualmente en el creciente y agitado charco de virus.

—Hablas muy bien —dijo Tarla, sentándose en el asiento del copiloto. Sin el traje invisible, Tarla no parecía ni la mitad de letal, pero sí el doble de arrogante. Su sonrisa no estaba recortada por el visor, y sus grandes ojos brillaban—. Envié el mensaje allá atrás. Los Rangers del Crepúsculo no aceptan contratos de nadie que haría algo así.

Los labios de Eponi se curvaron hacia sus ojos, ocultando el alivio que sentía. Sin embargo, no pudo evitar el suspiro que vino con toda la tensión que se desvanecía, y Tarla se rio.

—¿Creías que iba a liquidarte? ¿Después de todo eso? —dijo Tarla.

—Nunca se sabe —respondió Eponi, y luego volvió a mirar por el parabrisas. Aumentó la energía de las torretas—. ¿Lista para freír esta cosa?

—Muéstrame de lo que es capaz mi nave, piloto.

La *Prisa* no decepcionó.

## 10

# FUERA DE LA ESCOTILLA

Cuando Sai giró a la izquierda, Rovo tomó la otra opción obvia. Dejando su guadaña en las fundas, el novato se desvió a la derecha, levantando su rifle y disparando ráfagas de cobertura a través de la vasta cámara abovedada hacia los enemigos que se acercaban. El visor ayudaba, resaltando a los agentes contra la luz azul dorada que entraba desde arriba.

La armadura corporal estándar de DefenseCorp podía aguantar un disparo, quizás dos antes de quemarse. Los agentes parecían saber esto, porque trataron el avance de Rovo como un aviso ensordecedor para lanzarse al suelo. Rovo tenía cuatro objetivos mientras corría a lo largo del tramo recto hacia la esquina de la sala. Acertó al más cercano, intercambiando disparos al hombre que su armadura potenciada resistió y las defensas del agente... no.

Rovo no pudo distinguir si derribó al número uno o si el hombre se lanzó al suelo, pero para la tercera zancada del novato ya había girado su puntería hacia el número dos. Esta agente se posicionó de manera más segura, agachándose cerca de la barandilla y asomándose para disparar a la armadura potenciada, más grande, más ancha y más voluminosa en todos los sentidos. Su rifle lanzó un láser blanco incandescente hacia el pecho de Rovo, pero el novato activó sus propulsores cinéticos, saltando hacia adelante y disparando todo el tiempo.

Un movimiento absurdo que debería haber hecho que los disparos de Rovo se esparcieran por toda la sala, en cambio, se convirtió en un ataque peligroso gracias a la armadura potenciada que mantenía su puntería ajustada. Rovo sintió las suaves presiones en sus muñecas y brazos mientras la armadura colocaba su rifle donde necesitaba estar. La agente se encontró expuesta cuando el salto de Rovo lo llevó a la esquina.

Dale a Rovo un tiro en línea recta y acertaría.

Después de confirmar que el primer agente había caído, Rovo redujo las probabilidades a la mitad. Los otros dos agentes, más adelante en el pasillo rectangular que el primer dúo, convirtieron lo sucedido a sus compañeros en precaución. Deslizándose hacia los vanos de las puertas, los dos dispararon a ciegas hacia Rovo, quien respondió con una ráfaga de su rifle.

Lo que podría haber sido una pelea prolongada terminó cuando las granadas explotaron. La estruendosa explosión sacudió a los agentes hacia una cobertura más profunda y empujó a Rovo hacia adelante mientras la sección trasera del pasillo se desmoronaba hacia el nivel inferior. El novato no vio caer a Sai, no vio a su compañero en absoluto en medio del caos.

A su izquierda, la carrera de Rovo lo llevó a otra puerta, esta con cerradura roja como las demás. Usando el estrecho hueco para ponerse a la par de los agentes más adelante en el pasillo, Rovo intentó orientarse. Se comunicó con Sai por el intercomunicador, lo encontró y sintió alivio al saber que el espadachín no había sucumbido en la explosión.

Estar solo en un nido enemigo, como Rovo había aprendido en Dynas, solía ser una mierda.

Un nuevo tiroteo interrumpió la charla de Rovo con Sai, rayos azules surcando la cámara. A larga distancia, los disparos fallaron por milímetros mientras Rovo se agachaba de nuevo dentro del vano de la puerta. Ahora tenía dos agentes a su izquierda y uno al otro lado, una combinación que tensaba cualquier posible estrategia.

Entonces Sai le dijo a Rovo que corriera.

La idea se sintió equivocada desde el principio. No se huía con Sever Escuadrón, se hacían cambios calculados de posición para dar la vuelta a las tornas, para cambiar las probabilidades. Sai, sin embargo, no añadió ninguno de esos detalles. En cambio, Rovo necesitaba sacar su trasero de allí lo más rápido posible.

Disparando una ráfaga al agente al otro lado de la cámara, la salvaje andanada le dio a Rovo tiempo para mirar la puerta detrás de él. Un escáner rojo significaba que no podría entrar, a menos que encontrara una pulsera de acceso que funcionara.

—¿Esto se vuelve más fácil alguna vez? —murmuró Rovo para sí mismo.

Tomando aire, ajustando su rifle, Rovo lanzó unos cuantos rayos más al otro lado para mantener a ese agente suprimido. Siguió sus disparos con una carrera giratoria, avanzando pesadamente por el pasillo hacia los otros dos agentes que se acercaban a él. La carga de Rovo pilló por sorpresa a los agentes, que probablemente lo creían inmovilizado, haciéndolos tropezar hacia atrás.

La armadura potenciada del novato recibió un par de impactos perdidos, el calor extendiéndose por la rodilla izquierda y las costillas de Rovo mientras el fuego del rifle hacía su daño. El tropiezo hacia atrás no hizo mucho más por los agentes, y Rovo los alcanzó después de tres largas zancadas. Apuntando con su mano derecha, Rovo apretó el gatillo y eliminó al que estaba en ese lado. Con la izquierda, Rovo hizo algo que solo había visto en las películas: agarró el brazo del agente y lanzó al enemigo contra la pared izquierda.

Aturdido, el agente dejó caer su rifle y puso las manos en el suelo para sostenerse. Rovo lo atrapó en su lugar, ayudando al hombre a levantarse y guiándolo directamente hacia la siguiente puerta en la fila.

—Quédate quieto y no morirás hoy —dijo Rovo, dejando que las palabras brotaran del altavoz de la armadura de poder.

El agente se rio, con esa risa malvada y extraña que Rovo recordaba de Gillane Cuatro. El hombre había sido inyectado, entonces.

—¿Crees que me importa morir? —dijo el agente, aunque no se resistía a los tirones de Rovo—. Todos vamos por ese camino pronto. La única pregunta es si serás tú o yo quien vaya primero.

—Entonces espero que seas tú —dijo Rovo.

Antes de que el agente pudiera responder, habían llegado al siguiente hueco. Allí, de nuevo, había otra puerta en espiral con otro escáner bloqueado. Golpeando al agente y su muñeca contra esa caja negra, Rovo esperaba haber elegido a un rehén con un alto nivel de autorización.

El escáner emitió su alegre pitido, provocando más que un poco de alivio. A pesar de su continua ignorancia sobre la lucha a su alrededor, Rovo tenía que suponer que todos esos malditos con traje de abajo serían llamados a la acción eventualmente. Luchar contra los Rangers del Crepúsculo,

Vana, incluso agentes normales en esos trajes ya era bastante malo; Rovo no necesitaba intentar combatir a personas que habían perdido toda cordura.

Más allá de la puerta, un estrecho camino se inclinaba hacia arriba, con muescas que servían como escalones emparejadas con pasamanos a ambos lados. El aspecto era lo suficientemente extraño como para que Rovo lo mirara dos veces, incluso cuando llegó fuego fresco desde atrás. Un letrero de un rojo brillante en la puerta, tanto por dentro como por fuera, identificaba el portal como una salida de emergencia.

Porque, por supuesto.

—¿Soy malo en esto? —preguntó Rovo al rehén mientras arrastraba al agente, golpeando el escáner de paso para cerrar la puerta—. O sea, ¿cómo elegí esta?

—Todas las salidas de este lado son de emergencia —respondió el agente entre ataques de risa histérica—. Estás en el borde de la base, ¿a dónde creías que irían estas?

—¿Qué? —Rovo comenzó a subir los escalones, arrastrando al agente consigo. No parecía buena idea quedarse allí atrás—. Vi las puertas. ¿Había al menos cuatro a lo largo de este lado?

—¿Es tu primer día aquí? —preguntó el agente—. ¿No viste la orientación?

—¿La orientación? ¿Quién demonios crees que soy?

—¿Alguien que se saltó su dosis? —El agente se rio entre dientes—. Como me va a pasar a mí si esto sigue mucho más. Los tenemos todo el tiempo. Algunas personas no tienen la tolerancia para cumplir con el horario.

Este lugar no dejaba de empeorar. Rovo no pudo pensar en otra pregunta después de la revelación del agente. No era de extrañar que los trajes de abajo, los otros agentes no detuvieran su trabajo. Sever no era una fuerza enemiga, solo algunas personas enfermas que habían puesto sus manos en algo de equipo.

No había necesidad de revelar la verdad al agente. En su lugar, Rovo cambió las comunicaciones del traje para transmitir en la frecuencia de Sever Escuadrón. Al encontrar silencio, Rovo maldijo mientras escuchaba la historia del agente, abrazando la catarsis y esperando, tal vez, que Eponi, Gregor o Aurora intervinieran para preguntar qué demonios estaba pasando.

Nadie respondió. Solo un silencio difuso.

Dejando de lado esa inquietante situación, la pendiente ascendente terminaba en otra puerta sellada. Esta no tenía escáner, ni la elegante puerta giratoria. En su lugar, ofrecía un pestillo giratorio; la puerta funcionaba con el antiguo método muscular.

—¿Te importaría hacer los honores? —preguntó Rovo al agente, quien lo miró parpadeando.

El novato apuntó su rifle, y el agente comprendió. Rovo no quería un rehén, ni realmente quería matar al agente —no por bondad, claro está, sino porque el agente parecía saber a dónde ir—, pero, sobre todo, Rovo no quería que el agente saliera corriendo mientras el novato abría la puerta.

Con un chirrido fuerte y totalmente esperado, el agente forzó la apertura de la puerta. Mientras lo hacía, arena dorada cubrió su armadura carmesí, inundando el tubo desde arriba. El agente tosió, Rovo escuchó cómo su traje confirmaba que la atmósfera de Aurum Tres era respirable, aunque no necesariamente agradable. El agente finalmente recuperó el aliento, mirando a Rovo con ojos que preguntaban *¿y ahora qué?*

—Salimos —dijo Rovo.

La orden de Sai le indicaba a Rovo que encontrara alguna manera de enviar un mensaje a todos esos monstruos en órbita que habían intentado hacer volar a Sever Escuadrón del cielo durante su aproximación. Por alguna razón, el espadachín sentía que esas naves no merecían que sus entrañas fueran destrozadas por una horda de maníacos invisibles y sedientos de sangre. Típico del padre del escuadrón tener una pizca de empatía.

—Sabes lo que hay ahí fuera, ¿verdad? —preguntó el agente—. Porque no hay nada. No hay nada ahí fuera.

—Prefiero la nada a morir por un láser.

El agente no pudo rebatir esa lógica y, con el rifle de Rovo continuando su empuje, trepó y salió. Rovo lo siguió, dejando la suave luz azul del interior por la tarde que se atenuaba y un cielo lleno de motores rugientes.

Esas filas de trajes habían recibido la orden de ir a las lanzaderas, y parecía que esas lanzaderas se estaban preparando para partir. Los motores de iones eléctricos no tenían el mismo retumbar ondulante de los combustibles de cohete más antiguos, como los que Rovo usaba al crecer en su hogar, pero aun así producían suficiente ruido con su energía crepitante. El sonido llegaba sobre las dunas como un chillido en el viento.

Más allá del ruido, Rovo se sintió desorientado al encontrarse en un espacio tan abierto. Después de tanto tiempo en una estación espacial, en sus estrechos corredores y luego en la *Prisa*, con sus cabinas aún más estrechas —particularmente la de Rovo, que compartía con Gregor—, la vista que se extendía hacia el horizonte en todas direcciones mareó al novato.

Hasta que vio el centro de la gran base, una masa gris plateada que se alzaba de la arena. Sus luces, en un esquema púrpura y amarillo, se encendieron cuando la luz del día comenzó a menguar, haciendo que la estructura brillara desde el suelo como algún tesoro cósmico. A su alrededor, extendiéndose como brazos metálicos, había pasarelas terrestres que conducían a lugares que Rovo desconocía.

Y a la derecha, menos impresionante pero aún presente como un feo disco sobre la arena, se encontraba la bahía que albergaba la *Prisa* en medio de sus horrores.

—¿Dónde está el centro de comunicaciones? —preguntó Rovo al agente.

—¿Centro de comunicaciones? ¿Para qué?

—Necesito decirle a mi madre que la amo —respondió Rovo con brusquedad—. No importa por qué. Muéstramelo.

—¿Y si digo que no? —El agente soltó una risita.

—Con toda esta arena volando, pasará mucho tiempo antes de que alguien encuentre tu cuerpo.

El agente abandonó la risa, manteniendo, por un segundo, la compostura debida a un momento en que su vida estaba realmente en juego.

—Hay tres centros de comunicaciones aquí —dijo el agente—. Si quieres el principal, tienes que ir al gran edificio del centro. Si quieres un lugar con menos atención, puedes ir por allá. —El agente señaló detrás de Rovo, hacia la izquierda de la estructura central—. Ahí están los barracones. Normalmente diría que estás frito si vas allí, pero estamos vacíos.

—No me imagino por qué —murmuró Rovo—. Los barracones suenan bien. Vamos.

—¿No quieres cubrir tus huellas? —El agente señaló la escotilla abierta—. Sabrán por dónde te fuiste.

—Nos vieron salir. Me vieron estrellarte contra una pared. Estoy seguro de que me están siguiendo.

El agente vaciló, arrodillándose sobre la escotilla abierta.

—Tal vez, pero hay mucho pasando allá abajo. —Una suave risa—. Podría ser que se olviden de ti.

Rovo puso los ojos en blanco. Si no necesitara a este agente para pasar por otros escáneres, el novato ya habría asado o noqueado al hombre.

—Bien, cierra la escotilla si eso te hace sentir mejor.

El agente se inclinó, alcanzando la escotilla. Rovo observaba, con la mano distraídamente sobre su rifle. El agente tenía una pistola, pero Rovo calculó que podría disparar al hombre antes de que el agente pudiera sacar el arma.

El movimiento fue rápido. El agente se deslizó en la arena, resbalando sobre el borde de la escotilla y volviendo al interior del túnel. Rovo levantó su rifle, pero el agente cerró la escotilla. El pestillo hizo clic, cerrándose y sellándose.

—De alguna manera, en todas nuestras peleas, olvidé que ustedes realmente tienen entrenamiento —dijo Rovo, acercándose pesadamente a la escotilla.

Diseñada para salidas, no entradas, una superficie lisa le dio la bienvenida. Sin forma obvia de abrirla. Rovo estaba completamente solo en Aurum Tres, con una dirección general y nada más en qué basarse. Suspirando, el novato se puso en marcha, pisoteando la arena y maldiciendo su propia idiotez.

Mientras caminaba, las primeras lanzaderas se elevaron a la vista, inclinando sus formas hacia las estrellas, llevando su carga condenada hacia una flota desprevenida.

## 11

## LA CARRERA

No te abres camino hasta liderar un equipo como Sever Escuadrón imaginando que terminarás en un congelador de laboratorio. Sin embargo, Aurora siguió las palabras de Gregor y se deslizó —tanto como se puede con una armadura de combate— en el helado recinto, agazapándose entre los estantes repletos de cajas, viales y cosas etiquetadas que Aurora no tenía ni el tiempo ni el temperamento para leer.

En su lugar, escuchó. Primero, la granada que había lanzado de vuelta por el pasillo explotó, su amortiguado estallido atravesando las puertas del congelador, seguido por el constante crujido del cristal quebrándose bajo las botas que se acercaban.

Luego llegaron las órdenes, gritos ladrados y resistencia mientras oficiales y soldados de unidades dispares intentaban encontrar una cadena de mando cuando no existía ninguna. Pistoleros descontrolados, corriendo y cazando. Aurora sonrió bajo su visor.

Incluso si llegaba a un enfrentamiento, la respuesta sería

dispersa. Desorganizada. Vana no podría controlar a estos bastardos más de lo que Aurora podría.

El nombre de Vana borró la sonrisa. ¿Qué estaba haciendo la agente? Había llevado a Aurora y Gregor hasta lo profundo de su base, casi sin intentar detenerlos —Aurora no creyó ni por un segundo que la turba moribunda en la bahía del *Prisa* tuviera alguna posibilidad de matar a Sever —, entonces, ¿cuál era el verdadero juego?

La teoría de Deepak que llevó a la misión, la idea que trajo a Sever a su estación de descanso y relajación y ahora aquí, se había basado en hacer volar la supuesta conferencia de Vana. Eliminar a Vana o destruir sus experimentos antes de que vendiera sus méritos a DefenseCorp. Luego, sin nada más y con tanto dinero desperdiciado en traer sus naves y sus personas hasta aquí, los altos mandos se volverían contra Vana, acabando con ella si Sever no lo había hecho ya y dándole al escuadrón un boleto gratis fuera del mundo.

Y, finalmente, limpiar el nombre de Sever para seguir su propio camino.

En cambio, los líderes de DefenseCorp dejaron su sangre allí. No ayudarían a Sever Escuadrón desde más allá de la tumba, y tampoco lo harían los segundos al mando que se atrincheraban en sus propias posiciones en una empresa turbulenta que, si Aurora no se equivocaba, estaría buscando chivos expiatorios. Siempre es más fácil culpar a la oposición en lugar de mirar hacia adentro.

Lo que, de nuevo, llevó a Aurora a pensar en Vana. La comandante de Sever recorrió con la mirada el laboratorio congelado, tratando de descifrar el plan de la agente. Todas estas órdenes, los viales y las cajas tenían fechas pegadas. Etiquetas que mostraban que habían sido enviados aquí hace años. Eso coincidía con el plan lento de Renard, con toda la operación Helix.

Todo eso ocurrió antes de que Vana, según sus propias palabras en el *Nautilus*, se hubiera involucrado. ¿Así que Renard recuperó esta base y reclutó a Vana después?

¿Por qué? ¿Y por qué Vana se uniría?

El silencio sacudió los pensamientos de Aurora: no había cristales rompiéndose, ni órdenes, ni pisotones de soldados armados moviéndose. Ninguno se molestó en revisar el congelador. Un descuido que cualquier escuadrón normal de DefenseCorp debería haber tenido en cuenta, excepto que estos no eran escuadrones normales en misiones normales.

Guardaespaldas que habían perdido los cuerpos que se suponía debían proteger, y ahora querían venganza.

Aurora se acercó a la salida del congelador, esperó otro largo momento y escuchó. Su visor no detectó nada que la comandante de Sever hubiera pasado por alto, así que con el rifle en mano, Aurora abrió el pestillo de la puerta y la empujó suavemente con el pie.

El laboratorio había sido destrozado, en parte por Gregor y en parte por el enjambre que pasó por allí. Sin la puerta amortiguadora, sus gritos volvían por el pasillo, voces que sugerían que su presa había ido por aquí o por allá. Otro grito declaraba una habitación despejada.

Aurora asintió para sí misma: Gregor, manteniendo los fundamentos incluso mientras huía.

Girando a la derecha, Aurora volvió sobre sus pasos hacia la bahía. Al llegar al umbral, Aurora miró alrededor del extremo para ver al menos siete soldados rondando el centro de la bahía. Todos parecían llevar parches de rango en su armadura carmesí, junto con la insignia de su respectiva nave. Los líderes, entonces. Manteniéndose atrás para medir el progreso de su equipo.

Aurora sintió el gatillo del rifle en sus dedos. Podría rodearlos, descargar un fuego relámpago y acabar con la mayoría antes de que reaccionaran. Impartir justicia llena de láser... excepto que estos tontos no estaban aquí por algún motivo malévolo. No aterrizaron aquí esperando ver una demostración de súper soldados, o para presenciar la próxima ola de dominación de DefenseCorp. Estaban haciendo un trabajo y les pagaban por ello. Aurora podría haber ido en misiones con cualquiera de estas personas, podría haber tenido su espalda cubierta por sus rifles, sus cazas estelares.

Estos no eran agentes, eran soldados de DefenseCorp, y no merecían esto.

Metiendo la mano en otra ranura de su armadura, Aurora sacó su última granada. La pequeña bola plateada se veía hermosa en la luz menguante, brillando al reflejar el azul de las vigas superiores de la base. La nave más cercana a ella, de donde habían salido esos luchadores de fuerzas especiales, tenía la rampa bajada. La cabina parecía despejada.

Aún podría haber daños colaterales, pero Aurora había hecho todo lo posible por limitarlos.

El capitán de Sever lanzó la granada, describiendo un arco hacia arriba y dentro de la bahía. La esfera azul golpeó la cabina de la nave con un fuerte chasquido y rebotó, anidándose en su segundo impacto en el espacio entre la cabina y los motores montados en el centro. Aurora no podía ver al grupo, pero oía sus preguntas, sus llamadas preocupadas.

—Allá vamos —se dijo Aurora, echando de menos, una

vez más, la banda del escuadrón que normalmente uniría a Sever en una misión como esta.

La granada explotó. El pequeño explosivo encontró objetivos jugosos dentro de la sección central de la nave, aprovechando oportunidades inflamables y encendiéndolas en una cadena ardiente que se derramaba por ambos lados, como si la nave fuera una crisálida abriéndose por la mitad, a punto de anunciar alguna hermosa estrella nueva.

Llovió metralla, y Aurora miró por el borde para ver a los soldados reunidos corriendo hacia sus propias naves o lanzándose a cubierto detrás de provisiones apiladas, combustible o herramientas. Chasquidos resonaban alrededor mientras los cables se sobrecalentaban y las bolsas de oxígeno desaparecían a medida que la nave se desintegraba. Suficiente caos, supuso Aurora, para un intento.

Dando zancadas alrededor de la esquina, Aurora levantó su rifle mientras corría. Sin embargo, no podía prestar mucha atención a su puntería en la ajetreada bahía, porque Aurora no tenía idea de hacia dónde corría. Vana había venido por aquí, había atravesado la bahía, así que la salida tenía que estar en alguna parte, el rastro tenía que existir.

La esperanza no era algo en lo que Aurora prefiriera confiar, pero hoy no había muchas otras opciones.

Las naves acopladas se alineaban en grupos de diez, un número impresionante, aunque algunas debían transportar a más de un VIP desde arriba. La granada de Aurora incendió la primera, atrayendo todas las miradas restantes hacia allí mientras su destrucción rugía. A lo largo del lado izquierdo de la bahía, el crepúsculo le daba al infierno de la nave un bonito telón de fondo, mientras que el lado derecho de la bahía servía para contener grupos de equipos, carros de carga y alijos de suministros amontonados en montículos grises.

No había salidas allí.

Aurora dio una docena de pasos, cerca de la segunda nave, antes de que el primer láser viniera hacia ella. Un rayo naranja pasó zumbando junto al rostro de Aurora y se enterró en la pared a su derecha; el disparo tenía un aire apresurado, un tirador compensando la velocidad cada vez mayor de su objetivo. Bajando el rifle —Aurora abandonó la idea de disparar después de empezar a correr— la comandante de Sever volcó toda la energía de su traje en esas botas.

Una persona con armadura potenciada no era la idea de nadie de una bailarina, una danzarina suave y esbelta. Pero el traje era un tren, ganando velocidad mientras Aurora se mantenía apuntando en una dirección, hundiendo el impacto cinético de cada zancada en la siguiente.

La granada y su daño le compraron a Aurora el tiempo suficiente para ponerse en marcha, y aunque otros rayos siguieron al naranja, la mayoría erró por mucho. Solo un par acertó, su calor persistente desvaneciéndose a través de la espalda de Aurora. El visor no mostraba daños críticos, y Aurora mantuvo su atención en lo que había más adelante, más allá de esas naves.

Sin embargo, el visor captó algo: afuera, a la izquierda de Aurora, sus luces brillaban en la oscuridad. Lanzaderas con motores encendidos. Más y más despegando. ¿Transportes? ¿Naves de DefenseCorp regresando a sus hogares en órbita?

Aurora habría reflexionado más sobre la idea, excepto que su carrera la había llevado al final de la línea de naves. Si acelerar los pesados kilos de la armadura potenciada llevaba tiempo, frenarlos era más rápido. La bahía de atraque terminaba en un grueso muro, que convertiría a Aurora en papilla si seguía cargando contra él. En su lugar, desactivó los impulsores cinéticos, casi tropezando cuando las zancadas perdieron su marcha fácil y flotante.

Conteniendo la respiración, Aurora saltó hacia adelante, juntando los pies en la corta distancia. Levantando las rodillas tanto como pudo, golpeó el suelo en un ángulo que debería haberla hecho rodar de cabeza a pies hasta colapsar, donde los combatientes que la seguían la llenarían de láser.

En cambio, activando los impulsores cinéticos no gastados durante varias zancadas, Aurora se lanzó hacia arriba. El impacto y su impulso la hicieron girar hacia adelante y se encogió con el giro, balanceando los pies completamente hasta que esas gruesas botas blindadas golpearon primero el muro del final de la bahía. Las placas metálicas crujieron, las chispas llovieron cuando sus botas se engancharon en la pared, suspendiendo a Aurora varios metros sobre el suelo.

—¿Alguien impresionado? —dijo Aurora, mirando a lo largo de la bahía por la que había corrido.

La respuesta llegó en forma de más disparos, disparados desde lejos y fuera de objetivo. Aurora desactivó los enganches, dejándose caer hacia el suelo y rodando hacia un lado cuando lo golpeó. Los láseres cayeron en cascada mientras Aurora salía del giro, echando un vistazo rápido alrededor.

La única salida de la bahía de atraque reflejaba la entrada de Aurora a su izquierda. Una gran puerta que llevaba quién sabe dónde, pero también la única opción de escape de Vana. Poniéndose de pie a toda prisa, sufriendo algunos impactos en el costado y las piernas en el proceso, golpes que chamuscaron sus músculos y quemaron la protección del traje, Aurora volvió a correr.

Podría haberlos matado a todos. Podría haber acabado con los soldados mientras avanzaban, tratando de esquivar de cobertura en cobertura en la abarrotada bahía.

—Todos me deben sus vidas —murmuró Aurora, acercándose con estrépito a la puerta con su escáner rojo parpadeante.

Con una orden rápida, Aurora hizo que el visor iniciara una cuenta regresiva. Treinta segundos para abrir la puerta antes de que Aurora tuviera que lidiar con el grupo que cargaba contra su posición. No tenía el martillo de Gregor, no tenía la espada de Sai.

Pero tenía un arma. Una idea.

Aurora pateó la puerta. Fuerte. Cambió de pie y lo hizo de nuevo. Los impactos abollaron la placa gris lisa que no estaba diseñada para resistir nada más que a un equipo de aterrizaje descontento. Una tercera patada, y una cuarta.

El visor emitió un pitido. Alguien detrás de ella gritó a Aurora que se rindiera.

—Me estoy rindiendo —dijo Aurora, transmitiendo las palabras y levantando las manos mientras se agachaba.

Cualquier cosa para ganar un segundo más.

La misma voz le ordenó a Aurora que abandonara el traje. Eso, la capitana del Sever Escuadrón no lo iba a hacer.

—Tal vez quieras retroceder —dijo Aurora—. Esto no tiene nada que ver contigo.

Quién estaba allí, quién escuchó sus palabras, Aurora no lo sabía ni le importaba realmente. La confusión le concedió un segundo más, tiempo suficiente para activar esos propulsores cargados. Entre la carrera de Aurora y los golpes a la puerta, su armadura potenciada tenía energía cinética de sobra.

Sintiéndose como si se hubiera atado a una nave de descenso en pleno lanzamiento, Aurora salió disparada desde su posición agachada, embistiendo la puerta debilitada como un misil de tamaño humano. No tuvo tiempo de girar el hombro ni de agachar la cabeza. Su casco golpeó primero, una sacudida que no detuvo nada. Aurora vio y sintió cómo la puerta se desgarraba mientras la atravesaba, la armadura destrozando la barrera solo para rebotar en el techo del otro lado y enviar a Aurora en una voltereta.

Una voltereta que sonó dura, que se sintió rígida y dolorosa. Mientras se deslizaba hasta detenerse, Aurora se dio cuenta de que esta mitad, esta sección no estaba alfombrada y limpia como su contraparte opuesta. En su lugar, Aurora observó paredes endurecidas que bordeaban celdas. Languideciendo entre barreras de energía chisporroteantes, separadas solo por uno o dos metros, había personas desafortunadas o algo peor.

Como los de Dynas, en las profundidades del complejo Helix, los experimentos giraban alrededor de Aurora. Algunos mostraban las oscuras marcas del virus, mientras que otros evidenciaban nuevos rasgos, como una piel escamosa blanca o un tinte azul en sus cuerpos. Qué propósitos podrían tener, qué mezclas adicionales podría estar agregando la científica Anaskya a su combinación, Aurora no podía saberlo.

El shock se desvaneció cuando sus facultades regresaron, el cuerpo dolorido por la caída y ahora mirando a un grupo más grande y variado que se derramaba desde la bahía. Armados y enojados, el grupo fue tras Aurora hacia el pasillo. Inicialmente, sus armas apuntaban directamente a Aurora y su armadura potenciada.

Inicialmente.

Es difícil mantener el enfoque cuando estás rodeado de cosas que no coinciden con tu realidad. Los capitanes del escuadrón, los comandantes de las fuerzas especiales vacilaron al comprender que no estaban en alguna instalación aburrida para una cumbre de DefenseCorp.

—¿Qué demonios es esto? —preguntó uno, sus bandas verdes marcándolo entre las especialidades más mortíferas del arsenal de DefenseCorp.

—¿Esto? —dijo Aurora, permaneciendo plantada en el suelo. Vio su oportunidad, y mantener los movimientos repentinos al mínimo podría permitirle a Aurora lograrlo—. Esto es la verdad.

## 12

## CORAZÓN ELÉCTRICO

Con la hoja zumbante de Perro fuera y la katana de Sai guardada, los agentes y sus filas de soldados con mirada vidriosa ignoraron a los dos mientras caminaban hacia la parte trasera de la cámara. Lo que en la parte delantera funcionaba como un juego de "vístelos y envíalos" se volvía más oscuro hacia el fondo. Allí, la línea se reducía a una fila que venía de un amplio túnel. Los agentes flanqueaban la entrada, y barreras eléctricas improvisadas empujaban a los desesperados de Helix en una fila constante.

Cuando cada uno salía del túnel, un robot de enfermería estaba sentado, con sus múltiples brazos girando desde una caja que contenía vial tras vial negro. El robot succionaba cada sustancia en una jeringa, giraba y la clavaba en la siguiente persona. La fila avanzaba un paso y el proceso se repetía, cada pinchazo dando en el blanco en la parte superior del antebrazo.

Las víctimas apenas se estremecían. Sus rostros inexpresivos, sus ojos distantes.

—Drogados —dijo Perro mientras caminaban—. Espeluznante, ¿no? Vana dice que todos se volverán locos si los dejan sin el sedante.

—¿Y eso es lo que hay en esos viales? ¿Un sedante?

—Diablos, no. Esa es la causa. La salsa secreta que todos estos pobres diablos han estado recibiendo desde el principio. Se supone que los convierte en máquinas de combate.

—Alerta de spoiler: no lo hace.

Perro se encogió de hombros mientras se acercaban. Finalmente, una agente pareció notar que Perro y su cautivo elegido no eran parte del orden normal. Haciendo un gesto para que las inyecciones continuaran, la mujer dejó su puesto y se acercó unos metros de la fila para mirar a Sai a los ojos visores.

—¿Este es el que causó el lío? —preguntó la agente.

—Es él. Síndrome de abstinencia —respondió Perro—. Necesito llevarlo abajo y sacarlo de esta cosa.

La agente miró a Sai, notó la espada y las pistolas. La armadura de poder en sí.

—No pensé que tuviéramos modelos como este aquí —dijo la agente—. Este es el estándar de DefenseCorp. ¿Dónde lo conseguiste?

Sai no se movió. Se mantuvo fiel al simple plan. Perro podría traicionarlo aquí, podría delatar a Sai y ponerlo en una situación muy complicada. Perro afirmaba que nunca haría eso, por su honor.

Para algunas personas, Sai podría aceptar la excusa del honor. Perro, sin embargo, había intentado asestar un golpe a traición mientras estaba invisible. Había empujado a Sai a un duelo en las calles de Wexer, y luego había tendido una emboscada para disparar desde la distancia. El honor no jugaba ningún papel en el juego del tirador.

Así que Sai se aseguró de que el mercenario se mantuviera fiel.

—Hay algunos viejos abajo —habló Perro rápidamente—. El tipo de alguna manera cavó muy profundo para encontrarlos. Llegó hasta el final de otro túnel. Casi libera a los tipos realmente malos.

La agente palideció.

—Entonces, ¿lo llevas a la enfermería?

—Ya sabes lo que dijo Vana —asintió Perro—, toma a todos los que puedan luchar decentemente y ponlos en la fila.

—Hoy es el día —concordó la agente—. Tráelo de vuelta rápido, entonces. Estamos cargando a todos los que podamos, y no nos quedaremos con sobras.

Siguiendo las indicaciones de la agente, otros dos abrieron un hueco en la línea Helix, permitiendo que Perro y Sai pasaran al otro lado de la cámara.

—¿Enfermería? —dijo Sai—. No voy a ir a la enfermería.

—No te preocupes por eso —respondió Perro—. ¿Quieres ver dónde están construyendo los trajes? Está justo al lado del doctor. No hay una verdadera enfermería aquí, tío.

Eso, Sai podía creerlo.

A la derecha de Sai, el siguiente lote de trajes avanzaba pesadamente. Invisibles en su armadura, aun así hacían ruido. Adelante, lanzaderas brillantes recogían a los reclutas en marcha, las naves llenas se elevaban en el aire. Tendrían las autorizaciones, atracarían en la flota en órbita y destrozarían el núcleo de DefenseCorp. Lo harían pedazos y dejarían un vacío en la cabeza de la compañía más grande y fuerte de la galaxia.

—Nunca lograrán salir con vida, ¿verdad? —dijo Sai

mientras Perro los desviaba hacia la izquierda a través de la amplia plataforma de aterrizaje de las lanzaderas. En el lado izquierdo de la plataforma se encontraba lo que parecía un búnker, con paredes fortificadas y una única puerta doble que se abría en su dirección—. Incluso si estos trajes ganan allá arriba, Vana no vendrá a buscarlos, ¿cierto?

—Estás haciendo preguntas a las que los tipos como yo no conocen las respuestas —dijo Perro, aunque el tono arrogante en su voz se desvaneció.

Inútil, este tipo.

—¿Es ahí donde vamos? —dijo Sai mientras Perro lo conducía hacia la nueva estructura.

—¿Querías ver dónde se fabrican los trajes? Ahí es donde se fabrican —dijo Perro.

Como si fuera una señal, esa puerta doble se abrió y un nuevo estante lleno de trajes colgantes salió rodando en otro carro. Junto a Sai, un carro vacío pasó rápidamente en dirección opuesta, sus agentes de dirección lo empujaban a toda velocidad. Ver a esos dos agentes trabajando tan duro para mover los trajes hizo surgir una pregunta diferente, una que Perro podría realmente saber.

—¿Por qué todos estos agentes están manejando las líneas? —preguntó Sai—. ¿Haciendo el trabajo manual? ¿No hay nadie más?

—Ni siquiera hay muchos de ellos —dijo Perro—. No sé por qué, pero estamos hablando de menos de cien sombras de Vana aquí. Tal vez por eso nos trajeron. Para proporcionar esa seguridad extra.

—Lo cual definitivamente hiciste.

—Oye.

Al acercarse a las puertas dobles, Perro apartó a Sai mientras esperaban el siguiente cambio de carro. La noche se aproximaba en Aurum Tres, haciendo que los lanzamientos de las lanzaderas parecieran estrellas fugaces mientras se dirigían a la órbita. Habría sido hermoso bajo cualquier otra circunstancia.

—Entonces cuando entremos, te lo quitas, ¿verdad? —dijo Perro.

—Me lo quitaré cuando hayamos terminado aquí —respondió Sai—. Simplemente no dejes que nadie te dispare en el muslo y estarás bien.

Ambos miraron la pierna del mercenario, visible mientras el hombre tenía desactivada la refracción del traje. Un ojo atento podía ver el bulto donde Sai había colocado la granada, programada esta vez para detonar con la transmisión de corto alcance de Sai. Un movimiento en falso, una mirada equivocada, y el traje de Perro no lo salvaría.

Con un clic zumbante, el carro fresco salió. Los agentes que lo empujaban apenas les dirigieron una mirada a Perro y Sai, sin detenerse en absoluto mientras los dos se deslizaban detrás de ellos y entraban al centro de producción de trajes.

—La seguridad parece relajada —dijo Sai mientras se movían.

—Hoy es el gran día, y ya está en marcha —respondió Perro—. No hay nada que puedas hacer para detenerlo, amigo. Ya están enviando tantos trajes.

—Esa es tu opinión.

Sin embargo, al entrar al edificio y su estruendosa cacofonía, la optimismo de Sai se vio amenazado. La entrada se abría a una línea ondulante y serpenteante que se arqueaba desde el techo del edificio hasta el suelo. A la derecha, una bomba de metal fundido en un extremo disparaba los metales crudos y calientes que cascadeaban a través de la larga secuencia hasta que, casi a los pies de Sai, el producto final salía para que un robot lo recogiera y lo colgara en el siguiente carro en línea. Algunos agentes permanecían cerca del final de la línea, listos para mover el siguiente carro y sin parecer en absoluto preocupados.

Perro no le dio mucho tiempo a Sai para observar, dirigiendo al espadachín hacia la izquierda donde un ascensor esperaba con un escáner parpadeando en verde.

—Impresionante, ¿verdad? —dijo Perro mientras se movían.

—¿Vana construyó esto en los últimos meses?

—Más rápido, amigo. Esto ya estaba en funcionamiento cuando llegamos aquí.

—Entonces tenemos que destruirlo.

—Espera. —Perro bajó la voz—. Sé que tienes tu deseo suicida y todo, pero ¿yo? Preferiría salir vivo de esta. Si quieres acabar con esto, encontremos una forma de hacerlo en silencio.

—¿Es por eso que me estás llevando al ascensor?

—Si nos quedáramos allí, alguien preguntaría qué demonios estamos haciendo. Estoy ganando tiempo, pero eso se va a acabar pronto, así que espero que puedas encontrar una mejor idea.

Sai echó una última mirada a la enorme línea. Podría lanzar algunas granadas allí, destrozar las cosas, pero eso derribaría el edificio y más. Peor aún, parecía que Vana podría reconstruir rápidamente cualquier línea dañada. Perro seguía diciendo que hoy era el día, pero mañana podría ser peor.

Aurora trajo a Sever Escuadrón aquí para tratar de acabar con la amenaza de Vana. Sai se lo debía a ella, a su propia familia, evitar que estos trajes volvieran.

—¿Qué tan profundo llega este ascensor? —preguntó Sai.

—Ahora ese es el tono que estoy buscando —respondió Perro—. Y no tengo ni idea, jefe. Hemos estado por la base principal, este lugar, y no mucho más. Vana no nos dio exactamente un tour.

—Entonces averigüémoslo.

El escáner aceptó la orden de Perro sin quejarse. El ascensor se abrió, ofreciendo un buen conjunto de opciones. En la parte inferior, Sai vio lo que quería.

Gestión de Energía.

Perro silbó cuando Sai seleccionó la opción.

—Empiezo a entender lo que estás pensando —dijo Perro mientras el ascensor se ponía en movimiento. La sacudida desconcertó a Sai por un momento hasta que recordó que esta no era una base nueva, sino algo que Vana había robado y convertido a su gusto—. Solo asegúrate de darnos tiempo suficiente.

—Tendremos tiempo —respondió Sai—, si lo hacemos bien.

Las puertas del ascensor se abrieron, mostrándole a Sai lo que realmente significaba hacerlo *bien*. Sobrecargar la energía de algo, ya fuera las baterías de una nave estelar o la conexión de un edificio al núcleo supercaliente de su planeta, solía requerir un nivel de conocimientos informáticos que Sai no poseía. No iba a hackear ningún sistema, cambiar algunos valores y luego sentarse con una sonrisa a ver cómo ardía el mundo.

No, Sai llevaría a cabo la destrucción él mismo, y Vana había hecho lo posible por facilitarle las cosas.

Sobrecalentar suficiente metal para fabricar tantos trajes, y la armadura potenciada o lo que fuera que hubiera venido antes, significaba que la mente maestra de DefenseCorp que había construido esto hacía mucho tiempo había aprovechado la corteza profunda de Aurum Tres y más allá. La estructura del taladro y su sifón llenaban la habitación en la que Sai y Perro entraron. Una pared de monitores los recibió primero, mostrando hacia dónde se dirigía toda esa energía, y detrás de ella, la gran bestia ennegrecida con sus convertidores succionando el calor y transformándolo en carga.

Al mirar esos monitores, Sai se dio cuenta de que no habían llegado a la fuente de energía de los trajes, sino que habían encontrado el suministro de energía de toda la base.

—Lo llamaría hermoso, pero entonces me sentiría mal por destruirlo —dijo Perro.

—No lo hagas —respondió Sai—. Es una máquina, nada más.

Aunque había un escáner debajo de los monitores, Sai no intentó iniciar sesión. Podría activarse una alarma, y ese no era el objetivo de este ejercicio. En su lugar, rodeó las pantallas mientras Perro lo seguía. El extremo del taladro se abultaba como una esfera aplastada por un gigantesco ladrillo de acero negro. Ese ladrillo, situado a varios metros sobre la cabeza de Sai, sería el encargado de realizar el trabajo duro de convertir el calor en energía.

También sería la parte más vulnerable de toda esta operación. Si lo alteraban, la base se vendría abajo.

—Impúlsame —dijo Sai.

—¿Impulsarte? ¿Como si fuéramos niños?

—No es una pregunta. Hazlo.

—Vale, tío. Podrías reírte un poco.

Sai apretó los puños y le lanzó a Perro una mirada fulminante que el visor ocultó.

—Mis compañeros de escuadrón están luchando por sus vidas ahí fuera. Mis amigos de DefenseCorp, aquí sin culpa alguna, están a punto de ser asesinados por maníacos invisibles y asesinos. Discúlpame si aún no estoy sonriendo.

Perro, por una vez, mantuvo la boca cerrada y ayudó a Sai a elevarse hacia ese ladrillo de metal. Las manos del hombre no eran las más estables, así que Sai enganchó su garfio al lado del ladrillo para tener algo de estabilidad. Las manos de Sai fueron después a los pequeños discos adheridos a la parte baja de su espalda.

Hacía tiempo que Sai no jugaba con sus herramientas favoritas: las minas. Los diminutos explosivos tenían un gran impacto, y había construido un nuevo conjunto durante las vacaciones de Sever Escuadrón en la estación. Estas, usando pequeños dientes, se aferraron a la superficie del ladrillo y emitieron un pitido indicando que estaban listas para detonar.

—Estas explotarán cuando yo lo ordene —dijo Sai después de que Perro lo bajara—. Subimos, nos alejamos, y cerraremos este lugar.

O al menos, eso es lo que Sai habría hecho. En su lugar, tanto él como Perro se quedaron paralizados cuando las puertas del ascensor se abrieron hacia la entrada. Varios pares de botas entraron en la habitación.

—¡Sabemos que están aquí abajo! —La voz que llamaba no sonaba ni un poco asustada—. Somos muchos, ustedes son dos. Apaguen sus trajes y ríndanse, y tal vez Vana sea amable.

Claro que lo sería.

Manteniéndose en silencio, deseando que Perro supiera leer las señales de mano de Sever Escuadrón, Sai desenvainó su katana y tomó el camino opuesto al que habían seguido. Los agentes, sin embargo, no siguieron exactamente sus pasos, sino que se separaron, delatándose por las voces que daban órdenes. Sai y Perro rodaron sus pies, amortiguando los suaves golpes con el constante retumbar del taladro.

Al doblar la esquina, Sai contuvo la respiración y blandió la katana antes de poder ver siquiera a su objetivo. El agente, demostrando una vez más que los luchadores de Vana no debían subestimarse, se echó hacia atrás. El filo de la katana alcanzó el brazo del agente, causando un corte pero nada más. El agente gritó, intentó levantar un rifle mientras Sai cargaba, poniendo fin al enfrentamiento antes de que comenzara.

Perro se lanzó por la derecha de Sai, enfrentándose a la agente allí antes de que pudiera disparar su pistola contra el costado de Sai.

—Es hora de correr —dijo Sai, abriéndose paso entre los siguientes dos agentes en línea mientras levantaban sus armas—. ¡Son demasiados para nosotros!

Tal vez no realmente, dado el espacio reducido, pero Sai no podía arriesgarse. Recibir un disparo aquí podría arruinarlo todo para Sever Escuadrón, y esas minas necesitaban explotar. Agitando la katana, cortó uno de los tubos, partiéndolo limpiamente y liberando una explosión de calor abrasador. La armadura de poder de Sai lo mantuvo a salvo, pero los dos agentes cayeron, tratando de protegerse.

Perro se puso en línea mientras Sai corría, los dos rodeando hacia el ascensor. Seis agentes más esperaban allí, con rifles apuntados y miras centradas en los dos soldados con trajes. Nada bueno.

—¡Agárrate! —Sai agarró a Perro con su mano izquierda, sostuvo la katana en la derecha y activó el salto propulsado de la armadura de poder.

Juntos, el par voló hacia y sobre una ráfaga de láseres. Sai sintió nuevas quemaduras sumarse a las viejas mientras su visor hacía saltar una alarma tras otra, pero los agentes esquivaron los cuerpos blindados, dejando que los dos rodaran, humeantes, dentro del ascensor abierto.

—Te tengo —susurró Sai, usando su katana para apuñalar el botón de subida mientras enviaba la señal.

Las puertas del ascensor se estremecieron mientras los agentes corrían hacia él, y detrás de ellos, aquel ladrillo de acero negro se iluminó en una llama luminosa.

## 13

## RETIRADA TÁCTICA

El martillo se balanceaba, las botas golpeaban con fuerza el suelo, y Gregor retumbaba por los pasillos. Las ventanas se hacían añicos detrás y a su alrededor, tanto por sus salvajes golpes como por los ocasionales disparos fallidos. Se encontraba con intersecciones con selectiva aleatoriedad, eligiendo direcciones que gradualmente lo llevaban de vuelta hacia la pasarela que regresaba a la bahía de la *Prisa*. Un plan, más allá de distraer al enemigo, no se había formado, pero si las fuerzas que lo perseguían mantenían la persecución, al menos la nave de Sever podría darle algo de cobertura.

Gregor, en una misión normal, habría enviado una llamada de auxilio. Habría inundado las ondas de Defense-Corp con su ubicación y su persecución, solicitando ataques aéreos o refuerzos. En cambio, ahora, corría en silencio, siendo su propia respiración el único sonido que le hacía compañía en el trayecto.

Si es que se podía llamar trayecto a los laboratorios, oficinas y salas de conferencias: Su decoración sobria y propósito funcional traían consigo repetición en cada giro, tanto así que Gregor habría perdido su ubicación muchas salas atrás si su visor no mantuviera proyectada la dirección general de la *Prisa*. Se desviaba de la flecha dorada trazada en el suelo cada pocas vueltas para mantener a sus perseguidores adivinando, y hasta ahora, Gregor seguía con vida.

Al atravesar la siguiente puerta —Gregor cargaba el martillo entre esos portales sellados golpeando paredes y ventanas— el soldado de Sever entró en una habitación familiar, aunque no exactamente igual. Paredes de hormigón transparente a ambos lados reforzadas con listones diseñados para ser bajados, nada en el suelo, y otra puerta en el extremo opuesto. No había ventana aquí hacia la noche de Aurum Tres, pero Gregor reconocía un gemelo cuando lo veía.

La habitación podría haber sido aburrida, pero su único ocupante hizo que Gregor se detuviera a un paso del espacio. Briany se erguía imponente en su traje, para nada invisible con su enorme cañón sostenido con ambas manos. Tenía el casco levantado, una sonrisa ardiente que hacía juego con su pelo teñido de azul.

Gregor no tenía dónde saltar, ni pistola a mano para disparar, y no tenía duda de que el cañón de Briany destrozaría su armadura como si fuera confeti. Pero saber que ibas a morir y dejarlo pasar eran dos cosas diferentes.

Levantando su martillo, listo para luchar hasta el final, Gregor comenzó a avanzar.

—Quítate del medio —dijo Briany, señalando con la cabeza hacia la derecha.

Sin cuestionar las órdenes en el momento, Gregor hizo lo que ella le pidió, lanzándose hacia la derecha mientras Briany abría fuego con el cañón. En lugar de convertir a Gregor en cenizas, los láseres de Briany ardieron detrás de la espalda de Gregor, por el pasillo que había estado destrozando. Gritos de pánico resonaron, pidiendo retirarse y buscar otra ruta.

Mientras la observaba disparar y se estabilizaba, Gregor captó la luz candente que blanqueaba el rostro de Briany, vio cómo las marcas de quemaduras en sus guanteletes se oscurecían a medida que el cañón alcanzaba temperaturas terribles. Ella se mantuvo firme, manteniendo el objetivo nivelado mientras las baterías en su espalda enviaban energía sobre sus hombros hacia el gran arma.

Una vista condenadamente hermosa.

Gregor odiaba poner fin a tal maravilla, pero esas fuerzas en retirada encontrarían pronto otra ruta. Una vez que tuvieran a Gregor y Briany atrapados, el final llegaría rápido y sería doloroso.

—Debemos irnos —dijo Gregor, dirigiéndose hacia la puerta lejana y derribándola con dos fuertes golpes de martillo—. Ahora.

Briany, retrocediendo hacia Gregor sin detener el flujo láser, finalmente apagó el rayo ante el segundo grito de Gregor.

—¿Quieres huir? —preguntó Briany—. No pensé que fueras un cobarde.

—Cambiar el campo de batalla —respondió Gregor—. Van a hacer trampa.

Briany comenzó a replicar, pero no tenían tiempo para bromear, así que Gregor se marchó. Atravesando la puerta hacia las escaleras, Gregor saltó la barandilla y se precipitó al piso de abajo. Aterrizando con suficiente fuerza para agrietar la baldosa metálica, Gregor gruñó cuando la armadura de energía le informó que los impulsores cinéticos del traje estaban ahora sobrecargados.

Siempre era bueno tener otra arma en el arsenal.

Briany bajó más lentamente, descendiendo por las escaleras con un andar torpe.

—No diseñaron mi arma para esto —dijo Briany después de que Gregor le pidiera que fuera más rápido—. Si quieres dejarme, puedes hacerlo. Me enfrentaré a todos ellos yo sola.

Eso no respondería a las mil preguntas que Gregor tenía, empezando por por qué demonios Briany estaba de pie en un pasillo al azar en un planeta aleatorio como este. En su lugar, Gregor miró a la derecha y luego lanzó su martillo contra el techo sobre la otra escalera. Con su ráfaga de energía activada, el martillo golpeó las láminas superiores, destrozando las luces y rompiendo los soportes. El fuerte estruendo hizo que el martillo volviera por donde había venido, aterrizando la gran arma no muy lejos de los pies de Gregor.

¿Y la escalera? La escalera ahora tenía un enorme montón de escombros bloqueando sus escalones superiores.

—Buen lanzamiento —dijo Briany al llegar abajo.

—Fácil —respondió Gregor—. Vamos.

Con Gregor a la cabeza, los dos volvieron a la pasarela móvil que se dirigía sobre la larga extensión hacia la bahía de la *Prisa*. Briany no podía caminar rápido, así que una vez que llegaron a la pasarela misma, Gregor se hizo a un lado, dejando que el impulso eléctrico de la pasarela los llevara mientras Briany se preparaba para rociar cualquier cosa que viniera tras ellos.

En la noche que se acercaba de Aurum Tres, las luces blancas que adornaban el arco central de la pasarela iluminaban el viaje. Afuera, motores más brillantes destellaban mientras las naves se elevaban hacia el espacio. ¿Lanzaderas de descenso? Gregor no podía estar seguro, pero supuso que, fuera lo que fuese, los lanzamientos no auguraban nada bueno.

—Gracias —dijo Gregor cuando nadie apareció después de los primeros segundos.

—¿Por salvar tu trasero después de que nos abandonaras en Wexer? —replicó Briany—. No me lo agradezcas. Agradéceselo a Tarla. Iba a rostizarte hasta que ella cambió el juego.

—¿Qué?

—Vana nos contrató para carbonizaros a todos si su gente fallaba. —Briany habló sin apartar la mirada de la dirección del enemigo—. Por lo que vi allá atrás, les estabas ganando. Se suponía que debía esperar, impedir que os fuerais.

—¿Se suponía que debías esperar?

Ahora Briany se encogió de hombros.

—Vana es quien paga, ella fue la que nos dio las órdenes. Una vez que entraras en la base, debíamos mantenerte allí o matarte. Yo tenía el control central, Tarla y los demás tenían el verdadero premio.

—¿Qué verdadero premio?

—Todas esas luces allá afuera, supongo —dijo Briany—. Algo sobre activar una bomba humana hoy. Si teníamos que matarte, debíamos hacerlo. De lo contrario, retrasar, retrasar, retrasar.

Más preguntas que Gregor no podía aplastar con su martillo.

—Matamos a los traidores allí dentro —dijo Gregor, mirando hacia atrás por la pasarela con Briany—. Los que querían esto. Ya no están.

—Genial —dijo Briany—. Esas personas no firmaron el contrato con nosotros. Vana sí lo hizo.

—Podrías haber atacado allí dentro. Detenernos.

—¿Destrozarlos? Sí, podría haberlo hecho. Vana me tenía bloqueando esa otra escalera después de que aterrizaron. —Briany se rio—. Parece que os ha estado manipulando a todos.

—Ella perderá.

—Parece que está ganando. —Briany entrecerró los ojos—. Hora del juego, Gregor.

Levantando su cañón, Briany soltó una andanada de rayos blancos a lo largo de la pasarela. Las siluetas se dispersaron lejos de la entrada, quedando cada vez más atrás. Gregor guardó su martillo en la vaina y sacó sus pistolas. Entre los dos, nada podría-

La pasarela se detuvo, las luces parpadearon mientras el suelo temblaba. Gregor se inclinó hacia adelante, agarrándose a la barandilla de la pasarela. Briany cayó hacia atrás, el cañón ocupando sus manos. Gregor oyó el crujido cuando las baterías amortiguaron su caída, y cuando miró en su dirección, vio chispas que brotaban de su arma.

Las luces se apagaron. En todas partes.

De una base reluciente que se extendía por un desierto dorado a una extensión negra iluminada por el resplandor de los motores de las lanzaderas que se elevaban en una fracción de segundo. Y en el segundo siguiente, láseres cortaron la oscuridad, dirigiéndose hacia Gregor y Briany desde la entrada de la pasarela.

—Ni siquiera están pidiendo que nos rindamos —dijo Briany, con dolor en su voz—. Debéis haberlos enfurecido de verdad.

Gregor disparó dos patéticos tiros de pistola hacia el fuego que se acercaba. El visor cubría todo el túnel con potenciales amenazas, y sus dos disparos no hicieron nada para disminuir el asalto. Su armadura de poder recibió impactos, quemando su hombro izquierdo y debilitando la placa del pecho hasta convertirla en poco más que un plástico endeble.

—No podemos quedarnos aquí —dijo Gregor.

—Genial, yo no puedo correr —respondió Briany—. Es el precio de tener esta cosa.

—Entonces te llevaré yo.

Briany empezó a protestar, pero Gregor se agachó mientras los láseres llenaban el espacio sobre sus cabezas. Enganchando sus guantes bajo los hombros de ella, Gregor activó sus propulsores cinéticos y saltó. Cargar con Briany impidió que Gregor alcanzara su altura habitual, pero la pasarela no era alta, y el luchador de Sever Escuadrón recordó el techo de cristal cuando se estrelló contra él.

Quizás la pasarela había sido diseñada para resistir el viento continuo de Aurum Tres, pero ciertamente no estaba hecha para bloquear una armadura de poder en plena carga. La cabeza de Gregor la atravesó con un estruendo que hizo temblar los huesos, astillando el cristal y partiendo la barra central de la pasarela, junto con todas las luces ahora muertas incrustadas en su interior. Cuando el salto de Gregor perdió fuerza, y con Briany gritando maldiciones todo el camino, la pareja cayó de vuelta a través del cristal que se hacía añicos, provocando el fallo total a lo largo y ancho de la pasarela.

Aurum Tres se apresuró a llenar su nuevo hueco, soplando arena. El viento cortante levantó fragmentos de vidrio y los hizo girar de un lado a otro por el pasadizo mientras los dos mercenarios aterrizaban. El salto de Gregor les dio unos metros de ventaja y les proporcionó una gran distracción.

Ignorando las quejas de Briany y su propio dolor de cabeza repentino, Gregor tiró de la Ranger Crepuscular hacia atrás. Los láseres se habían detenido, y aunque Gregor no sabía por qué, no iba a dar por sentada esa ventaja.

—No pueden vernos, los idiotas —se rio Briany cuando Gregor finalmente la ayudó a levantarse. Su mochila parecía haberse cortocircuitado, las chispas se apagaban mientras las baterías se agotaban—. Por eso hay que acercarse. Así no fallas.

—No les des ideas —dijo Gregor—. Adelante.

—¿Dejando que una dama lidere? Qué caballeroso.

—Nunca he visto una dama como tú.

—Y nunca volverás a ver una.

Briany tomó el lugar ofrecido, dando la espalda al enemigo y empezando a correr de forma torpe. El final de la pasarela se acercaba y con él, algo de cobertura mientras descendían a la bahía. Ahora se escuchaban órdenes de avanzar en el aire, elevándose por encima del viento. La fuerza de DefenseCorp aún no se había rendido.

Nunca antes Gregor había regresado a un espacio tan perturbador, ensangrentado y arruinado como la bahía del *Prisa* y sentido alivio. Sin las luces, sin energía, tuvo que sacar su martillo y destrozar la puerta, pero más allá, Gregor vio esperanza: el *Prisa* permanecía allí, y sus luces de navegación tenían energía. Lo que fuera que había dañado la base en sí había dejado intacta la nave de Sever.

—Se ve bien —dijo Briany mientras se abrían paso entre los escombros y alrededor de las extrañas esculturas—. Todo lo demás aquí es muy raro.

—Te perdiste la diversión.

—Me lo imagino.

Detrás de ellos, sonidos de acercamiento indicaban que sus perseguidores habían ganado terreno. Actuando por impulso, Gregor cambió su comunicador de la banda del escuadrón a la transmisión de campo cercano. Enviar la señal los delataría ante los perseguidores, pero si alguien estaba en el *Prisa*, entonces...

—Gregor, amigo, ¿eres tú haciendo tanto alboroto ahí fuera? —La dulce y sarcástica voz de Eponi respondió primero a su llamada—. Diría que estoy sorprendida, pero ¿quién más haría tanto ruido?

—Baja la rampa —respondió Gregor, sin molestarse en seguirle el juego—. Tenemos perseguidores detrás, necesitamos cobertura.

—En ello —Eponi podía estar llena de humor, pero la piloto sabía cuándo el negocio tenía prioridad—. Prepárate para la aniquilación. Tarla, ve a la torreta de estribor.

¿Tarla?

El nombre desconcertó a Gregor por un momento antes de que recordara la segunda parte importante de la petición.

—Solo asústenlos —añadió Gregor mientras barría una pila de escombros con el martillo, despejando el camino para Briany—. Sin muertes.

—¿Por qué?

—Porque no quiere lastimar a sus viejos amigos —esta vez fue Tarla, uniéndose desde su torreta—. Todos son unos blandengues.

—Sin muertes —repitió Gregor.

—Te escucho —dijo Tarla mientras los primeros disparos pasaban silbando sobre el hombro de Gregor—. Cubríos los ojos, gente.

El *Prisa* iluminó la bahía oscura, lanzando ráfagas naranjas de baja potencia desde su torreta sobre las cabezas de Gregor y Briany. Los escombros y las esculturas estallaron en llamas o se derritieron, los silbidos y estallidos dando paso a gritos de retirada, de huida.

—Gregor, espera a que entres aquí —dijo Eponi—.

Tengo una historia increíble que contarte. Pero primero, tengo que preguntarte, ¿dónde está Aurora?

## 14

## ESTRATEGIA DE SALIDA

Gregor y Briany sincronizaron su entrada a la perfección. Después de que toda la base se sacudiera y todas las luces se apagaran, Eponi y Tarla habían aprovechado los minutos para preparar la *Prisa* para volar. Cuando el hombre del martillo y la dama del cañón, como Eponi los llamaba, irrumpieron a través de la basura y la pintura ensangrentada, Eponi había estado enviando la energía de la *Prisa* a los motores.

¿La idea? Acercarse lo más posible a la salida y usar el poder concentrado de la nave para derretir un agujero.

Luego irían a buscar a quien pudieran, recogerían a los miembros del escuadrón en la bahía de la *Prisa* y escaparían.

—¿Dejarías la misión incompleta? —dijo Gregor mientras se liberaba de su armadura de poder en la cámara central de la *Prisa*. El traje del hombre mostraba marcas negras, agujeros y todos los buenos arañazos que venían de un trabajo bien hecho—. ¿Dejarías que Vana viviera?

—No por mucho tiempo —dijo Tarla, captando la mirada suspicaz de Gregor y devolviéndosela con una sonrisa—. Tu piloto aquí tiene todas las grabaciones que podríamos querer en la nave. Una vez que alcancemos la órbita, podemos transmitirlas. Ni siquiera DefenseCorp puede ir en contra de toda la galaxia unida.

—¿Ves? —añadió Eponi—. Soy prácticamente la mejor.

—Lo eres, pero esto llevará demasiado tiempo —respondió Gregor—. Vana huirá o atacará.

—Ya lo está haciendo —dijo Briany, siguiendo a Gregor fuera de su traje.

Eponi miró el gran cañón en el suelo, junto a sus paquetes de baterías dañados. Si esa cosa explotaba, toda la nave podría irse con ella. Lo cual, eh, no sería bueno. Tal vez, si Eponi pudiera meter el cañón dentro de un armario de armas, eso podría evitar que la explosión...

—Entonces tenemos que detener las lanzaderas —respondió Tarla a algo que Briany había dicho—. No soy una heroína, pero quiero mi dinero y mis contratos. Esos monstruos invisibles no nos los van a quitar.

—Eh, ¿qué? —preguntó Eponi cuando todas las miradas se dirigieron hacia ella.

—Pon la nave en marcha —dijo Gregor—. Tenemos objetivos que derribar.

Ah, bueno, eso Eponi podía hacerlo.

La *Prisa* cobró vida poco después, flotando en aquella bahía oscura como la muerte mientras Gregor y Briany ocupaban sus puestos en las dos torretas. Eponi no podía sacudirse la extraña sensación de ver a Tarla en el asiento del copiloto junto a ella, donde Aurora debería estar sentada. Las dos capitanas no podían ser más diferentes: Aurora siempre parecía lista para pelear o preparándose para una, recta y seria. Tarla se reclinó en el asiento y se hurgó los dientes con una mano, mientras deslizaba la otra por su consola.

—¿Así que nos abriremos paso a tiros? —preguntó Tarla mientras la *Prisa* se estremecía al despegar del suelo.

—A menos que tengas un código que abra la puerta.

—Primero habría que restablecer la energía. —Tarla vio la mirada inquisitiva de Eponi; si la capitana realmente tenía un código, conseguir que volviera la energía podría ser una mejor opción—. Lo siento, Vana no me reveló todos sus secretos.

—¿Y no los tomaste?

—No pensé que los necesitaría para vencerlos a todos.

Eponi supuso que los Twilight Rangers de Tarla no habían derribado ni un solo Sever todavía, pero la piloto pensó que era mejor mantener baja la ira de Tarla mientras necesitara sus manos en la palanca de vuelo de la *Prisa*. Mientras la nave se elevaba sobre los escombros y la escoria aún ardiente que habían sido los restos del virus, Eponi encendió las luces al máximo e identificó la línea de metal gris que cerraba la bahía, separándola de la noche estrellada de Aurum Tres.

—¿Quieres disparar a través de eso? —la voz de Gregor sonó por el intercomunicador, nítida y clara—. No tenemos tiempo.

—No —dijo Eponi—. Tomaremos un camino diferente.

DefenseCorp construyó la bahía en el paisaje arenoso de Aurum Tres, metió una gruesa compuerta y rodeó toda la plataforma con metal. Aunque la puerta era estándar, gruesa y fuerte, Eponi supuso que las otras áreas de la bahía no recibieron el mismo tratamiento. Con las luces de la *Prisa* brillando, los surcos grabados en las paredes de la bahía por aquellas almas atrapadas dejaban claro que los cimientos no existían para defenderse de un ataque.

Porque, ¿quién atacaría a DefenseCorp, la empresa más peligrosa de la galaxia?

—Todo a nuestro alrededor es arena, ¿verdad? —dijo Eponi en el silencio que siguió a su último comentario—. No es una base estable. Si disparamos a los soportes debajo de esa puerta, todo se deslizará hacia abajo, dándonos una abertura.

Más silencio. Lo suficientemente largo como para que Eponi empezara a preguntarse si se había perdido algo obvio. Tarla la miró como si Eponi se hubiera vuelto loca.

—Todo por ser valiente —dijo Tarla cuando vio que Eponi la miraba—, pero hacer que la bahía se derrumbe sobre nuestras cabezas no parece una buena jugada, ni siquiera para ti.

—No va a pasar eso —replicó Eponi—. No tocaremos los otros lados. Mantendrán el techo en su lugar el tiempo suficiente para que salgamos volando.

—Más te vale tener un timing perfecto —añadió Briany desde su torreta—. Será por los pelos.

—He tenido situaciones más ajustadas —dijo Eponi.

Y era cierto. Al menos una docena de carreras de karts donde un centímetro de diferencia había sido la diferencia entre un final exitoso y una colisión desastrosa.

—De acuerdo —Tarla sacudió la cabeza—. No se me ocurre una idea mejor, y a menos que alguno de ustedes dos cabezas huecas tenga algo oculto en sus calabazas, creo que deberíamos seguir el plan de nuestra piloto y empezar a disparar. Cada segundo que perdemos aquí, más lanzaderas despegan.

Gregor y Briany no ofrecieron más objeciones, así que Eponi acercó la *Prisa* hasta que quedó suspendida a dos esloras de la compuerta. Utilizando su consola de pilotaje, Eponi marcó las secciones que quería que fueran disparadas, dando opciones a las dos torretas y a su cañón central.

Reduciendo la energía destinada a los escudos y motores de la nave, Eponi maximizó la potencia de fuego.

—¿Listos? —preguntó Eponi.

—Listos —respondieron Gregor y Briany al unísono.

—Entonces, adelante —dijo Tarla.

Eponi apretó el gatillo y la bahía se convirtió en un espectáculo de luces frenético mientras las armas de la *Prisa* mordían con fuerza la pared de la bahía. El metal debajo de la compuerta recibió los impactos, volviéndose cada vez más anaranjado a medida que continuaba el fuego. Los tres centros se pusieron al rojo vivo, con los bordes metálicos desprendiéndose bajo el asalto antes de caer, convertidos en cenizas, al suelo.

Gregor y Briany trabajaron de afuera hacia adentro, mientras Eponi usaba el alcance más limitado de su cañón central para disolver un agujero más grande directamente debajo del centro de la compuerta. La destrucción llegó en silencio, con los láseres emitiendo un zumbido, el metal crujiendo y agrietándose, pero ninguna explosión sacudió la bahía, ni se escucharon gritos de enemigos dando su último aliento.

Eponi lo habría llamado meditación, habría caído en trance, si Tarla no hubiera empezado a señalar y gritar como una niña pequeña.

—¡Ahí está la arena! ¡Está entrando! —Tarla se incorporó y señaló debajo del agujero que Eponi estaba quemando—. ¡No puedo creer que tu estúpido plan esté funcionando!

—¿Estúpido? ¿Pensabas que era estúpido?

—¡Sigue siendo estúpido! —Tarla se rio—. Seguiré diciéndolo hasta que salgamos vivas de esta, pero esa es jodida arena ahí mismo. Increíble.

El deleite de Tarla resultó contagioso, y Eponi no pudo evitar reírse junto con la capitana de los Twilight Rangers mientras los tres láseres trabajaban juntos. Los granos de Aurum Tres se filtraban ahora por varios lugares, precipitándose contra los cimientos debilitados. Sin embargo, el éxito trajo sus propias complicaciones, ya que Eponi redujo la potencia del láser, particularmente de su cañón central, para que la *Prisa* tuviera la energía necesaria para lanzarse hacia adelante en cualquier momento.

—La compuerta está temblando —dijo Briany—. Miren cómo se sacude esa cosa.

Las abrazaderas que sujetaban los lados de la compuerta, sosteniéndola desde arriba, ya no tenían ningún apoyo real desde abajo. La arena continuaba entrando a raudales, su fuerza rompía el metal en los bordes ya debilitados por el fuego láser.

—Cuando suceda, será rápido —dijo Gregor—. Estén listos.

—Oh, ya sabes, estoy viendo una película —respondió Eponi—. Déjame terminar la escena y vuelvo enseguida.

Al menos Tarla se rio.

La ruptura llegó con una advertencia desgarradora. Con un chillido cortante que todos pudieron oír en la *Prisa*, los soportes laterales de la puerta se desprendieron. La puerta masiva cayó en la arena fluyente debajo, arrancando sus anclajes superiores consigo. El metal se quebró, se astilló, se hizo añicos y llovió alrededor de la *Prisa* mientras Eponi aceleraba los motores.

Al frente, el antiguo lugar de la puerta ofrecía una vista abierta del cielo nocturno. Bueno, no del todo abierta. Cables aislados, vigas y placas colgaban en el camino. Gregor y Briany dispararon a lo que pudieron, incinerando los escombros mientras Eponi empujaba la *Prisa*, con un par de arañazos y golpes que hicieron estremecer, hacia el aire libre.

Quizás levantó el puño. Quizás vitoreó.

La *Prisa* se elevó en el cielo nocturno como un pájaro en la brisa veraniega, alzándose sobre la base en penumbras mientras Eponi giraba la nave para obtener una mejor vista de la larga fila de lanzaderas que se elevaban hacia la órbita.

—¿Así que vamos a volar hacia todo eso? —dijo Eponi—. ¿En lugar de buscar a Aurora, Rovo y Sai?

—Aurora está ocupada —dijo Gregor.

—Sai y Rovo tienen a los otros Rangers cuidándolos —dijo Tarla—. Volveremos a recogerlos. Vamos.

Sin embargo, solo decir las palabras no hacía que nada sucediera. Eponi aún necesitaba elegir un objetivo. Podían descartar las lanzaderas que ya estaban en el aire e intentar detener que se elevaran otras nuevas, o Eponi podía dirigir la *Prisa* hacia la flota e intentar evitar que la mayor cantidad posible se acoplara...

Vana solo podía ganar cruzando la línea de meta.

—Abróchense los cinturones —dijo Eponi, aumentando la potencia de los motores de la *Prisa* y lanzando la nave hacia las estrellas.

La trayectoria de vuelo de Eponi parecía el lado de un triángulo, ascendiendo en una ruta que interceptaría las lanzaderas justo cerca de su salida de la atmósfera. Sus objetivos se elevaban con la constante falta de urgencia propia de los pilotos automáticos. Ninguno reaccionó cuando la *Prisa* se acercó, ninguno se molestó en realizar maniobras evasivas. Cada uno mantuvo su ascenso, dirigiéndose directamente hacia sus objetivos.

—Muy bien, chicos —dijo Tarla—. Vamos a iluminarlos.

No había razón para esperar hasta que llegaran al frente

de la fila. Mientras Eponi seguía pasando las lanzaderas, Gregor y Briany abrieron fuego con sus torretas, lanzando abrasadoras andanadas. Los escudos absorbieron algunos impactos, mientras que otros los atravesaron, destrozando placas de blindaje o abriendo agujeros. Las lanzaderas de descenso como estas estaban diseñadas para sobrevivir a un aterrizaje forzoso bajo fuego, pero ¿un asalto concentrado sin cobertura?

Caerían rápidamente.

El parabrisas de la *Prisa* destelló en blanco durante un duro segundo, seguido de una alarma estridente. Eponi desactivó el sonido mientras hacía girar la *Prisa* en espiral. Otros disparos siguieron, sus láseres llenando el aire alrededor de la nave Sever.

—Esas lanzaderas tienen dientes —dijo Tarla, mirando fijamente su consola—. No muy buenos dientes, pero dientes al fin y al cabo.

—Están automatizando todo —dijo Eponi—. Yo bailaré, vosotros seguid con los láseres.

Tendría que drenar un poco más de energía de las torretas para darle a la *Prisa* algunos escudos que absorbieran los inevitables impactos, pero Eponi apostaría por su pilotaje contra las armas de una computadora en cualquier momento. Sin embargo, mientras Eponi daba la vuelta hacia la línea ascendente de transbordadores y veía las cuatro torretas por transbordador disparando hacia ella, sintió una oleada de náuseas en el estómago.

—Derríbenlos rápido —dijo Eponi, alineando la *Prisa* de modo que las tres armas pudieran encontrar un blanco—, porque si no lo hacen, seremos los siguientes.

—Acabo de conseguir esta nave —agregó Tarla—. No quiero verla dañada.

Si los láseres entrantes no estuvieran llenando el parabrisas de Eponi, habría dicho algo. Tal como estaban las cosas, la piloto se inclinó hacia adelante, agarró la palanca de vuelo e intentó mantenerlos a todos con vida.

## MENSAJERÍA

Una misión ya de por sí desesperada para encontrar el centro de comunicaciones se volvió imposible cuando las luces se apagaron. Avanzando por la arena tan rápido como su armadura potenciada se lo permitía —lo cual, dado lo resbaladizo de los granos, no era precisamente veloz—, Rovo se había estado dirigiendo hacia el destino achaparrado e iluminado que su antiguo rehén le había señalado.

Entonces el suelo tembló, las dunas se estremecieron y todo quedó a oscuras.

Bueno, no todo: los motores de las lanzaderas brillaban con intensidad en sus despegues fulgurantes, y la enorme flota de DefenseCorp parecía una constelación condensada en el cielo. Combinadas, su luz plateada daba a las dunas un aspecto fantasmal, como si Rovo hubiera caído en alguna pesadilla.

—Eso tendría sentido —murmuró Rovo, de pie cerca de la cresta de una duna y mirando hacia la oscuridad.

No estaba tan lejos de los barracones, pero si las puertas no tenían energía, Rovo tendría que derribarlas.

Posible, quizás, con la armadura potenciada y sus propulsores, pero la idea no ganó impulso mientras sus ojos volvían a todas esas lanzaderas despegando. Algunas estarían llegando pronto a la flota de DefenseCorp, probablemente bien avanzadas en sus procedimientos de acoplamiento.

Si un mensaje iba a tener algún efecto, el novato tendría que enviarlo ahora. O, preferiblemente, hace unos minutos.

Los destellos en lo alto mantenían la mirada de Rovo fija en el cielo. Una estela brillante de motor, de una nave más grande que las lanzaderas de descenso, parecía zigzaguear entre el ataque de Vana. Rayos amarillos y naranjas salían disparados tanto de las lanzaderas como de la nave que serpenteaba, pareciendo pequeños destellos desde la lejana posición de Rovo. Quizás una de las naves de DefenseCorp se había dado cuenta de la verdad y había enviado a alguien para detener las lanzaderas.

Sin embargo, una sola nave no bastaría contra todos esos vehículos que se elevaban. La respuesta entrecortada y coordinada de las lanzaderas indicaba que sus computadoras de vuelo se estaban encargando del fuego, pero el puro volumen salpicaba destellos verdosos alrededor de la nave en combate. Aun así, la forma en que la nave giraba, se zambullía y volvía a cortar mientras mantenía las líneas de fuego de su torreta arrancó un silbido de los labios del novato.

—Eponi, deberías ver esto —dijo Rovo, transmitiéndolo por la banda del escuadrón, esperando que el mensaje no llegara a ninguna parte—. Hay una nave aquí volando como tú.

—Eso es porque es ella, idiota —respondió la voz de Tarla por la banda, y Rovo casi se cae de espaldas sobre la arena—. Está allá arriba salvando tu estúpido trasero.

¿Dónde estás tú? ¿En algún lugar inútil haciendo cosas inútiles?

Rovo decidió no considerar la pregunta de Tarla.

—¿Cómo estás en...? —comenzó Rovo, solo para que Tarla lo interrumpiera de nuevo.

—Estamos en la *Prisa*, haciendo lo que hay que hacer —dijo Tarla—. Tal vez deberías callarte y dejar este canal libre para información importante.

Rovo sí se calló, aunque solo porque observó con más atención la nave que bailaba entre los rayos láser. Las piezas empezaron a encajar: podía enviar transmisiones porque la energía de la base se había apagado por alguna razón, y ahora sus señales no estaban siendo interferidas. Eponi debía haber sacado la *Prisa* antes de que eso ocurriera en algún trato con Tarla.

¿Tarla, que ahora había decidido cambiar de bando?

Esta misión se volvía cada vez más extraña.

En lo alto, la *Prisa* se lanzó en otra pasada. Destellos naranjas se dirigieron hacia una lanzadera, que chispeó y luego estalló en llamas. Como una flor abriéndose, la herida de la lanzadera creció mientras la nave se inclinaba y luego se volvía hacia la superficie de Aurum Tres en un descenso ardiente. Rovo observó, con la brisa arremolinándose a su alrededor junto con sus arenas acompañantes, cómo la lanzadera en caída se hacía cada vez más grande.

Por un largo momento, Rovo pensó que la nave que se estrellaba lo golpearía, pero los motores de la cosa seguían escupiendo lo suficiente como para convertir su caída en un planeo descendente. La nave en llamas pasó sobre la cabeza de Rovo, llevando consigo calor y una onda de metralla que rebotó en la armadura de poder del luchador de Sever Escuadrón como si le hubieran arrojado pequeñas rocas.

Rovo dio un paso alrededor, observando cómo la lanzadera se estrellaba contra la siguiente duna y la atravesaba, deteniéndose para descansar no muy lejos. Un encuentro cercano, pero uno que también podría presentar una oportunidad.

Las lanzaderas de descenso no tenían mucho, pero podían comunicarse.

A zancadas largas, Rovo medio corrió, medio rodó bajando su duna y subiendo la siguiente. Siempre había agradecido que la armadura de combate pudiera funcionar en el vacío, pero ahora Rovo aplaudía a los ingenieros por ese sellado hermético y su capacidad para mantener fuera toda la maldita arena. Luchar contra una siniestra agente y sus trajes invisibles ya era bastante malo, hacerlo con arena metiéndose por todas partes sería lo peor.

Al llegar a la cima de la siguiente duna, Rovo miró hacia abajo y confirmó sus esperanzas: la cabina de la lanzadera parecía estar abollada, pero por lo demás intacta. La parte trasera de la nave, donde estaban todas esas tropas drogadas, parecía estar en un estado lamentable. Los motores aún brillaban, pero con tan poca luz y empuje que no podían mover la nave contra la corriente.

Rovo no había visto algo tan hermoso en mucho tiempo.

—Te enseñaré lo que es ser inútil —murmuró Rovo mientras bajaba pesadamente la duna hacia su premio.

De cerca, la lanzadera en llamas ciertamente parecía un infierno. Habiendo estado en estas naves antes, Rovo no pudo reprimir un poco de pena por ella. No había pedido ser reclutada para un plan malvado. La lanzadera de descenso debería haber sido utilizada en una gran incursión contra alguna pobre población objetivo de grupos más ricos y poderosos que pudieran permitirse los precios de DefenseCorp.

Tal vez fuera bueno que Sever Escuadrón se hubiera

largado de las filas de DefenseCorp. El alma de Rovo podría estar mejor por ello.

Rovo accedió a la cabina de la lanzadera por la única vía que le quedaba abierta: rompiendo el parabrisas con una fuerte patada potenciada cinéticamente. Entrando con dificultad sobre el cristal en el espacio reducido, Rovo encontró la consola del piloto aún funcionando. Desactivando el piloto automático en pánico, Rovo deslizó —un gesto complicado con dedos gruesos y enguantados— hacia el programa de transmisión de la lanzadera.

Unos cuantos toques más abrieron una transmisión simultánea en todos los canales de DefenseCorp, asegurando más o menos que cualquier nave con los oídos abiertos escucharía lo que tenía que decir. Rovo se aclaró la garganta, alcanzó para abrir su línea, y sintió una mano en su hombro.

La mano lo agarró y tiró, arrancando a Rovo de su transmisión y enviándolo más allá de su atacante en una caída hacia la mitad ardiente de la lanzadera de descenso. El calor atravesó el traje, los chasquidos de una nave en llamas llenaron los oídos de Rovo, pero nada de eso significaba nada comparado con lo que vio.

Alzándose sobre él como un terror hecho de retazos estaba uno de los espectáculos de horror de Vana. Protegido por su traje invisible, el hombre había sobrevivido al asalto láser con su cuerpo intacto, aunque la armadura tenía piezas faltantes, mostrando que el uniforme barato debajo se había quemado. El casco del hombre, roto, revelaba un rostro cubierto de ceniza, una boca en una mueca permanente y ojos tan rojos como Rovo jamás había visto.

—Eh, amigo —dijo Rovo, pero el hombre no parecía haber escuchado las palabras.

En lugar de eso, emitiendo algo entre un gruñido y un

grito, el hombre arrancó un cuchillo deformado por el calor de una funda de su traje y lo dirigió hacia el pecho de Rovo. El novato lo desvió, extendiendo el brazo y agarrando la muñeca del hombre antes de que pudiera conectar. Con la armadura de poder, Rovo debería haber sido capaz de lanzar al hombre como si fuera un muñeco de trapo.

En cambio, mientras el visor de Rovo emitía una alarma, el hombre continuó empujando hacia abajo. El cuchillo se acercó aún más.

—Eso no debería ser posible —dijo Rovo, alcanzando con su mano derecha y sacando una pistola—. Impresionante, pero no voy a dejar que me apuñales.

Rovo levantó rápidamente la pistola y le disparó al hombre en el pecho. El soldado de Vana retrocedió un metro hasta chocar con el costado de la lanzadera, permitiendo que Rovo se incorporara. Con la distancia extra, Rovo alzó la pistola, con el dedo en el gatillo para dar unas cuantas respuestas fatales más a la pregunta de si el soldado sobreviviría al accidente.

Otro cuerpo lo embistió por detrás, empujando a Rovo hacia adelante. El novato apenas tuvo tiempo de girarse antes de que otra pobre alma, esta vez envuelta en llamas, corriera aullando y lo tacleara a través de los restos de la cabina hacia la arena más allá. Al golpear el suelo, Rovo intentó levantar los brazos, intentó colocar su pistola en posición de disparar, pero su enemigo original regresó, agarrando el arma y arrancándosela.

El trío ardiente, quemado y completamente asado se abalanzó sobre Rovo, golpeando su armadura de poder, alcanzando sus cuchillos y apuñalando sus brazos, su pecho, sus piernas. El novato golpeaba, pateaba, desviaba, pero cada vez que derribaba a uno de los monstruos, estos volvían al ataque, insensibles al dolor.

Por primera vez desde Gillane Cuatro, Rovo creyó que iba a morir.

El miedo atacó al novato tanto como los soldados, volviendo sus movimientos frenéticos. Nada en el entrenamiento de DefenseCorp cubría un asalto suicida como este, nada cubría experimentos científicos fallidos que te atacaban con intenciones asesinas.

Nada preparó a Rovo para sentirse tan absolutamente solo.

—¿Podrías dejar de gritar, hombre? —Las palabras llegaron cálidas y fuertes, y Rovo se dio cuenta de que, de hecho, estaba gritando—. Ya casi llego a ti, pero no puedo pensar con esos gritos, ¿sabes?

Rovo parpadeó, sintió un agudo dolor cuando uno de los soldados le clavó una hoja en el hombro. Tan pronto como el monstruo retiró el ataque para hacer otro, un largo cable voló, se enroscó alrededor del cuello del soldado y lo arrancó de encima de Rovo. El siguiente recibió un disparo de pistola en su rostro confundido, y el propio Rovo se encargó del tercero con un golpe sin obstáculos.

El novato quería desplomarse de nuevo en la arena, pero si había algo para lo que su entrenamiento lo había preparado, era para completar la maldita misión sin importar qué.

Incorporándose de golpe, Rovo vio a su salvador despachando al último soldado. O más bien, vio los resultados. El traje de Javelin funcionaba perfectamente, manteniendo al hombre casi invisible.

—Gracias por salvarme —dijo Rovo, volviendo a subir a la cabina de la lanzadera y confirmando que el sistema de comunicaciones aún funcionaba—. Aunque los habría tenido. Un minuto más.

—¿Ah, sí? —respondió Javelin desde algún lugar; Rovo

descubrió que era difícil mantener una conversación con alguien cuando no sabías dónde estaba—. Yo lo veo así: te salvé el pellejo, novato.

¿Ahora los Twilight Rangers también llamaban novato a Rovo?

—Tú ve lo que quieras ver —replicó Rovo, conectándose de nuevo a la transmisión—. Guarda silencio un momento. Tengo que vender una invasión a un montón de gente que me quiere muerto.

Sin embargo, una vez que empezó a hablar, Rovo descubrió que las palabras fluían como de costumbre. Comenzó con una declaración de emergencia, informando a todas las naves allá arriba que las lanzaderas que se acercaban no traían más que muerte. Para respaldar su argumento, Rovo pidió a las naves de DefenseCorp que contactaran ellas mismas con las lanzaderas, para ver qué decían.

—Descubriréis que no responden, aunque os envíen los códigos de atraque correctos —dijo Rovo, acercándose a la conclusión—. No las dejéis aterrizar en vuestra nave. Si lo hacéis, la perderéis. Y si tenéis un caza o dos, enviadlos para que nos ayuden a carbonizar a estos cabrones.

Javelin se había quitado el casco y observaba a Rovo desde fuera de la lanzadera mientras el novato terminaba su discurso.

—Un verdadero discurso para la historia, tío —dijo Javelin—. Casi se me escapa una lágrima.

Rovo habría puesto los ojos en blanco, habría respondido con algo sarcástico, pero la lanzadera emitió un nuevo ruido que sonaba como si sus baterías estuvieran sobrecargándose.

Así que los dos combatientes corrieron hacia la arena en su lugar.

## 16

## LAS CELDAS

Si Aurora había comprado su supervivencia al conducir a los guardias de DefenseCorp al laboratorio científico tras ella, la volvió a vender cuando se fue la energía. Las celdas, bloqueadas por puertas reforzadas con láser, se oscurecieron junto con el pasillo, sumiendo a todos en la oscuridad. Maldiciones resonaron de algunas voces mientras otras intentaban organizar al grupo dispar en alguna apariencia de orden.

Aurora se incorporó, su visor mostrando una hermosa letanía de problemas que su armadura de poder había recogido durante la carrera y el subsiguiente impacto. Los huesos del traje tenían fracturas, la rodilla izquierda de Aurora tenía una articulación rota, y si no tenía cuidado, la capacidad de la armadura para ayudarla a mover sus pesados miembros se desmoronaría.

Esto último dejaría a la capitana de Sever Escuadrón poco más que una estatua sentada y vulnerable.

El visor, sin embargo, se adaptó a la falta de iluminación. Cambiando al espectro infrarrojo, Aurora pudo ver la confusa maraña que la había perseguido mientras se reorientaban. Algunos apuntaban sus armas —manchas azuladas debido a sus bajas temperaturas— hacia Aurora, mientras que otros las dirigían hacia las celdas.

La atmósfera tenía la tensión de un alambre, esperando ser rota.

—Por favor, no disparen —intentó Aurora, con el traje amplificando su voz lo suficiente como para sobrepasar a todas las demás—. Las cosas aquí dentro podrían ser peligrosas, y todos estamos del mismo lado.

—¿Del mismo lado? —respondió el hombre que había liderado la carga—. Eres una asesina y una traidora.

—Estoy intentando salvarlos —replicó Aurora, dando un paso atrás de todos modos. Cuanta más distancia pusiera ahora, más fácil sería su eventual giro y huida—. Vana está tratando de convertirlos en estas cosas.

Murmullos entre la multitud. Más armas apuntando en su dirección, pero nadie había disparado. Todavía.

—¿Ah, sí? —dijo el mismo hombre, aparentemente el líder designado del momento—. ¿Y qué demonios son exactamente *estas cosas?*

—Experimentos —dijo Aurora—. No tengo tiempo para explicarlo ahora, pero cuando regresen a sus naves, busquen Dynas. Helix. Quizás no encuentren nada, pero sigan investigando. Todo estará allí, incluyendo por qué sus jefes murieron hoy.

—Eso no va a funcionar...

La réplica se interrumpió cuando una celda de cristal a la izquierda golpeó. Aurora vio la forma oblonga roja y naranja moverse como un gato acechando en su jaula. Había probado la puerta y descubierto que la barrera eléctrica ya no estaba. Sin descargas. Y gritó.

Aurora se estremeció cuando el siseo vibrante resonó por el pasillo, un ruido como el de una garganta destripada expulsando todo el aire que podía reunir. Como una manada horrible, las criaturas en otras celdas respondieron con el mismo grito, resonando con los mismos tonos atormentados.

Quizás este era otro experimento, uno que convertía a los soldados ya retorcidos en grupos de caza en lugar de individuos sedientos de sangre.

De cualquier manera, era hora de que Aurora se fuera.

—Si yo fuera ustedes —dijo Aurora, continuando su retroceso—, me iría a las naves y me largaría. Nada bueno va a pasar aquí.

Se dio la vuelta mientras las voces le pedían que se detuviera, que diera más información y explicaciones. Aurora las ignoró, incluso cuando escuchó que las puertas de las celdas seguían golpeando y el primer cristal comenzaba a agrietarse. Tenía que encontrar a Vana y luego largarse de este planeta de pesadilla.

Las paredes del pasillo se presentaban en suaves tonos azules, su calor capturado le daba a Aurora lo suficiente para saber por dónde caminar. Sin embargo, la vista fría no le indicaba a Aurora dónde había ido Vana, dejando un laberinto frustrante por interpretar.

Este laberinto, sin embargo, no era solo paredes.

Mientras Aurora se alejaba crujiendo de la pelea detrás de ella, las celdas más allá golpeaban y se agrietaban mientras sus ocupantes buscaban la misma libertad ganada por sus hermanos. Sacando su rifle y acelerando el paso, Aurora trató de no dejarse distraer por los extraños gritos, la mayoría lo suficientemente cercanos a un grito humano.

Aunque era difícil ignorarlo cuando una celda se rompe frente a ti, su vidrio dispersándose por el pasillo. Aurora tenía su rifle en alto y listo cuando la cosa se tambaleó libre. Con músculos abultados e irregulares que declaraban un juego genético que salió mal, la persona, que no llevaba más que una delgada bata rasgada, miró en dirección a Aurora con el mismo caos enloquecido que la comandante de Sever Escuadrón había visto desde la torreta del *Prisa* cuando Sever había aterrizado aquí.

—Lo siento —dijo Aurora, y lo decía en serio.

Músculos o no, el rifle hizo su trabajo y envió a la víctima humeante al suelo. Aurora pasó por encima del cuerpo, continuando más profundo. Tres celdas más se rompieron mientras caminaba, cada una expulsando otro experimento para ser eliminado. Por perturbadoras que fueran las criaturas, al menos tenían poco respeto por las tácticas, eligiendo cargas ciegas sobre cualquier cosa verdaderamente peligrosa.

Mientras el rifle de Aurora tuviera energía, podría seguir buscando.

Gregor había utilizado las huellas en la alfombra para rastrear a Vana desde su primer encuentro hasta la bahía, pero los suelos duros aquí no ofrecían respuestas tan fáciles. En su lugar, Aurora intentó eliminar caminos mediante la intuición y la posibilidad. Con la energía aún cortada, las puertas con escáneres no se iban a abrir. Aurora podría derribarlas con tiempo, pero en lugar de patear todas las opciones, intentó adivinar hacia dónde podría dirigirse Vana.

La bahía habría sido una elección obvia. Con la mayoría de sus rivales por el control de DefenseCorp eliminados a manos de Aurora y Gregor, Vana podría haberse retirado a una nave y haberla llevado hasta la flota. Declarar su control allí, y quizás encontrarse al frente de una vasta corporación lista para apoderarse de la galaxia.

En cambio, Vana había seguido corriendo. Al menos, Aurora tenía que asumirlo así. Supuso que la agente podría haberse escabullido en una de esas naves y quedarse allí, pero la agresiva seguridad sugería lo contrario. Lo que dejaba una pregunta: ¿por qué huir de vuelta aquí, a estos experimentos?

Tal vez para arrastrar a Aurora a través de más monstruos que pudieran acabar con ella.

Tal vez para perder a Aurora en el laberinto de celdas.

Pero había señales, difíciles de leer en el espectro infrarrojo pero presentes, en las paredes indicando direcciones. Este giro llevaría a Aurora a un laboratorio de contención, fuera lo que fuese, mientras que otro la llevaría al suministro centralizado. Ninguno parecía un destino probable para una agente perseguida, una agente llevando a cabo una brutal toma de control.

¿Administración, sin embargo? Esa era una opción más plausible. Una vez que Aurora vio el cartel que indicaba la dirección correcta, comenzó a trotar. Su armadura de combate protestaba, las articulaciones debilitadas y los motores averiados hacían que la carrera de Aurora se inclinara hacia la derecha, necesitando un ocasional tirón hacia la izquierda.

¿Molesto? Mucho.

¿En la larga lista de problemas de campo de batalla que Aurora había enfrentado? Cerca del final.

La entrada a Administración tenía el mismo aspecto que todas las demás: escáner muerto, pesada lámina desalentando embestidas precipitadas. También tenía una diferencia crucial: un tono azul más brillante que las otras puertas por las que Aurora había pasado. Eso significaba una cosa: calor, posiblemente de algunos cuerpos vivos al otro lado.

Aurora frunció el ceño ante la puerta durante un largo respiro, pero no se presentó ningún milagro. Una entrada silenciosa simplemente no iba a suceder. Acercándose, Aurora plantó su pie izquierdo y balanceó el derecho. Su pie calzado golpeó la puerta una, dos, tres veces. Cada golpe aumentaba un poco más la potencia del amplificador cinético, y el visor emitió un sonido cuando Aurora alcanzó el máximo.

Para la gran patada, Aurora apuntó bajo. Puso toda la potencia que pudo reunir, y el golpe resonó con un estruendo agrietado por el pasillo. Su patada baja arrancó la puerta de sus lados y la envió volando de un extremo a otro hacia arriba en la habitación en lugar de hacia abajo al suelo. Destellos recibieron a la puerta, láseres golpeando su metal en lugar de continuar y dar a Aurora.

Aurora subió el rifle hasta su hombro y siguió la puerta mientras esta caía al suelo con estrépito. Dos agentes estaban frente a ella, agazapados detrás de un escritorio cubierto de estaciones de trabajo. Toda la habitación se asemejaba al lugar que habían elegido: escritorios y pantallas anchas ahora oscuras. Sin luces, los agentes demostraron su desventaja al disparar hacia donde Aurora había estado, no hacia donde sus zancadas la llevaban.

No podían ver a Aurora claramente. No podían conseguir un tiro limpio mientras Aurora atravesaba la habitación como una tromba. Usando los escritorios y su contenido como cobertura, Aurora se agachó y usó su hombro para derribar los muebles, enviando componentes por los aires y enmascarando sus pasos con el estruendo de la chatarra. Podía ver a los agentes, sus formas naranjas delatándolos, mientras comenzaban a moverse hacia una salida diferente, esta etiquetada para emergencias.

—¡Alto! —gritó Aurora cuando los dos agentes se dieron cuenta de su probable derrota y echaron a correr—. ¡No lo lograrán!

Había movimientos que Aurora hacía sin esperar que tuvieran éxito, gestos que ofrecía a un universo moral o a una conciencia limpia, como si pudiera decir, cuando alguna persona del destino preguntara, que había intentado encontrar una salida pacífica.

Esos movimientos nunca funcionaban realmente. Proporcionaban la cobertura para los disparos que venían a continuación.

Excepto que, esta vez, los agentes sí se detuvieron. Levantaron las manos, y los golpes secos de sus pistolas al caer al suelo aturdieron tanto a Aurora que no dijo nada a sus nuevos prisioneros.

—No nos mates —dijo el agente de la derecha, de pie en la única área abierta en el centro de la habitación—. Nos rendimos.

—Que acepte eso o no depende de lo que puedan decirme —dijo Aurora, encontrando su voz. Unos pasos crujientes la llevaron hasta la pareja inmóvil—. ¿Dónde está Vana?

—Se adelantó —dijo la otra, una mujer y mayor además, con una voz ronca por el tiempo y el estrés—. Se suponía que debíamos retrasar a cualquiera que viniera detrás. A menos que tuviéramos la suerte de matarte.

—¿Retrasar por qué?

—No lo sabemos —dijo el hombre—, pero se dirige hacia su nave. Íbamos a encontrarnos con ella allí.

Así que Vana estaba tratando de escapar, solo que a su manera. Tal vez no confiaba en todas esas personas que habían trabajado para el grupo que Aurora y Gregor habían ejecutado. Probablemente una jugada inteligente.

—Entonces no tengo mucho tiempo —dijo Aurora, tomándose un momento para pisar y destrozar las pistolas de ambos agentes. Crujieron y echaron humo bajo sus botas

—. ¿Qué tal si ustedes dos vuelven por el otro camino? Hay algunas personas de DefenseCorp allá atrás que podrían darles un aventón si lo piden amablemente.

—¿A través de las celdas? —la mujer se rió—. Nunca lo lograríamos.

—Es su elección —dijo Aurora, sin detenerse mientras se dirigía hacia la salida—. Si los atrapo siguiéndome, dispararé.

La capitana de Sever no miró atrás. El visor le avisaría a Aurora si venían tras ella.

—¡Espera! —gritó el hombre cuando Aurora llegó a la puerta de salida—. Eres de Sever, ¿verdad? ¿El grupo que Vana dijo que nos estaba atacando?

—¿Qué importa eso?

—Porque hay algo que deberías tener. —Aurora se giró mientras el agente sacaba algo pequeño de su bolsillo—. No puedo ver bien dónde lanzarlo.

—Al letrero de emergencia.

Cuando el objeto dejó la mano del agente, emitía suficiente calor como para verse como un suave destello verde, luego azul. Manteniendo su rifle en alto y listo en la mano izquierda, Aurora atrapó el objeto en el aire. Le echó un buen vistazo. Una unidad, como la que Vana le dio a Sai en el *Nautilus*.

—¿Qué contiene? —preguntó Aurora.

—No estoy seguro —respondió el hombre—. Vana dijo que si no te matábamos, deberíamos darte esto en su lugar.

—Qué amable de su parte. —Aurora deslizó la unidad en un bolsillo de su pierna derecha—. Lárguense.

Los dos agentes no ofrecieron nada más, aunque Aurora no se quedó para ver qué decisión tomarían. Si vivían o morían no era asunto de Aurora.

La salida de emergencia conducía a una escalera aislada

que subía y bajaba. Diodos naranjas bordeaban los escalones. Aurora tuvo que adivinar, decidiendo que una escotilla de escape repentina sería más probable abajo que arriba. Cualquier ataque orbital comenzaría desde arriba, haciendo que una escapatoria subterránea fuera más plausible.

Con su armadura dañada y tambaleante, Aurora saltó de un descanso al siguiente, cada golpe acercándola más y más. Finalmente, a Vana se le habían acabado los lugares donde esconderse.

## 17

## EL SUBTERRÁNEO

Pulsar el botón del ascensor debería haber cerrado las puertas, debería haber bloqueado el fuego, la explosión. Pulsar el botón del ascensor no hizo nada, porque en el mismo instante en que Sai golpeó con su katana, la base dejó de suministrar energía. Las minas explotaron, destruyeron la carcasa de la batería, y antes de que Sai comprendiera realmente la magnitud del peligro, todas las luces se apagaron, dejando como única iluminación el resplandor naranja-rojizo que se expandía.

El calor y las llamas que lo acompañaban envolvieron a Sai y a Perro, este último gritando lo que debió pensar que serían sus últimas palabras. La armadura de Sai también gritaba, indicándole lo que las fugas en su traje dañado ya le decían al tacto: unos segundos más y estaría tan frito como los agentes del exterior.

Invirtiendo la katana, siguiendo el instinto desesperado de alejarse del calor, Sai cortó el suelo del ascensor. El golpe de la katana añadió chispas al fuego, una de las cuales encontró en el traje de Perro un delicioso combustible. El hombre parecía una vela, agitando los brazos mientras las llamas lo envolvían.

Un segundo corte, luego un tercero. Los ojos de Sai se humedecieron, sus piernas ardían. Olía su propio cabello empezando a quemarse.

Un cuarto corte y el suelo cedió. Un cuadrado de medio metro se hizo más grande cuando Sai pateó otro trozo.

—¡Ve! —gritó el espadachín, aunque sus palabras se desvanecieron en el rugido del fuego, un ruido constante de motor mientras devoraba el oxígeno.

Independientemente de si Perro escuchó el grito de Sai o no, el hombre en llamas y su estilizado traje dieron un paso y cayeron por el agujero mientras Sai pateaba de nuevo, tratando de hacer el espacio lo suficientemente grande para que su armadura cupiera. No es que importara si la caída se prolongaba muchos metros, pero una caída prometía una muerte mejor que el fuego. Otra patada, otro pequeño trozo.

Su visor chilló más fuerte. La armadura misma se calentaba ahora, su propio sistema de refrigeración incapaz de competir con la continua ráfaga de calor del horno reventado.

La respuesta llegó cuando el visor planteó una pregunta, preguntando si Sai quería evacuar su armadura comprometida. Dando un último paso a través del agujero improvisado, Sai soltó su katana, dejándola caer en la oscuridad de abajo. La hoja podría atravesar a Perro, pero si Sai tuviera que elegir entre la vida del mercenario y la espada de su familia, bueno, ya lo había hecho.

De pie sobre el agujero, Sai le ordenó a la armadura que lo expulsara. Los engranajes chirriaron contra los accesorios fundidos, pero la armadura potenciada logró ejecutar un último comando. Por un instante, Sai sintió un calor asfixiante. Sus ojos, aún cerrados, ardían. Su cabello corto terminó de chamuscarse convirtiéndose en fuego puro.

Su estómago dio un vuelco cuando Sai cayó por el agujero, la repentina velocidad y el aire más fresco apagaron el fuego en el breve instante entre la caída y una colisión rebotante que le sacudió los huesos contra lo que parecía una almohada firme. Sai rodó, quedando de espaldas, mirando el resplandor anaranjado de arriba.

—Mejor que te muevas por si el ascensor se cae —dijo Perro, con una voz más parecida a un gruñido que a palabras humanas—. Gracias por casi matarme con esa maldita espada.

Sai quería levantarse. Quería ver cómo Perro seguía vivo. Pero en ese momento, su cuerpo parecía contento de regodearse en su propia ruina. Sai había sido quemado antes, en varias misiones y por diversos láseres, pero ningún infierno se comparaba con este. El traje de piel que llevaba debajo de la armadura potenciada cubría su cuerpo de pies a cabeza, llegando hasta el cuello, y parecía haber cumplido su función: Sai dolía, pero no había perdido ninguna extremidad.

Su rostro, sin embargo, hormigueaba con un dolor diferente. Al tocarse, Sai confirmó que sus cejas habían desaparecido, al igual que su cabello. Un cosquilleo de shock y entumecimiento acompañaba su tacto, uno que Sai intuía se convertiría en agonía en poco tiempo si no lo trataba.

—Vamos —dijo Perro, y Sai vio la mano del hombre extenderse—. Tienes un aspecto horrible. Veamos si algo de mi traje sobrevivió.

—Tú lo hiciste —respondió Sai, tomando la mano y poniéndose de pie con inestabilidad.

No había luz en el fondo del pozo, pero el resplandor de arriba daba suficiente iluminación para que Sai viera el acolchado destinado a un ascensor en caída libre. Afortunadamente, DefenseCorp mantenía sus regulaciones de seguridad al día. La katana sobresalía del acolchado como una bandera, y Sai, con cada movimiento estirando su piel chamuscada, extrajo la hoja.

Perro, en sus momentos a solas, se había arrastrado hasta un nicho a un lado. Sai esperaba un armario de mantenimiento o algún pequeño espacio para una estación de trabajo que monitoreara el estado del ascensor. En su lugar, la plataforma de Perro parecía abrirse a otro piso, uno que no figuraba en el panel del ascensor. Una puerta, completa con un escáner sin energía, permanecía sin marcar y a la espera.

—Es extraño encontrar una puerta aquí abajo, ¿no? —preguntó Perro mientras Sai se sentaba en el rellano junto a él. El mercenario comenzó a hurgar entre los restos carbonizados de su antiguo traje—. Aunque, conociendo este lugar, quizás no sea tan extraño.

—Dudo que nos guste lo que hay al otro lado —dijo Sai.

Su traje de piel tenía parches donde la tela se había quemado, y el de Perro no parecía estar mejor. Ninguno tenía más armas además de las espadas, la katana de Sai y la hoja roja y zumbante de Perro. Que sus pistolas no hubieran explotado, sino que se hubieran derretido, era un golpe de suerte y un diseño sólido de quien las hubiera fabricado.

—Toma —dijo Perro, entregándole un tubo arrugado sin tapa—. Creo que reventó durante la explosión. Podemos compartirlo.

El ungüento no cubría ni la mitad de las quemaduras de Sai, pero lo extendió lo más fino que pudo. Al menos, la loción fría evitaría que Sai se desmayara por el dolor inminente. Perro procedió con su aplicación, y juntos se sentaron en el rellano, observando el resplandor anaranjado de arriba.

—Deberíamos haber muerto allí —dijo Perro finalmente—. No puedo creer lo que hiciste con esa espada. Yo solo...

—Lo vi —interrumpió Sai—. ¿No se supone que sabes mantener la cabeza fría en una crisis?

—Oh, ¿porque todos tenemos experiencia en ser volados en pedazos, verdad?

—No son los detalles específicos lo que importa —respondió Sai.

—Si crees que me voy a alterar por lo que estás insinuando, no lo haré —resopló Perro—. Puedo aguantar una palabra sin perder la calma.

—Claramente. —Sai se puso de pie, dejando que sus músculos le expresaran cuánto odiaban la idea—. Si las minas funcionaron, entonces no hay energía en esta base. Necesitamos encontrar otra manera de volver arriba.

—Todavía quieres pelear, ¿no?

—Hasta que sepa que hemos completado la misión, sí.

Perro se rio y sacudió la cabeza.

—Eso es lo que no entiendo de los de tu tipo. La misión no importa si mueres haciéndola, tío. ¿Cuánto te pagan por esto? ¿Quién te contrató?

—Nada y nadie. —Sai se volvió para examinar la puerta. Tomó su katana por la empuñadura y la levantó—. Esta no es por dinero.

—¿Venganza, entonces?

Podría ser. Sai habría aceptado ese argumento si Aurora lo hubiera planteado así. Ciertamente le debía a Vana una revancha por aquella noche en Gillane Cuatro que Sai pasó recibiendo golpes en el fondo de un pico oceánico.

—El futuro —respondió Sai—. No el mío, sino el de mi familia.

Perro soltó una carcajada incrédula que hizo que Sai apretara el agarre en la empuñadura de su katana. Eso hizo que girara sus pies ligeramente, listo para ponerle fin al mercenario.

—¿Un hombre de familia tan lejos de casa? ¿Dónde están? —Perro adoptó una expresión de horror—. No me digas que los dejaste allá arriba.

—Basta —replicó Sai—. Por tu propio bien, para o te acabaré aquí y ahora.

—¿Acabarme? —preguntó Perro, con toda la risa y el juego desaparecidos—. ¿Por qué no vas y lo haces entonces? Estoy todo quemado, atrapado en el fondo de un ascensor con una bomba explotando arriba. Mi equipo ha desaparecido, y las únicas otras personas en este planeta quieren matarme, así que sí. Hazlo. No me interpondré en tu camino.

Si permaneces en la lucha el tiempo suficiente, verás a alguien al borde, a un empujón de quebrarse. Para salvar a alguien así, tenías que mostrarle un camino diferente.

Sai atacó con la katana, un largo tajo en la puerta. El corte atravesó la sucia superficie de la puerta, abriéndola de lado a lado. Una barrera delgada, entonces. Lista para que un par de luchadores heridos la atravesaran.

—Vamos —dijo Sai—. Puedes compadecerte todo lo que quieras cuando salgamos de aquí.

—Vaya motivación —respondió Perro, pero el hombre se puso de pie.

Sostuvo su hoja roja como si pretendiera usarla.

Dos cortes más despejaron la puerta, abriendo una oscuridad más allá. Sai podría haber usado el visor y sus diferentes espectros, pero esta vez tendría que confiar en lo que la naturaleza le había dado. Y lo que la naturaleza le dio fue un túnel gris-negro que se perdía en la distancia. A diferencia de los pasillos pulidos de arriba, este parecía el rechazado de la base, sus paredes y suelo moteados sugerían una expansión rápida sin cuidado por las apariencias.

—Parece que hemos encontrado otro mundo aquí abajo —dijo Perro.

—Tal vez lo hayamos hecho —respondió Sai—. Ten cuidado. Puede que no haya agentes aquí abajo, pero este lugar existe por una razón.

—¿Estás pensando que avancemos solo con las pulseras como luz?

—Es lo que tenemos —dijo Sai—. Supongo que tendremos que usarlas.

Liderando el camino, Sai dio sus primeros pasos en el túnel. El suelo frío coincidía con el aire que se enfriaba a medida que cada paso llevaba a Sai más lejos del horno abierto. Un aroma dulce también llegó, casi estéril y pegajoso. Como productos químicos de limpieza.

Detrás de Sai, Perro también bajó, siguiéndolo a una distancia respetable. Bien. Significaba que el mercenario no había olvidado por completo la necesidad de espacio para blandir esa espada en espacios reducidos. Sai llevaba su propia katana levantada frente a él, listo para parar a izquierda o derecha, listo para atacar con cortes cortos hacia adelante. Un golpe elevado por encima de la cabeza atascaría la espada en el techo, y cualquier barrido de lado a lado golpearía las paredes.

El resplandor naranja que iluminaba su camino se disipó a los pocos pasos, dejando a Sai abrazando sus propias palabras por necesidad. Con sus quemaduras haciéndose notar, Sai levantó su brazo izquierdo y activó un programa de linterna. La batería de la muñequera no duraría mucho emitiendo luz blanca, pero una batería muerta no importaría si, bueno, Sai moría al chocar con algo que no podía ver.

Juntos, la pareja avanzó, sus pies cubiertos por el traje de piel pisando suavemente el duro suelo. Sai esperaba intersecciones, una cuadrícula estándar, pero en su lugar el pasillo continuaba, un único corredor que se extendía. Las paredes no tenían decoración, solo ocasionales señales toscas que pedían a cualquiera que viniera que estuviera alerta por fugitivos.

—Vaya, qué divertido —dijo Perro cuando se encontraron con el primer aviso—. ¿Me pregunto a quién mantendrían aquí abajo?

—Podría tener una idea —murmuró Sai—. Sigamos adelante.

El final llegó de repente, sin ninguna puerta u otra señal. El túnel se ensanchó en una cámara cavernosa, el techo elevándose y alejándose de la luz de la muñequera de Sai. No es que lo notara, no es que le importara. Sai tenía los ojos enfocados en otra cosa.

A lo largo del centro de la habitación, podios de cristal, algunos destrozados y otros volcados, existían en filas. Tubos yacían esparcidos a sus pies, muchos de ellos trazando un camino de vuelta a un largo manojo que desaparecía en la oscuridad al otro lado de la habitación.

—Esto es muy extraño. No deberíamos estar aquí —dijo Perro.

—No, este es exactamente el lugar donde necesitamos estar —dijo Sai—. Si Vana es la cabeza de esta locura, entonces hemos encontrado el corazón.

## 18

## AMIGOS EN APUROS

Escalaron la escalera de la muerte hacia el espacio. Cada metro ardía con el fuego escupido por los láseres hasta que la superficie de Aurum Tres desapareció bajo las nubes y la arena arremolinada, hasta que lo único que Gregor veía fuera de la ventanilla de su torreta eran lanzaderas. Siempre más lanzaderas de descenso, abarrotadas de soldados con trajes que se elevaban hacia los antiguos amigos de Gregor.

La *Prisa* captó el mensaje de Rovo cuando llegó, una breve advertencia que Eponi se apresuró a retransmitir tan lejos como la nave de Sever Escuadrón podía enviar. Las palabras del novato decían que las lanzaderas que se acercaban solo ofrecían destrucción, y Gregor albergó la esperanza de que la flota escuchara. Que los cazas se unieran a la batalla de Sever Escuadrón contra las naves automatizadas y convirtieran una dura pelea en una derrota para los buenos.

Gregor tenía esperanzas, pero no lo creía.

—Esos bastardos nos están llamando mentirosos —las palabras de Eponi llegaron por el intercomunicador mientras hacía girar la *Prisa* en un descenso que revolvía las entrañas, enviando la nave hacia arriba y lejos de otro grupo de lanzaderas y sus constantes y molestos láseres—. Somos traidores o idiotas o ambas cosas, si los escuchas.

Según las cuentas de Gregor, habían derribado tres lanzaderas hasta ahora. Tres naves en llamas que se estrellaban contra la superficie de al menos veinte, si no más. Tantas lanzaderas aquí le indicaban a Gregor que la flota dispersa no era solo una demostración de fuerza para Vana y los otros altos mandos de DefenseCorp que venían, sino una misión de suministro. Esto no era solo una demostración, sino una entrega. Las propias lanzaderas de la flota traerían la muerte directamente a sus puertas.

—Empiezo a pensar que no quieren nuestra ayuda —dijo Tarla—. ¿Votos para abandonarlos a su propia estupidez?

Un Gregor más joven podría haber aceptado la propuesta de Tarla. Había visto suficientes personas y organizaciones hambrientas de poder e inconscientes golpear demasiado fuerte por la victoria y perderlo todo en el proceso. Los que sobrevivían tendían a aprender de una crisis, y las naves que sobrevivieran a este asalto también podrían hacerlo.

Afuera, la *Prisa* rompió la atmósfera, trayendo el espacio oscuro a plena vista y, con él, los contornos brillantes de la flota. Las luces de navegación resplandecían, con naves más pequeñas que parecían estrellas fugaces bailando entre enormes cruceros y fragatas. Tanto dinero, tantas vidas invertidas en lo que yacía fuera de las torretas de Gregor, y la mayoría de esas vidas no tenían idea de lo que volaba hacia ellos.

—Esto no fue su elección —dijo Gregor mientras Eponi pilotaba la *Prisa* fuera del alcance de las torretas, hacia una zona neutral entre el ataque y la retirada para permitir que los escudos de la nave se recargaran—. Están siguiendo órdenes sin conocer las consecuencias.

—La galaxia es un lugar duro —respondió Tarla—. No es nuestro trabajo protegerlos de sus errores, especialmente si me va a costar dinero.

—¿No queríamos evitar que estos monstruos se propagaran? —preguntó Eponi.

—Así que nos quedamos en los bordes. Si alguna lanzadera intenta ir lejos, la derribamos —Tarla siempre parecía tener una respuesta para todo—. ¿No quieren todas estas personas que estés muerto de todos modos? Deja que tus enemigos luchen entre sí. Es una gran táctica.

—Y divertido de ver —añadió Briany.

—No lo haremos —dijo Gregor—. La gente en esas naves es inocente.

Tarla se rio. —¿Inocente? Parece que podrías ser tú el inocente, grandullón. Nadie que trabaje para DefenseCorp cree que son los buenos, a menos que sean demasiado tontos para ver lo que está pasando. Eponi, ya me oíste. Muévete, déjalos jugar con sus juguetes.

Gregor se recostó en su silla. El rígido montaje de la torreta no le daba mucho espacio: el ajuste apretado aseguraba que la torreta misma se moviera tensa con cada uno de sus movimientos. Un diseño centrado en lograr un fin. Gregor podría argumentar que él era muy similar. Un luchador destinado a nada más.

Y no se quedaría al margen en esta ocasión.

En el escáner, brillando en la pantalla de la consola cerca de sus dedos, los puntos pululaban mientras las lanzaderas se acercaban a los cuadrados más grandes de las naves. Los cazas estelares prometidos por la flota también aparecieron, formando un muro perezoso de guiones entre la

*Prisa* y las lanzaderas que se aproximaban. Pronto, los pilotos tendrían que decidir si atacar, y una vez que se dispararan esos tiros, cambiar de opinión sería aún más difícil.

En el borde de la flota, cerca del límite de la atmósfera y la pantalla de cazas, una lanzadera se acercaba a una fragata ligera en espera, la *Volucris*. La pequeña fragata, diseñada para manejar cazas estelares y transportes en fuga, no tendría mucha tripulación. Serían destruidos por los soldados con trajes. Despedazados.

Un ejemplo.

—Por eso digo que volvamos abajo —estaba diciendo Tarla—. Recogemos a todos ahora, mientras los amiguitos asesinos de Vana todavía están abriéndose paso por la flota. Luego solo tenemos que hacer la limpieza.

—Dirígete a la *Volucris* —dijo Gregor—. Déjame allí, si quieres. No voy a abandonarlos para que mueran.

—Eso está al otro lado de la pantalla de cazas —advirtió Eponi.

—¿Tienes miedo?

—Ella es inteligente —respondió Tarla—. Pero si Gregor quiere que lo maten, Eponi, no veo por qué no deberíamos permitírselo. Una parte menos que pagar.

Ya fuera por Tarla o por Gregor, Eponi comenzó a hacer girar la *Prisa* en un giro suave, rozando el borde de la atmósfera de vuelta hacia la línea de lanzaderas y la *Volucris*. Los cazas estelares de DefenseCorp iniciaron su propio movimiento, desplazándose para cortar el paso a la *Prisa*.

—Oh, mira —dijo Tarla—. Parece que tus amigos están cumpliendo su amenaza. ¿Deberíamos destruirlos en el camino, Gregor?

—Tarla —interrumpió Eponi antes de que Gregor pudiera hablar—. Por favor, ¿podrías callarte un minuto para que pueda volar? Vamos a llegar a la maldita fragata y vamos a salvar a todos estos idiotas de sí mismos.

Gregor se impulsó con esas palabras desde su torreta de vuelta a la cámara central de la *Prisa*, aprovechando la gravedad cero y su capacidad para hacer que el movimiento en una nave que giraba y esquivaba fuera mucho más fácil. Un comando rápido abrió su armadura de poder, sus brazos y piernas zumbando se expandieron para dejarlo entrar. El visor se cerró sobre su rostro, y de nuevo Gregor vio sus signos vitales y las estadísticas de su traje desplegadas frente a sus ojos.

Briany se unió a esos números y su resplandor verde y saludable. La Guardabosques Crepuscular se impulsó hacia el centro con Gregor. Su gran cañón no funcionaba con las baterías rotas, pero había conseguido un rifle de repuesto para emparejarlo con sus pistolas.

—¿Creías que podías divertirte sin invitarme? —dijo Briany cuando Gregor la miró.

—Aparentemente no.

Parecía que Briany tenía algo más que decir, pero Eponi acalló sus palabras con una orden tajante de bajar a la escotilla de la *Prisa*. Esquivar cazas significaba que este no sería un atraque tranquilo y suave, sino un lanzamiento como de honda.

Briany no tenía su propia armadura potenciada, así que tuvo que ponerse un traje de evacuación flexible. De un amarillo brillante para facilitar cualquier intento de rescate, el traje de evacuación tenía la flexibilidad para moverse pero la protección de un fino papel. En lugar de fundas, Briany tuvo que deslizar sus pistolas por unos bucles pensados para ganchos de rescate. Se colgó el rifle alrededor de los hombros, donde flotaba como si estuviera poseído.

—Ni se te ocurra reírte —dijo Briany cuando terminó la

danza torpe y floja para ponerse el traje—. He matado por menos.

—No lo dudo. —Gregor se rio de todos modos, breve pero lo suficientemente fuerte para que ella lo oyera.

Saber que estaba a punto de entrar en una buena pelea hacía maravillas con el humor del hombre.

Los dos se colocaron en la escotilla inferior de la *Prisa*. Un clic zumbante selló el resto de la nave mientras Eponi se acercaba al punto de lanzamiento. Briany y Gregor, de pie boca abajo para usar sus piernas como impulso adicional, esperaron.

—Casi estamos —dijo Tarla, tomando el control para que Eponi pudiera concentrarse en mantener viva la *Prisa*, que ya vibraba por los impactos en sus escudos—. Espero que sepáis lo que estáis haciendo. Esa lanzadera ya ha atracado. Llegaréis tarde a la fiesta.

—Mejor tarde que temprano —dijo Briany, con su voz metálica en el equipo de comunicación barato del traje de evacuación.

—Más objetivos de esa manera —añadió Gregor.

—Estáis locos los dos, y me encanta —dijo Tarla—. Preparaos para el vacío. Esperad un segundo y luego id.

La escotilla se abrió deslizándose, el aire succionando a Briany y Gregor. Tarla gritó "¡ya!" y los dos apartaron los brazos de los lados de la escotilla, Gregor saliendo justo antes que Briany. Sin resistencia, y con Eponi tirando de la *Prisa* fuertemente contra su impulso, Gregor salió disparado por la escotilla hacia el negro espacio.

Como un misil cortando el vacío, Gregor cruzó el abismo interestelar entre la *Prisa* y la fragata, una brecha inundada de destellos láser de los cazas, la fragata y la *Prisa*. Disparos amarillos, naranjas y azules brillaron a través del visor de Gregor, todos cediendo ante un aura blanca más amplia a medida que el miembro del Sever Escuadrón se acercaba a su destino.

Pasar a través del campo magnético que recubría la bahía de atraque del *Volucris* se sintió como recibir un chapuzón de agua fría. La fragata tenía suficiente masa para generar algo de gravedad, y el repentino regreso al aire saturado de oxígeno frenó el impulso de Gregor, haciéndolo caer en un lento giro por el suelo de la bahía. Lo suficientemente amplia para la lanzadera de descenso y varios cazas que ya habían partido, la bahía ofrecía a Gregor un amplio espacio para rodar sin impactar.

Aunque el mundo fuera de su visor giraba como una pesadilla, Gregor cronometró un doble empuje con las palmas para reorientarse y dar la vuelta a su cuerpo, colocando sus pies en la posición ideal para alcanzar la pared interior de la fragata. Al estrellarse contra el metal, Gregor escuchó el hermoso tintineo de sus propulsores cinéticos. Gastó la energía de inmediato, saltando de vuelta hacia una estela amarilla que seguía ligeramente a la derecha de su posición.

Crecer en una colonia minera del espacio exterior significó que pasatiempos casuales como jugar a atrapar nunca ocurrieron para Gregor. Nunca había pasado una tarde disfrutando de la emoción de acunar una pelota en un guante o en sus brazos.

Cualquier momento perdido se desvaneció cuando Gregor atrapó la veloz silueta de Briany. Su impulso potenciado no logró cancelar por completo el de Briany, y la armadura de Gregor no era precisamente una almohada, pero los dos se desplomaron en un lento y rebotante aterrizaje en la bahía de la fragata de todos modos.

—Oye, estamos vivos —dijo Briany, desenredando sus extremidades de las de Gregor—. Buena atrapada.

—De nada —respondió Gregor, luego empujó a Briany a un lado, sacando su pistola para enfrentarse a dos operarios del muelle de la fragata y sus armas levantadas—. Y ustedes dos necesitan correr.

Vistiendo el carmesí de DefenseCorp y empuñando sus propios rifles, los dos soldados que recibían a la lanzadera combinaron una negación arrogante con más que un poco de miedo mientras contemplaban la pistola de Gregor. Ambos debían saber que la armadura potenciada superaba con creces sus armas, incluso si los dos pudieran disparar antes de que Gregor se pusiera de pie.

—Están muy superados en número —dijo el de la izquierda, optando por la fanfarronería en lugar del valor—. En un segundo esa lanzadera va a abrir sus puertas y serán abrumados. Ríndanse ahora y les diremos que sean suaves con ustedes.

—Ellos... —Gregor se detuvo cuando Briany levantó un solo dedo.

—Tienen un segundo —dijo Briany— antes de que él les dispare. Luego yo les dispararé. Y después patearemos sus cuerpos afuera, para que todos puedan ver las dos lunas más nuevas de esta estúpida roca.

El de la izquierda sonrió con suficiencia ante la amenaza, abrió la boca de nuevo, pero no llegó a ninguna parte antes de que Briany, a pesar de su traje descuidado, se balanceara y soltara un disparo de rifle. El láser atravesó el rifle del izquierdo, dejando su cañón humeante y una marca negra en el techo de la bahía.

—Corran, pequeños —repitió Gregor.

Esta vez, los dos soldados hicieron lo que se les dijo. Salieron corriendo de la bahía, con Briany gritándoles, diciéndoles a los cobardes que cerraran la puerta al salir. Las placas laterales de la lanzadera habían comenzado a abrirse con un chirrido quejumbroso, y Gregor quería mantener a su presa donde pudiera encontrarla.

Extendiendo el brazo por encima de su hombro, Gregor liberó su martillo. Sintió el mango en sus manos. Ya había blandido el arma muchas veces hoy, contra enemigos débiles. El martillo merecía un desafío, y-

—Oye —dijo Briany—. Presta atención, asesino. Tú me muestras dónde se esconden y yo disparo. ¿Entendido?

Gregor golpeó suavemente el suelo de la bahía de atraque con la cabeza del martillo, mientras los primeros ruidos de chasquidos llenaban el lugar. Botas golpeando el suelo, trajes invisibles girando hacia ellos.

—Entendido —dijo Gregor, y el hombre del martillo se puso manos a la obra.

## 19

## VUELO DE FANTASÍA

Eponi supo que Gregor y Briany habían hecho el salto cuando Tarla soltó una maldición, impresionada. La piloto habría observado lo mejor que pudo, excepto que la *Prisa*, como un corredor de karts entrando en una multitud, tenía una jauría persiguiéndola a cada movimiento. Las naves de combate se posicionaban para realizar ataques, su enjambre era lo único que impedía que las corbetas lanzaran misiles por el riesgo de que esos malditos proyectiles pudieran alcanzar a los suyos. Los cazas podrían haberse apartado, pero tenían sus propias razones para limitarse a los láseres en lugar de armas más contundentes:

Ganancias. Los misiles costaban mucho más dinero que unos cuantos rayos de energía, y DefenseCorp conocía bien el equilibrio.

—No puedo creer que lo hayan logrado —dijo Tarla—. Pensé que fallarían el blanco y se quemarían en la atmósfera.

Eponi hizo girar la *Prisa*, descendiendo bruscamente

para lanzar los láseres de la fragata en la trayectoria de vuelo de los cazas perseguidores. El espacio sobre Aurum Tres se había llenado de lanzaderas que se dirigían hacia sus objetivos elegidos. Y DefenseCorp recibía a los asesinos con los brazos abiertos.

—¿Los dejaste ir de todos modos? —preguntó Eponi, haciendo una mueca cuando los escudos absorbieron otro impacto directo.

La *Prisa* no aguantaría muchos más. Entonces Tarla podría estar intentando su propio disparo al espacio.

¿Eponi? Ella se hundiría con su nave.

Su hermosa nave.

—¿Crees que puedo detener a Briany cuando se le mete una idea en la cabeza? —Tarla se rio. Era asombroso cómo mantenía su voz tan despreocupada, como si no estuvieran rodeadas de todo este peligro. Eponi debería aprender esa habilidad, considerando lo a menudo que Sever Escuadrón la ponía a un destello de láser de la muerte—. Lo mejor que puedo hacer es tratar de que piense que lo que yo quiero es lo que ella quiere.

—Apuesto a que eso no es tan difícil para ti.

Eponi tenía que tomar una decisión. No podía seguir bailando en ese estrecho espacio por mucho tiempo. Los cazas estelares estaban formando una red con las corbetas, atrapándola en un lugar donde la fragata o algún otro rufián con torretas la reduciría a cenizas. Podía trazar un arco de vuelta hacia la atmósfera, invertir la escalera de la lanzadera e intentar llegar a la superficie. O la *Prisa* podría seguir la sugerencia original de Tarla y dirigirse al espacio profundo para esperar a que terminara el combate.

Ambas opciones dejarían a Gregor y Briany por muertos.

—¿Crees que manipulo tanto a los Rangers? —dijo Tarla

—. ¿Como si fuera una mente maestra que mueve todos los hilos de mi tripulación?

—Más o menos lo resume, sí.

Bueno, hasta que Eponi tuviera una dirección, no se iría en silencio. Puede que Gregor no quisiera que los cazas de DefenseCorp fueran destruidos, pero Eponi aún podía darles un buen susto. Girando la *Prisa* lejos del planeta y dirigiéndose hacia una corbeta con su dúo de cazas estelares, Eponi observó cómo otros seis cazas se formaban sobre sus cohetes, alineando sus láseres.

—No dirijo un culto, Eponi —dijo Tarla—. Ganamos dinero y nos divertimos haciéndolo. Incluso Sanje, que había pasado toda su vida transportando fertilizantes, se unió a nosotros. Ese es un trabajo tan cómodo como se puede conseguir en esta galaxia rota.

Eponi no sabía cuán cómodo podía ser el transporte de fertilizantes, tal vez porque la idea le provocaba ligeras náuseas. O tal vez eran las lecturas de energía mientras los escudos de la *Prisa* recibían otro impacto y entraban en estado crítico.

—¿Eso es lo que los trajo aquí, eh? ¿Les dijiste que ganarían dinero luchando contra nosotros? —dijo Eponi mientras presionaba el gatillo, escupiendo fuego desde la combinación de cañón y torreta de la *Prisa*. Sin artilleros en los asientos, las armas laterales de la *Prisa* seguían sus órdenes y lanzaron su luz hacia la corbeta—. Qué gran trato.

—Era un maldito buen trato. Vana nos ofreció más dinero que nadie. Mucho más —Tarla vaciló mientras los láseres volaban frente a ellas—. ¿Vas a hacer que nos maten, Eponi?

—Intento que no.

El fuego de Eponi hizo parpadear a la corbeta. La nave entró en pánico, lanzó una andanada de misiles hacia la

*Prisa*, pero la descarga apresurada fue disparada sin guía, una táctica estándar para hacer que una nave que carga cambie su rumbo. Nadie sobrevivía a una docena de misiles impactando de frente, aunque la corbeta probablemente esperaba perder algunos cuando Eponi hiciera intentos desesperados por derribarlos del cielo.

Excepto que Eponi quitó la mano del gatillo tan pronto como aparecieron las bocanadas blancas, tan pronto como la consola bajo sus manos aulló que su muerte se acercaba, y rápido.

Empujando hacia adelante la palanca, Eponi desvió la energía del láser hacia los motores, dando a la *Prisa* un impulso que la envió en un descenso más suave. Esos misiles pasaron rugiendo por encima, dejando estelas de iones como estrellas fugaces dirigiéndose hacia el grupo de cazas pegados a la popa de la *Prisa*. Con la *Prisa* bloqueando la vista, y los misiles sin estar dirigidos hacia ellos, los cazas tuvieron una fracción de segundo para darse cuenta de lo jodidos que estaban.

Tarla silbó mientras las explosiones doblaban el vacío detrás de ellas, con los cazas girando descontroladamente o chocando entre sí en desesperados intentos por sobrevivir. La pareja de escolta de la corbeta, esperando un asalto frontal, se pasó de largo ante la maniobra de Eponi y voló directamente hacia el tumulto; sus puntos desaparecieron del escáner de Eponi cuando los escombros los sacaron de la pelea.

Mientras tanto, la *Prisa* volaba hacia un punto vacío en el espacio. Eponi podría no estar cerca de Briany y Gregor cuando necesitaran que los recogiera, pero estaba viva, y por ahora eso tendría que bastar.

—Esa, creo yo, fue la mejor maniobra que he visto jamás —dijo Tarla—. Los sacaste a todos del juego.

El elogio no llegó a ninguna parte. Murió al impactar con los oídos de Eponi, tan rápido que la piloto apenas registró las palabras. Tenía los ojos pegados a los escáneres, esperando que algunos puntos volvieran, esperando que-

—Enciende las comunicaciones, frecuencia estándar de rescate —dijo Eponi.

—¿Qué?

—Ya me oíste. Hazlo, Tarla.

—Tienen tantas naves —dijo Tarla—. No seas la heroína que muere haciendo algo estúpido.

Eponi deslizó la consola fuera del escáner —peligroso para una piloto quedarse ciega, pero qué diablos— y abrió el canal con un toque. Las palabras se derramaron, peticiones confusas y superpuestas de recogida, de ayuda médica. Algún crucero anunció que estaba preparando una lanzadera de rescate, pero tardaría minutos.

Demasiados minutos.

Con Tarla murmurando maldiciones a su lado, Eponi dio la vuelta a la *Prisa*. Contempló los resultados completos de sus esfuerzos. Como luz estelar a través de una ventisca, la nube de escombros mostraba arena y cartílago. Las piezas de los cazas estelares giraban, chocando entre sí y rompiéndose en enjambres más pequeños. Las cápsulas de eyección flotaban a través, y Eponi vio al menos tres cuerpos flotando libremente en sus trajes.

A pesar de que parecía que giraban en el mismo lugar, todo en la mezcla se movía a altas velocidades sin el estorbo de la gravedad ni la fricción. Cada impacto lanzaba más lanzas afiladas al juego, bordes dentados que podían matar a un piloto.

—Ponte un traje y baja allí —dijo Eponi—. Tienes treinta segundos.

—Es por esto que estás aquí, ¿no? —dijo Tarla mientras

se levantaba del asiento—. Tu maldito escuadrón nunca se comprometió con esta vida. Nunca.

—Tic tac —respondió Eponi, apuntando al cuerpo más cercano mientras abría el canal de comunicaciones—. Llamando a todos ustedes, idiotas, aquí la *Prisa*. A pesar de que me dispararon y se hicieron explotar, vamos a rescatar-los. Aguanten y los recogeremos uno por uno.

Las palabras de Eponi encontraron silencio, luego vino la protesta, una tormenta que criticaba las acciones de Eponi desde todos los rincones. Los pilotos mismos ofre-cieron palabras escogidas para describir el vuelo de Eponi, el aspecto de la *Prisa*, y lo que Eponi podía hacer con su rescate. Las naves más grandes, las que tardaban demasiado en enviar a alguien, ordenaron a Eponi que se mantuviera alejada o enviarían más cazas.

—Gracias por las amables palabras —dijo Eponi después de que el parloteo se apagara, los insultos disminuyendo a medida que los pilotos girando empezaban a darse cuenta de lo condenados que estaban—. Las tendré en cuenta mientras los remolcamos. —Silenciando la señal, Eponi cambió al intercomunicador de la nave—. ¿Estás lista, cariño?

—¿Me estás llamando cariño?

—Solo intento ayudarte a pensar en cosas agradables mientras atrapas a esos pilotos para mí —Eponi frunció el ceño mientras se acercaban al primero. Ella estaba haciendo el rescate, y los pilotos de DefenseCorp se estaban compor-tando como unos imbéciles—. Pensándolo bien, olvida eso. Trátalos como los idiotas desagradecidos que son.

—Mucho mejor.

Al volver a la banda de rescate, Eponi esperaba más críticas. En su lugar, percibió preocupación. Los pilotos ya no hablaban del *Prisa*, sino que intentaban contactar con sus naves base. Lo intentaban y recibían silencio en lugar de horarios de lanzaderas de rescate.

Eponi volvió al escáner y miró el flujo de lanzaderas. Más habían atracado en todas las fragatas más cercanas y un par de cruceros ligeros. DefenseCorp mantenía las naves más grandes más alejadas, pero las lanzaderas de desembarco también avanzaban hacia ellas en una línea constante.

La invasión continuaba mientras Eponi y Tarla recogían a un piloto tras otro, cada uno dejando de lado los insultos rápidamente al darse cuenta de que no vendría ningún rescate de sus hogares. Especialmente cuando nuevos mensajes comenzaron a sonar en la banda de rescate, de las mismas fragatas y cruceros que habían estado tan empeñados en derribar al *Prisa*.

Eponi escuchaba y volaba de un cuerpo a otro mientras las llamadas se multiplicaban. Una lanzadera de desembarco había atracado, y ahora la guarnición de una fragata había dejado de responder. Las puertas selladas del puente estaban siendo violadas. Las ofertas de rendición eran ignoradas, y algunas transmisiones terminaban solo con gritos de pánico. Alaridos.

Entumecida, Eponi contó las lanzaderas en el escáner. Solo seis habían atracado con sus objetivos hasta ahora, y ya se había desatado el caos. Otras naves intervenían, haciendo preguntas y obteniendo, con toda la interferencia, toda la información dispersa, solo una respuesta clara:

Nadie podía ver qué les estaba atacando. La gente estaba muriendo y nadie sabía por qué.

Las lanzaderas se acercaban sigilosamente y Eponi se abrazó a sí misma. Cerró los ojos e intentó estar en otro lugar, un lugar donde Sever no hubiera fallado. Donde todo lo que tenía que hacer era llevar una nave a tierra, cobrar su dinero y pasar el día bebiendo en algún bar. Sin láseres, sin explosiones, sin muerte.

—Oye —Tarla le tocó el hombro y Eponi abrió los ojos—. Todos están a bordo. Un par de heridas leves.

—¿Cuántos no lo lograron? —preguntó Eponi.

Tarla hizo una mueca, empezó a decir algo cuando la consola de Eponi emitió un pitido. Una llamada entrante. Eponi dejó de lado su pregunta anterior. Autodefensa. No quería, no necesitaba saber lo que había costado. En su lugar, Eponi se centró en una historia diferente.

—*Prisa*, no esperaba verte en el aire —la voz de Deepak, su imagen borrosa apareció en la consola—. Estamos en el sistema ahora y nos acercamos rápidamente. ¿Te importaría decirme qué está pasando?

A veces la oportunidad no llegaba al final de una carrera, o con el destello de un láser. A veces, solo tenías que decir las palabras.

—Almirante, tiene que tomar el mando —dijo Eponi—. No queda nadie para dirigir la flota, y los soldados de Vana están atracando ahora. No me escucharán a mí. Tiene que ordenarles que destruyan las lanzaderas de desembarco o...

Deepak cortó la comunicación antes de que Eponi terminara. Ella volvió a sintonizar la banda de rescate, esperando, y luego escuchó la voz de Deepak elevarse por encima del pánico.

—Este es su nuevo oficial al mando —dijo Deepak, agregando su nombre, rango y el *Nautilus* para mayor efecto—. Las lanzaderas de descenso que se aproximan son hostiles. Destrúyanlas con todo lo que tengan. Si ya han atracado, sellen sus bahías y sus puentes. Envíen sus coordenadas a nuestros cruceros y despacharemos escuadrones de ataque para rescatarlos.

Eponi se reclinó, escuchando mientras Deepak continuaba delineando el nuevo objetivo.

—Oye —dijo Tarla de nuevo, y Eponi la miró—. ¿Estás fuera de servicio o qué? Hay un montón de lanzaderas que necesitan ser voladas en pedazos, y tienes pilotos en tus torretas que quieren venganza. ¿Qué dices si nos divertimos un poco?

## CHARLA BAJO LA LUZ DE LA LUNA

La oscuridad que caía sobre la base no detuvo las lanzaderas. La zona de carga al aire libre seguía bullendo de actividad con agentes que usaban brazaletes para guiar a las falanges drogadas hacia sus cajas mortuorias. Rovo y Javelin, apresurándose en sus trajes, dieron un largo rodeo, llegando por detrás de un edificio que parecía hecho trizas, como si una bomba en su interior lo hubiera destrozado. Javelin había querido usar la misma escotilla de escape que había tomado para salir, pero Rovo desechó esa sugerencia.

Ya lo habían acorralado en esos túneles suficientes veces, gracias.

—Casi terminamos —dijo Javelin, riendo al final—. Parece que nos llevaremos ambos contratos.

—¿Ambos contratos?

—Vana nos pagó para mantener esto en marcha, y ahora Tarla nos está pagando para sacarte de aquí —la sonrisa de Javelin brilló bajo la combinación de luz estelar y de motores que venía de arriba—. Ella sabe cómo se juega este juego.

—Qué suerte tienes.

Los dos se acurrucaron entre los escombros del edificio calcinado, observando cómo se cerraban de golpe las compuertas de la última lanzadera. Sus motores se encendieron un segundo después, siguiendo la misma ruta que sus compañeras hacia la flota en lo alto. Aunque los parámetros de la misión de Sever se habían ido al garete —el objetivo había sido detener a Vana, aunque quién sabía si la agente seguía con vida—, Rovo sentía el impulso de salir corriendo y disparar contra la lanzadera para detenerla.

Y quizás lo habría hecho, excepto que el brazo de Rovo le escocía por la puñalada que había recibido cortesía de los monstruos invisibles de Vana. El pecho le dolía donde las costillas rotas le exigían que se tumbara, y un tobillo torcido, regalo de una duna y un mal paso, le daba una punzada final e insultante. En conjunto, el inventario corporal de Rovo indicaba que un asalto a la carrera contra un escuadrón enemigo resultaría desastroso.

—Allá van —murmuró Javelin—. Me preguntaba cuánto tiempo se quedarían jugando.

Los agentes que habían estado dirigiendo a los soldados de Vana se arremolinaron como abejas ante una orden crítica. Abandonando los carros e incluso algunos trajes de repuesto colgados en ellos, los agentes corrieron hacia cinco naves en el borde de la plataforma de aterrizaje. Rovo las reconoció por sus formas: rectángulos esbeltos y afilados con placas espejadas, las naves dominaban el lado más sigiloso de DefenseCorp, diseñadas para despistar a los escáneres mientras maximizaban la velocidad tanto en la atmósfera como fuera de ella.

Las rampas de embarque se desplegaron mientras los agentes se acercaban, algunos recogiendo bolsas de pertenencias ya dispuestas en filas sobre el suelo. Los agentes pasaban sus muñequeras sobre las bolsas al acercarse, iluminando designaciones de nombres y números. Rovo no podía leer las palabras desde la distancia, pero los agentes tardaban solo segundos en elegir las correctas.

—Parece que Vana no va a quedarse por aquí —dijo Rovo—. No lo entiendo. ¿Tenía todo lo que necesitaba aquí para seguir fabricando los trajes?

—Ya no —Javelin asintió hacia el edificio destruido—. ¿Tal vez se están rindiendo?

—Demasiado rápido. No habrían tenido tiempo de reunir todas sus cosas —dijo Rovo—. Esto estaba planeado.

—¿Crees que ellos volaron el edificio entonces?

—Quién sabe de lo que Vana es capaz. Ella es la que convirtió a un montón de civiles en asesinos infectados, ¿recuerdas? Demonios, ella te contrató.

—Oye, tranquilo.

Por mucho que Rovo disfrutara molestando a Javelin, no podían quedarse para siempre a la sombra de los escombros. Eponi y la *Prisa* habían desaparecido arriba, fuera del alcance del sistema de comunicaciones del traje de Rovo. El novato podría alejarse de la acción, encontrar una bonita duna para esperar la noche con la esperanza de que Sever sobreviviera.

Pero esa sería la elección de un cobarde.

Rovo revisó de nuevo la banda del escuadrón, enviando otra consulta, y recibió silencio. Javelin hizo lo mismo. Incluso sin la interferencia, si quedaba algún miembro de Sever o de los Guardabosques Crepusculares en el planeta, estaban lo suficientemente adentrados en la base como para bloquear las señales. Si se iba a obtener información, Rovo tendría que hacerlo a la antigua.

—¿Por qué no le das un buen uso a ese cable? —dijo Rovo, señalando hacia el constante flujo de agentes que llegaban desde todas direcciones hacia la plataforma de aterrizaje—. ¿Crees que podemos atrapar a uno para conversar?

—¿Quieres iniciar una nueva pelea?

—¿Tienes algún problema con eso?

—Podría tenerlo —dijo Javelin, observando cómo Rovo movía una mano hacia la guadaña en la cintura del novato —. Veo esa mano. Mejor no la muevas más.

—No es para ti —Rovo volvió a señalar hacia los agentes. Mientras lo hacía, la primera nave furtiva cobró vida, su rampa elevándose junto con la nave—. Es para ellos.

En lugar de seguir a las lanzaderas hacia la flota, la nave furtiva se elevó sobre la base y luego salió disparada a través de la superficie de Aurum Tres, manteniéndose baja hasta que desapareció en el horizonte. Definitivamente huyendo, definitivamente sin querer ser atrapada.

—Está bien —dijo Javelin—. Si nos metes en problemas, diré que me tomaste como rehén.

—Eso significa que perdiste contra un novato, ¿lo sabes?

—¿Crees que tengo orgullo?

Habiendo hecho su punto, Javelin se apartó de su posición, cerrando el visor de su traje y desapareciendo en un borrón. Las ventajas arrancaron un suave suspiro del novato. ¿Cuántas misiones serían mucho más fáciles si los objetivos no pudieran verte venir? Si, con el jugo que Vana hacía de la sangre de Kaia, pudieras entrar corriendo por cualquier parte, ser lo suficientemente fuerte como para aguantar casi cualquier cosa.

A juzgar por la agente que caminaba, mirando su muñequera mientras se dirigía hacia lo que probablemente era una escapada segura, el resultado era bastante aterrador. En un segundo estaba caminando por la arena alisada hacia una nave, y al siguiente Javelin le había cubierto la boca, con un cuchillo presionado contra su estómago mientras la arrastraba de vuelta hacia las sombras.

Si los otros agentes lo vieron, no se desviaron de sus planes. Rovo, con el rifle listo en caso de que el movimiento de Javelin causara problemas, no necesitó apretar el gatillo. La voz de Aurora flotó cerca, hablando sobre la misión por encima del momento. Los agentes de Vana necesitaban escapar antes de que todos murieran, antes de que fueran capturados. Un miembro desaparecido no valía el riesgo.

—Hazlo rápido —dijo Rovo cuando se acercó a la agente—, y te dejaremos ir a tiempo para alcanzar tu nave.

Javelin la había arrastrado hacia la entrada en ruinas, un lugar que parecía un túnel que conducía al edificio derruido. Su puerta colgaba del lateral, inclinada hacia afuera y bloqueando la vista desde las naves sigilosas. Las sombras cortaban la luz plateada a su alrededor, el ruido era una combinación de viento arremolinado y pasos apresurados.

En general, un buen escenario para un interrogatorio.

Quitando su mano, pero manteniendo su cuchillo, Javelin permaneció detrás de la agente, quien mantenía una expresión que decía que estaba muy, muy harta de todo esto.

—¿Hacer qué rápido? —dijo la agente—. ¿Tú y tu amigo son otros que se saltaron una dosis? ¿Cuántos trajes de poder antiguos tenemos en esta maldita base?

—¿Qué? —dijo Rovo—. ¿Más?

—Otro como ustedes —respondió la agente—. Puedo decirte más si me dejas ir.

—No estoy aquí para matarte —dijo Rovo—. Dime. ¿Quién era el otro?

—Entonces haz que tu amigo aparte su cuchillo y hablaré.

Rovo asintió por encima del hombro de la agente. Javelin alejó el filo del cuchillo del uniforme de la mujer, concediéndole un centímetro para respirar, pero solo eso.

—Se parecía a ustedes. Armadura de poder. Color diferente. También tenía una espada en lugar de —la agente vaciló, mirando la guadaña— lo que sea que es eso.

—¿Adónde fue?

—Tenía a otro con él, ese fue quien me habló de la dosis saltada. Iban a la enfermería.

—¿Y eso es?

La agente entornó los ojos hacia Rovo, con la boca abierta en una mueca confusa—. ¿Cómo es que no lo sabes? Han estado aquí durante meses.

¿Durante meses? ¿Qué creía esta agente que estaba pasando? Rovo descartó esa línea tan pronto como surgió la pregunta. No había tiempo para corregir las teorías de la agente. Parecía que había visto a Sai, y si Sai había pasado por aquí, probablemente no estaba en la *Prisa*. Y, si el espadachín no respondía a las consultas abiertas en la banda del escuadrón, entonces Sai podría estar en problemas.

Rovo no sería, sin importar lo que dijera Tarla, inútil.

—Pérdida de memoria. Es un efecto secundario —improvisó Rovo—. Ahora, ¿dónde?

—Podrías haber tomado un ascensor antes de la explosión —dijo la agente—. Ahora, ¿quizás puedas entrar por el otro lado? —La agente señaló directamente a través de la plataforma de aterrizaje, a lo largo de la ancha puerta abierta hacia donde todas esas filas habían sido equipadas con trajes—. Sin energía, quién sabe.

—Última pregunta. —Rovo tenía su camino, ahora necesitaba entender—. ¿Adónde van todos ustedes? ¿Qué está pasando aquí?

—Eso es más de una pregunta —respondió la agente

bruscamente, pero la irritación se desvaneció mientras respondía—. Honestamente, no lo sabemos. Vana nos dijo que viéramos partir los transbordadores, luego que llegáramos a nuestras naves y huyéramos. Nos estamos dispersando por la galaxia. No sé qué viene después.

Rovo esperó, pero la agente no ofreció nada más. Tal vez decía la verdad. Podría ser que Vana estuviera liquidando su fuerza, o enviándolos a esperar su próximo gran movimiento. Apestaba cuando una pregunta respondida solo traía más preguntas, pero las botas de Rovo ardían por ir tras Sai.

—Bien, lárgate —espetó Rovo con un gesto de la mano hacia Javelin, quien soltó a la agente. La mujer ni se molestó en echarle una segunda mirada a Rovo, sino que se lanzó a una carrera desenfrenada.

—Va a contarles a sus amigos sobre nosotros —dijo Javelin—. Debiste dejarme acabar con ella.

—A sus amigos les importamos un comino tú y yo —replicó Rovo y, para respaldar sus propias palabras, echó a correr por la plataforma de aterrizaje.

Ya no quedaban tantos agentes abordando las naves. Solo permanecían dos, y de los agentes que recogían sus bolsas, Rovo notó que un par le echaron un vistazo antes de volver a su vuelo. Ellos tenían su misión, Rovo tenía la suya, y a ninguno le importaba un bledo la del otro.

Las indicaciones de la agente resultaron precisas, llevándolos a una estructura inclinada fácil de pasar por alto entre las dunas. Como una cuña colocada de lado, el edificio sobresalía un solo piso del suelo y parecía, en comparación con los otros lugares que Rovo había visto aquí, más antiguo que todo lo demás. La puerta, una cosa única, gruesa y algo oxidada, tenía un escáner adherido con visibles tiras metálicas que lo sujetaban. Un letrero, también añadido, se encontraba sobre la puerta y declaraba el edificio como restringido en letras rojas y en negrita.

—¿El edificio está restringido y no tiene nombre? —dijo Javelin mientras se acercaban—. Algo malo está pasando aquí dentro.

—¿Supongo que esto no estaba incluido en tu recorrido?

—¿Recorrido? Vana nos mostró la cocina, el baño y nos dio nuestros trajes. Eso es todo.

—Y aun así, decidiste trabajar para ella.

—El dinero es dinero, amigo mío.

Rovo apuntó su rifle, subió el calor al máximo y disparó dos tiros a las tiras de cierre. El láser las derritió, dejando un rastro naranja fundido. El rifle no podía sostener demasiados disparos a altas temperaturas, pero dos fueron suficientes: una patada fuerte y la puerta cedió.

Dentro había escaleras de metal frío que descendían. Sin luces, naturalmente. El polvo atrapaba el brillo plateado, escapando hacia el exterior. En el relativo silencio —los agentes y sus naves se habían ido, dejando solo el menguante ruido de las lanzaderas—, Rovo captó algo nuevo, algo que lo hizo avanzar incluso cuando Javelin retrocedió.

El novato había estado cerca de Sai el tiempo suficiente como para reconocer el choque metálico de una katana cuando lo oía.

Encendiendo su brazalete para tener algo de luz, Rovo se lanzó escaleras abajo, cada golpe metálico alejando más de su mente el *inútil* de Tarla.

## 21

# RAZONES

La salida de emergencia no tenía sentido a menos que conocieras el propósito de la base. Aurora bajó de un salto por la escalera, aceptando su ubicación junto a la sala de administración como una concesión a los desastres posibles cuando se juega con personas. Si Aurora había adivinado correctamente y la base realmente era el hogar original del programa Raider, entonces colocar una salida rápida sin celdas hambrientas de por medio tenía lógica.

También convertía a los creadores en cobardes, reacios a enfrentar las consecuencias que se habían buscado con sus imprudentes experimentos.

Pasando por unos cuantos descansillos, Aurora llegó al fondo de la escalera y a una puerta abierta, con el escáner brillando en verde. Arriba, una vez más, la palabra "Emergencia" anunciaba su presencia en rojo y blanco. Abajo y más allá, no se presentaba ningún pasillo. En su lugar, una amplia cámara se curvaba hacia abajo y lejos de la entrada, excavando suficiente espacio para una nave.

Una que Aurora reconoció.

Cualquier luz superior permanecía muerta, pero, acorde a su propósito, la cámara tenía diodos a lo largo del suelo trazando un camino hacia la nave estacionada. La antigua nave de Renard —ahora de Vana— descansaba sobre sus puntales, con la rampa de abordaje bajada, lista y esperando para partir.

Todos los instintos le decían a Aurora que entrar en esa cámara y acercarse a esa nave sería una pésima idea. Los lados de la entrada impedían que Aurora o su visor vieran cualquier cosa que pudiera estar esperando un paso dentro, mientras que las potenciales amenazas podrían bajar por la rampa o rodear la nave, dejando a Aurora atrapada sin ninguna cobertura.

Todos los instintos le decían que retroceder, una posible alianza con los soldados de DefenseCorp o una reunión con Sever presentarían una mejor alternativa. La propia lógica de DefenseCorp dictaba lo mismo, prefiriendo asaltos cuidadosos —y las facturas adicionales— con grandes números sobre el heroísmo individual.

Pero Aurora no estaba aquí por DefenseCorp, y definitivamente no estaba aquí por el dinero.

Levantando su rifle, deseando que su armadura potenciada aguantara un poco más, Aurora dio el primer paso más allá del umbral. Girando rápidamente a izquierda y derecha, la capitana de Sever Escuadrón confirmó que solo había oscuridad menguante a ambos lados. Aunque los diodos no iluminaban las esquinas, Aurora cambió al espectro infrarrojo para confirmar, con un sombreado azul profundo, que nada aguardaba.

La ausencia continuó mientras Aurora descendía hacia la nave. En cada paso, Aurora pensaba que vendría un ataque. En cada paso, no ocurría nada.

La nave se agitó, atrayendo la atención de Aurora. El

zumbido del despertar de un motor resonó por la cámara. Aurora no veía, no podía decir dónde estaría la salida de la nave, o cómo funcionaría si la base no tenía energía. Tal vez Vana tenía algún plan para abrirse paso a explosiones.

O quizás todo esto era otra artimaña.

—Así que me has seguido hasta aquí —la voz de Vana sonó cerca. Justo en el oído de Aurora.

Aurora giró hacia el ruido. Miró y no vio nada en las sombras. Escuchó, tratando de oír las pisadas amortiguadas de pies golpeando el suelo. Aurora volvió a cambiar al infrarrojo y no vio nada. Su visor no daba ninguna indicación de amenaza.

—No me encontrarás —continuó Vana, aunque ahora su voz parecía rebotar por la habitación—. Hemos hecho algunas mejoras, ¿sabes? Renard era realmente un genio.

—Era un monstruo.

Sin otro lugar adonde ir, Aurora decidió seguir hacia la nave. Si no podía ver a Vana, entonces Aurora tenía que restringir sus opciones. Dentro de la nave, la agente no tendría espacio para esconderse. No podría desaparecer y reaparecer.

—Todos lo son —dijo Vana, inyectando pasión antes de enfriarla—. O, debería decir, lo eran. Gracias por eso. Has hecho un gran servicio a la galaxia.

—Me alegro de haber podido ayudar.

Al llegar a la plataforma central, Aurora vio exactamente cómo podría escapar la nave. Los diodos difuminaban la luz, pero arriba un túnel claro conducía hacia el cielo nocturno de Aurum Tres. La arena que fluía interrumpía la vista, demostrando que el túnel no estaba completamente abierto, sino sellado con vidrio. Más fácil, sin embargo, romper eso que abrirse paso a través de arena y roca.

—Lo has hecho —dijo Vana, sincera y aparentemente sin prisa por detener el avance de Aurora—. Todo lo que he querido, me lo has dado.

—Lo dudo. —Aurora puso un pie en la rampa, esperó—. ¿Dónde estás?

—Aquí —respondió Vana, sonando de nuevo muy cerca—. No te preocupes, me verás pronto.

—Deja de jugar.

Una risa, —¿Juegos? Lo siento si no soy tan directa como tú, Aurora. Mis objetivos no se resuelven simplemente con un rifle. Tienes la unidad, ¿verdad?

—Tus amigos me la dieron —dijo Aurora, dando otro paso por la rampa.

Aún no había visto ninguna señal de Vana en la cámara. Las paredes inclinadas de la habitación hacían posible que un eco, o tal vez una transmisión directa, hiciera que la voz de Vana sonara como lo había hecho, pero el continuo acto de desaparición de la agente había empezado a desgastarse.

Era hora de forzar la mano de Vana.

Aurora se dio la vuelta y corrió por la rampa, inyectando energía en sus propulsores dañados para dar ese paso extra. Si Vana esperaba dentro, planeando una emboscada, el repentino estallido debería arruinar la sorpresa. Tres largas zancadas llevaron a Aurora a la sala central de la nave, un sofá familiar a lo largo de una pared —visto cuando Rovo era rehén, descrito durante la misión de sabotaje de Sai, Eponi y Gregor— y nada más. Con la carta jugada, Aurora giró a la derecha, dirigiéndose a la cabina.

Vana tenía que proteger la nave. Sus habilidades de sigilo eran la forma más segura para que ella abandonara el planeta.

Pero la cabina resultó estar tan vacía como todo lo demás. Entre las consolas, sin embargo, parpadeaba una luz.

Una llamada entrante. Ya sintiéndose enferma, sintiendo que algo había salido muy mal, Aurora se adelantó y tocó para responder.

El rostro de Vana apareció gradualmente, el fondo detrás de ella cambiando. La agente se movió, la cámara de su muñequera capturando el movimiento mientras avanzaba. Aurora captó la oscuridad, vio los diodos, y luego vio la misma escalera por la que acababa de bajar. Aurora empezó a darse la vuelta, cuando estalló un ruido diferente.

La rampa de abordaje, elevándose hasta cerrarse, y la puerta de la nave cerrándose de golpe para encontrarse con ella.

—Lo siento, Aurora —dijo Vana—. Sé cuánto querías una pelea. Eso, sin embargo, simplemente no va conmigo.

Aurora debería haber estado furiosa, debería haber estado abriéndose paso a golpes. En su lugar, abrió su visor, miró por la cabina de la nave para ver a Vana de pie afuera. O, más bien, el rostro de Vana pareciendo flotar sobre una mancha borrosa. La agente había encontrado su traje, pero ¿por qué elegía quedarse varada aquí?

—No lo entiendo —preguntó Aurora, la curiosidad aplacando su frustración.

—Estoy tratando de asegurarme de que la galaxia *sí* lo entienda —respondió Vana—. Tú y ese impulsor son una pieza. Mis agentes son otra. La destrucción sobre nosotras es una tercera, y muchas más además. Has hecho todo lo que podría haber pedido, tú y tu Sever Escuadrón. Así que te lo agradeceré ahora, y te desearé un viaje seguro.

—No me desearás nada —dijo Aurora, deslizando los dedos por la consola, tratando de encontrar una manera de detener la nave.

Sus motores continuaron acelerándose, los propulsores

de maniobra cobraron vida con un traqueteo y levantaron la nave del suelo.

—Eso no es algo que tú puedas decidir —dijo Vana—. Eres una soldado. Sigue órdenes, como lo haces tan bien. —Vana esbozó una pequeña sonrisa—. Nunca más sabrás de mí, así como yo espero no volver a verte. Adiós, Aurora.

La transmisión se cortó, y con ella la nave de Renard, bajo el control del piloto automático, se asentó en un curso preprogramado. Con los propulsores encendidos, la nave comenzó a rotar hacia arriba. Una voz automatizada pidió a todos que buscaran posiciones de lanzamiento. La armadura de Aurora bloqueó sus botas al suelo cuando ella lo solicitó, evitando que se deslizara.

Todo el movimiento impidió que Aurora profundizara en las palabras de Vana. Pasa demasiado tiempo realizando misiones peligrosas y te encontrarás con muchas personas que quieren ponerse crípticas con sus proclamaciones finales. Mejor ocuparse del problema y ordenar la basura después.

Apuntando su rifle, Aurora disparó contra el cristal de la cabina, quemándolo pero sin romperlo. Quizás demasiado grueso para que un disparo lo penetrara, pero el trabajo del rifle no estaba destinado a abrir un agujero. Eso vino después, cuando la nave se acercaba a su lanzamiento vertical. Impulsándose con sus botas, activando los propulsores cargados por los saltos en las escaleras, Aurora roció más fuego mientras embestía el parabrisas.

La nave no cedió fácilmente a Aurora, el cristal se astilló antes de romperse, arrastrando y cortando su armadura. Aun así, su impulso llevó a Aurora a través, aunque más con un lento y torpe giro que con un salto glamuroso hacia la libertad, rodando por el morro de la nave hasta el suelo. Aurora aterrizó con fuerza sobre su espalda, el aire escapando de sus pulmones mientras sus ojos captaban la frenética alerta parpadeante en el visor.

Una nave espacial estaba a punto de despegar, y Aurora yacía justo debajo de sus cohetes.

Con una maldición silenciosa y un esfuerzo, Aurora intentó rodar para alejarse. Lo intentó, y descubrió que su armadura de potencia chispeaba, negándose a moverse. Arriba, los cohetes se volvían más brillantes. El calor aumentaba. Moverse se sentía como desplazar un millón de kilos.

Escapar de un problema para caer en otro, y este no tenía una solución obvia.

Hasta que, arrastrándose, algo tiró de Aurora para alejarla. Como si la hubieran enganchado a una nave veloz, Aurora se deslizó sobre su espalda a lo largo de la plataforma central, saliendo hacia el lado liso y en pendiente. La nave estelar se encendió, elevándose mientras la antigua nave de Renard despegaba. El calor se filtró a través del traje de Aurora, calentando sus piernas, su pecho, su cabeza.

Luego los cohetes se alejaron y, aparte del cristal que se hacía añicos arriba, que procedió a llover en la cámara en grandes trozos, la sala quedó quieta y fresca.

—Expúlsalo —dijo Vana, metiendo un cuchillo bajo el visor de Aurora hasta su cuello—. Expúlsalo o te mato ahora.

El visor de Aurora finalmente leyó la amenaza, resaltando la forma de Vana. Tan útil.

—¿Por qué me salvaste? —Aurora se demoró, debatiendo si podría escapar, tal vez sacar una pistola. Sin embargo, con su armadura averiada, ninguna opción parecía buena. Pero había una tercera—. No hay manera de que sobreviva a los cohetes.

—El disco, idiota —siseó Vana, y ahora la cabeza con

traje de la agente entró en la visión de Aurora—. Si eso no sale, todo esto podría ser en vano.

—¿Qué "todo"?

El cuchillo se movió, encontrando la más mínima holgura—. ¿Aún no lo has descubierto?

—Como dijiste, solo soy una soldado.

—Y yo me he quedado sin tiempo —dijo Vana—. Expúlsalo, por favor. No quisiera dañar el disco cuando te quite la vida.

—Eso sí que es motivación —respondió Aurora, deslizando su mano izquierda cerca de la ranura en la armadura donde había puesto el dispositivo—. ¿Qué hay en el disco, Vana?

—Todo sobre esta base y lo que Renard intentó hacer con ella, lo que yo realmente hice. Una historia que necesita ser compartida —dijo Vana, y luego apretó su agarre en el cuchillo—. Sé cómo funciona la armadura de potencia, Aurora. Te doy cinco segundos.

Cerrando su mano izquierda en un puño, Aurora la levantó—. ¿Quieres el disco? Aquí está el disco.

Los dedos extendidos de Vana parecían un borrón, pero Aurora los sintió de todos modos cuando tocaron y tiraron de su mano cerrada. Como una araña atacando, Aurora abrió su puño y agarró la mano de Vana. Al mismo tiempo, Aurora se estiró, poniendo su palma derecha en el brazo de Vana.

Y activó el Shock-Jock.

Diseñado para devolver a un soldado a la vida, la función de emergencia de la armadura potenciada disparó suficiente corriente a través de la mano de Aurora para lanzar a Vana hacia atrás, haciendo que soltara el cuchillo mientras la agente caía. Aurora siguió la descarga con un segundo comando, liberando la armadura potenciada.

Reventando sus propias articulaciones, el traje se desintegró alrededor de Aurora mientras ella se levantaba, agarrando la pistola aún fijada a la cintura del traje.

—Un truco sucio, incluso para ti —dijo Vana mientras Aurora encontraba la pistola.

La capitana de Sever Escuadrón apuntó su arma hacia donde había escuchado la voz. Vana se puso de pie, su traje invisible cubierto de líneas negras donde el Shock-Jock había quemado sus circuitos reflectantes. El casco de la agente humeaba, y Vana se lo arrancó, arrojándolo lejos.

—Creí que lo sabías —dijo Aurora—, en una pelea todo vale.

—¿Es eso realmente, tu deseo? —preguntó Vana, sin sonrisa en sus palabras esta vez—. ¿Has venido hasta aquí, has causado todo este daño, por una pelea?

Aurora apuntó la pistola a la cabeza expuesta de la agente.

—Puedes apostar tu trasero a que sí.

## 22

## LA DANZA

De las muchas verdades que Sai había adoptado durante su tiempo en DefenseCorp, comprender que nunca podría actuar sobre sus errores había sido una constante. Una misión fallida, un disparo que erraba el blanco o un plan mal trazado, todos ocurrirían y se fermentarían en la historia, cristalizados en su error para siempre.

Esa verdad se hizo añicos en la oscuridad entre los podios. Se quebró cuando sonidos de arrastre y borboteo surgieron de las esquinas de la habitación. Se rompió cuando la primera cosa se abalanzó hacia Sai y Perro, una masa burbujeante y salobre con un único objetivo: consumir.

Sai había visto estas cosas antes, tiempo atrás en Dynas. En aquel entonces, las habían lanzado contra el espadachín como una especie de prueba, aunque Sai nunca supo si el objetivo era demostrar que los monstruos atacarían sin importar sus posibilidades, o que el mismo Sai valía la pena como sujeto de prueba.

Imposible olvidar, sin embargo, lo que vino después. Las

inyecciones, las fiebres abrasadoras, la sensación de que sus entrañas estaban a punto de devorarse a sí mismas en un frenesí... Sai no le diría ni a un alma cuántas noches se despertaba sudando, sintiéndose de la misma manera. Era difícil saber si erradicar el flagelo de la galaxia haría desaparecer esas pesadillas, pero parecía que valía la pena intentarlo.

Así que Sai blandió su katana para enfrentarse a la cosa, partiendo su masa espumosa en dos. El amasijo se dividió alrededor de Sai como si fuera una especie de profeta de alta tecnología, dando paso a otras tres criaturas que se arrastraban detrás.

—¡Vamos! —dijo Sai, avanzando para enfrentar la embestida, su hoja manchada de negro.

Como grito de guerra, las palabras podrían mejorarse, pero Sai cayó en los movimientos. Un corte cruzado de izquierda a derecha atravesó a la bestia del centro y permitió a Sai dar un paso a su izquierda, ganando medio metro de distancia mientras giraba el corte cruzado. La onda rozó a la criatura de la derecha, ralentizándola lo suficiente para que Sai completara el giro, cortando hacia abajo por la izquierda y volviendo a cruzar para terminar con la destrucción del trío.

Los movimientos parecían de película, solo posibles porque estas cosas apenas estaban vivas, apenas se mantenían unidas. Contra enemigos armados o con armadura, la katana se habría atascado en sus huesos, sus barreras. Aquí, Sai podía fluir.

Sin la armadura potenciada, el espadachín alcanzó una velocidad febril, atrapando a cada criatura que se le acercaba. Volviendo a aquellas tardes con su madre y su padre, Sai retornó a la danza que conocía en sus huesos. Las criaturas, esas cosas desvanecidas y olvidadas, se lanzaban sin consideración por sus vidas. Se abalanzaban sobre Sai desde los lados, desde atrás y caían desde arriba.

Todas encontraron su alivio en su hoja, y Sai en su fin.

Al menos hasta que su pie, descalzo, resbaló en el suelo viscoso. Intentando mantener el equilibrio, roto el hechizo, Sai se dio cuenta de que estaba en un charco agitado. Una persona viva podría morir por una puñalada o un corte cruzado, pero un virus como este no respetaba tal precisión. Tropezando, cayendo, Sai aterrizó de espaldas en la enfermedad.

Y escuchó a Perro gritando, chillando. No eran los sonidos confiados de alguien que pudiera venir a rescatarlo. Sai, manteniendo el agarre de la katana, rodó sobre su hombro, intentó levantarse. Lo que había sido resbaladizo, ahora se coagulaba alrededor de una nueva oportunidad. El virus succionaba los pies de Sai, sus piernas, sus manos. Una sensación de hormigueo rápidamente se convirtió en una quemadura helada, un tirón entumecedor.

El monstruo que Sai había vencido una vez venía por él por segunda vez.

No lo dejaría ganar.

Levantando la katana con su mano derecha, Sai la clavó en el suelo. El filo de diamante de la espada se hundió en el suelo, dándole a Sai un punto de apoyo. Empujó, luchó contra el frío que desgarraba sus extremidades y alcanzó sus pies. Usando la katana de nuevo, Sai intentó un salto, impulsándose hacia arriba mientras avanzaba. El suelo traicionó su pisada otra vez, y el supuesto salto de Sai para liberarse del charco se convirtió en un tropiezo tambaleante y agitado.

El hombre lo logró. La espada no.

Golpeando un suelo bendecidamente limpio, Sai rodó y se puso de pie. Mirando hacia atrás, la luz plateada de su brazalete iluminó el pozo viral agitado mientras sus zarcillos devoraban la katana. No importaba si el virus podía dañar realmente la espada o no: sin un arma, Sai no viviría lo suficiente para preocuparse.

En su lugar, se volvió hacia los gritos entrecortados de Perro. El Guardián del Crepúsculo se había atrincherado en una esquina, apenas visible bajo una avalancha infectada. Con su armadura potenciada, Sai habría entrado, luchado para liberar a Perro. Sin ella, solo estaría saltando hacia su propia muerte.

—¿No quieres salvarlo? —Las palabras llegaron acuosas, descompuestas, pero reconocibles.

Sai miró a su derecha y vio a una mujer que nunca quiso volver a ver, pero que, sin embargo, traía algo de esperanza: si Sai iba a morir en esta maldita mazmorra, al menos podría llevarse consigo a la persona adecuada.

Anaskya no se parecía mucho a la mujer que había abandonado a Sever Escuadrón en Wexer después de usar y ser usada por el escuadrón para escapar de una existencia condenada en Dynas. Había sido una científica destacada con gusto por las cosas finas, una cualidad que no parecía cumplirse aquí, donde Anaskya lucía como si hubiera recibido el lado equivocado de sus propias inoculaciones demasiadas veces.

Pero Sai nunca olvidaría ese rostro, sin importar cuán marcado estuviera por la enfermedad, cuán deformado por sus propios fracasos.

Uno no pierde de vista a quien casi te arrebata de tu familia.

—Preferiría matarte —dijo Sai, buscando una manera de hacer precisamente eso.

Anaskya, sin embargo, no parecía pertenecer ya a su antiguo cuerpo. Como las criaturas que Sai había estado rebanando, los brazos y piernas de Anaskya se veían en gran parte oscuros y retorciéndose, con solo un parche que comenzaba alrededor de su pecho y continuaba hasta su cabeza manteniéndose reconocible. Sai podría dar un buen puñetazo, podría intentar romperle el cuello, pero ¿algo de eso realmente la detendría?

—No tendrás que hacerlo —respondió Anaskya—. Pronto estaré muerta, al igual que todos los que quedan aquí. Entonces este virus cubrirá el planeta. Mi vida tendrá su legado en la creación de otro. ¿Qué más se puede pedir?

—¿Un poco de cordura, tal vez? —Sai se volvió hacia Perro, que seguía luchando—. ¿Puedes decirles que lo dejen en paz?

—¿Por qué me escucharían? —Anaskya se rio, un sonido hueco, como un pez boqueando por aire—. Sus únicos pensamientos son de hambre.

—¿Eso es lo que va a pasar con todos los trajes en las lanzaderas?

—¿Vana comenzó su cruzada? —dijo Anaskya—. Entonces sí, eventualmente. Una vez que se agoten sus dosis supresoras.

—Pero ¿por qué? ¿Cuál es el punto de matar a todos tus soldados?

—Tendrás que preguntarle eso a Vana —Anaskya frunció el ceño—. Ella es quien me ordenó revertir el virus. Con la sangre de la chica, podrían haber sido invencibles. En cambio, quería que se convirtieran en bombas.

—Y lo hiciste sin pensarlo dos veces.

—Lo hice con muchas segundas reflexiones, las cuales compartí con Vana muchas veces después de que sus agentes me llevaran —dijo Anaskya—. Ella las ignoró. Me obligó a crear esto. Estos.

—¿Por qué lo harías? Si sabías que morirías de todos modos.

—Eres padre, ¿no? —preguntó Anaskya—. Estos son mis hijos. Puede que no sean como esperaba, pero al menos los vi vivir. Sin Vana, no habría tenido nada. Mi trabajo se habría desperdiciado.

Una extraña calma se apoderó del espadachín. Quizás la misma calma que parecía tener control sobre Anaskya. Ambos estaban condenados, destinados a ser alimento para esas cosas una vez que terminaran con Perro. Saber que Anaskya lo seguiría al más allá, compartiendo una última conversación, parecía casi normal, parecía lo único que Sai podía hacer.

Salir corriendo ocupó un breve espacio en la lista de decisiones de Sai. Podría lanzarse a toda velocidad hacia la oscuridad, guiándose a través de giros aleatorios con la pulsera y esperando encontrar una salida antes de que los monstruos lo encontraran a él.

Y sin embargo.

—Dos opciones —dijo Sai. Más criaturas habían entrado en la habitación, sin duda los restos del suministro experimental de Anaskya. Perro se había quedado en silencio, aunque la turba aún envolvía al hombre. El resto mantenía una amplia distancia de la científica, como una familia respetando a su progenitora—. Puedo darte una muerte rápida ahora, o puedes dejar que estas cosas te devoren.

—Como te devorarán a ti después de que yo me haya ido. ¿Por qué darme el mejor final?

—Porque será lo último satisfactorio que haga.

—¿De verdad me odias tanto? ¿Soy tan terrible?

—Sí —Sai se puso en posición. Listo para actuar—. Elige.

Anaskya se miró a sí misma, luego negó con la cabeza.

—Lo siento, Sai. Si voy a morir, será a manos de mis propias creaciones.

Perfecto. Mucho más satisfactorio derribar a un enemigo que se defendía, en lugar de uno que simplemente se rendía.

Sai lanzó un puñetazo. Un golpe directo surgido de la nada, destinado a derribar a Anaskya antes de que pudiera siquiera defenderse.

Su puño nunca llegó a conectar. Otra criatura, que Sai no había visto acercarse por detrás, lo derribó al suelo. Anaskya soltó una risa húmeda mientras la criatura se abalanzaba sobre Sai, su masa viscosa y retorcida lo aplastaba contra el suelo.

La criatura, sin embargo, seguía teniendo un cuerpo, y Sai aún conservaba su fuerza. Impulsándose con los brazos, Sai hizo rodar a la criatura y a sí mismo sobre su espalda, clavando el codo en la cara del ser. Se sintió como golpear una almohada rellena de carne, pero el golpe aturdió a la cosa lo suficiente como para que Sai se levantara y girara con su pulsera para no encontrar rastro de Anaskya.

Sai siguió girando, tratando de encontrar el camino que Anaskya podría haber tomado. Se movía mientras buscaba, alejándose de los brazos que intentaban agarrarlo. Se negaba a caer en la desesperación de que Anaskya hubiera desaparecido, de que Sai no obtendría la última satisfacción de la venganza. Ese camino llevaba a una oscuridad más profunda que cualquiera que se pudiera encontrar aquí abajo.

La pulsera captó un destello carmesí, y Sai se centró en la hoja de Perro. La espada zumbante debía haberse caído del agarre del hombre, su filo asomando más allá del trío de criaturas que acosaban al mercenario.

Si Sai no podía atrapar a Anaskya, al menos podría morir haciendo algo correcto.

El espadachín se lanzó con un gancho de derecha, salpicando las fibras gelatinosas de la criatura central y derribándola sobre la de la izquierda. El ruido de succión que hicieron los tentáculos pegajosos de la criatura al despegarse de Perro arrugó la nariz de Sai tanto como el hedor fétido que inundaba la habitación, pero el puñetazo le dio el espacio suficiente para agacharse y arrancar la espada de su negro lodazal.

La criatura a la derecha de Sai se dio cuenta de que su festín había sido interrumpido, abalanzándose sobre él con una masa de tentáculos trituradores en lugar de cara. Cambiantes, amorfas y enfermas podían ser estas cosas, pero no tenían mucha velocidad.

Sai levantó la espada, embistiendo hacia adelante con ella. Mientras que la katana cortaba con un filo refinado, la hoja de Perro funcionaba como una sierra caliente, hirviendo y rebanando a partes iguales mientras sus dientes trabajaban de un lado a otro a una velocidad demasiado rápida para ser vista. El borrón ardiente atravesó la amenaza, dejándola siseando en dos montones en el suelo.

Manos pegajosas agarraron los hombros de Sai y desgarraron su traje, mientras otras se enroscaban alrededor de sus pies. Invirtiendo su agarre en la empuñadura, Sai clavó la hoja hacia atrás a lo largo de su costado, ensartando a la criatura detrás de él. Su aullido furioso trajo una última sonrisa al rostro de Sai, una que permaneció incluso cuando más manos infectadas y goteantes le arrancaron los pies.

Al caer, Sai aterrizó junto a Perro. A la luz de su brazalete, el mercenario se veía maltratado, con parches ensangrentados cubriéndolo por todas partes y manchas negras extendiéndose por su piel y ropa. A pesar de todo eso, mientras Sai agitaba la espada en un arco, cortando a la siguiente criatura que avanzaba, captó el pecho de Perro subiendo y bajando.

—Oh, demonios —dijo Sai, apartando a patadas más manos de criaturas despedazadas que intentaban alcanzar sus pies—. No puedo ir y morir mientras tú sigues vivo, ¿verdad?

Perro, como era de esperar, no respondió. Las criaturas, cada vez más numerosas, aullaron.

—Está bien, entonces —dijo Sai, estirándose hacia atrás y empujándose para levantarse. Cortando hacia abajo con la espada, despejó los restos que lo acosaban por debajo—. Vamos, bastardos. Aún no hemos terminado.

Si el desafío de Sai asustó a las criaturas, no mostraron ningún temor bajo la luz plateada de su brazalete, cuyos rayos captaban a otro monstruo cargando desde la oscuridad.

## 23

TRAJES

El visor de Gregor confirmó lo que sus oídos le transmitían cuando las botas golpearon el suelo en la bahía de atraque. Los dos lados de la lanzadera de descenso se abrieron, sus alas se elevaron y descargaron a la docena que llevaba dentro. Gregor, con su martillo en mano, tomó la delantera, cargando directamente hacia lo que no podía ver con la esperanza de que ellos lo vieran a él.

Un enjambre sería fácil de abatir para Briany.

También sería más difícil para Gregor fallar cuando todos estaban bien apretados y juntos. Un martillo de batalla como el suyo no estaba hecho para la precisión.

Aunque sí que hacía muy bien la destrucción.

—Llameante a la derecha —dijo Briany, su voz sonando junto al oído de Gregor.

La orden envió el primer golpe de Gregor hacia la izquierda, un amplio barrido buscando alcanzar las amenazas rojas que el visor de Gregor le mostraba. Esperaba encontrar a los demonios en la bahía ensangrentada del *Prisa*, los necios no-muertos listos para ser destruidos.

En su lugar, su barrido no encontró nada. Se oyeron

chasquidos cuando las botas dejaron el suelo de la bahía para saltar al aire, y Gregor perdió el equilibrio cuando el martillo no encontró resistencia, haciéndolo girar mientras los disparos de Briany salpicaban de azul a su derecha. Ella tuvo más suerte: las acrobacias involuntarias de Gregor pusieron un objetivo en el camino de Briany, permitiendo a la tiradora acertar dos golpes sólidos.

El objetivo no flaqueó, siguió corriendo justo al lado de Gregor de una manera que un depredador ciego no haría.

Maldición.

—No son... —Gregor terminó con un grito cuando algo lo golpeó con fuerza, derribándolo y haciéndolo rodar por el suelo de la bahía.

Usando el martillo para estabilizarse, enganchando su cabeza alrededor de unas cajas de suministros, Gregor se puso de pie a tiempo para recibir otro golpe. Este, un impacto blindado en el visor, agrietó la armadura de Gregor contra su frente, nublándole la visión y haciéndolo tropezar sobre las cajas para caer de espaldas.

No era un gran comienzo.

A la derecha, un ruido diferente llenó la bahía. Un sonido chirriante, el aullido del metal mientras los láseres de corte desgarraban la resistencia. Más señales de que estos no eran bombas tontas, sino demonios calculadores y entrenados con los medios y métodos para lograr su objetivo.

—¿Vas a ayudar? —Briany cortó el mareo—. Porque si no veo ese martillo balanceándose pronto, me voy a cabrear de verdad.

El visor de Gregor, como si siguiera las palabras de Briany, emitió otra alarma fuerte. Justo en el centro. Aún de espaldas, Gregor soltó el martillo y cruzó los puños cuando un cuchillo, brillando en el traje del soldado que doblaba la luz, se dirigió directamente hacia él. Los antebrazos de

Gregor desviaron la hoja, clavándola en el suelo junto a su cabeza. Tan pronto como la punta rozó el suelo, su atacante la retiró de nuevo, preparándose para otra puñalada.

Levantando la rodilla con fuerza, Gregor sintió que golpeaba una mancha que no podía ver, y vio cómo la segunda puñalada del hombre se desviaba al perder el equilibrio. Gregor se estiró, agarró el brazo del cuchillo y tiró hacia abajo, usando el impulso para rodar sobre su atacante mientras el soldado con el traje caía al suelo.

El cuchillo, libre de su funda, no podía ocultarse tan bien como el traje. Gregor usó el arma como pista, golpeando su empuñadura contra el suelo —e ignorando los puñetazos en su pecho y piernas— hasta que el hombre soltó su agarre, enviando el cuchillo libre al suelo. Propinando un golpe aturdidor en la cabeza del hombre, siguiendo las líneas borrosas a lo largo de lo que de otro modo parecía una baldosa azul-negra limpia, Gregor agarró el cuchillo y lo usó para poner un fin permanente a la pelea.

—¡Gregor! —Briany ya no sonaba tan arrogante.

Agarrando su martillo y poniéndose de pie, Gregor encontró a Briany librando una batalla en retirada. Un traje humeante yacía en el suelo de la bahía, pero parecía que al menos otros dos tenían a Briany retrocediendo hacia el lado de la bahía. En lugar de disparar, la Guardabosques Crepuscular sostenía su rifle como una espada, usándolo para bloquear los golpes de cuchillo en una defensa frenética.

Una defensa que no ofrecía otro desenlace que la muerte.

Con el martillo en una mano, Gregor sacó una pistola mientras iniciaba la carrera. Apuntó donde Briany blandía su rifle, donde las chispas llovían cada vez que una hoja golpeaba su cañón. Los disparos anaranjados, en perfecto equilibrio entre ser lo suficientemente fuertes para perforar la armadura y lo bastante débiles para mantener la batería funcionando, se hundieron en los trajes dejando marcas chamuscadas en sus dueños.

Si les importaba siquiera un poco, Gregor no podía saberlo.

Briany notó la aproximación de Gregor y cambió sus tácticas, deteniendo la retirada para mantener a los trajes allí con una furiosa serie de barridos destinada a hacer retroceder unos pasos a los monstruos invisibles. El primer golpe con el rifle dio al aire —un éxito—, pero el contragolpe se detuvo bruscamente. Briany se estremeció tras la pantalla de su casco, visible mientras Gregor iniciaba su propio movimiento, y soltó el rifle, optando en cambio por lanzar un puñetazo al que había agarrado su arma.

El puño nunca llegó a su destino.

Un cuchillo se precipitó y alcanzó el pecho de Briany, hundiéndose en la armadura y empujándola hacia atrás. Dejando la hoja clavada, el atacante debía tener algún gran plan secundario. Gregor no lo sabía porque no podía ver lo que el hombre estaba haciendo.

Pero el visor de Gregor le indicaba exactamente dónde estaba el hombre.

El martillo de Gregor golpeó con una fuerza que no había desplegado en mucho tiempo. La ira lo inundó por la puñalada a Briany, por casi haber sido atravesado él mismo. Una rabia por cómo estas cosas rompían las reglas con su camuflaje, por cómo los nuevos sonidos detrás de ellos dejaban claro que los otros atacantes habían irrumpido más allá de la bahía y se estaban infiltrando en la fragata.

En resumen, Gregor tenía muchas razones para estar enfadado, y las descargó sobre el idiota que no se tomó el tiempo para esquivar.

El golpe rompió el revestimiento reflectante del traje,

enviando una fractura doblada volando a través de la bahía y fuera del escudo magnético abierto de la fragata. Cambiando su agarre, Gregor usó el impulso del golpe para enviar el martillo en la dirección opuesta, solo para encontrarse con el rifle de Briany cuando su nuevo dueño lo usó para bloquear el golpe.

Dejando caer el rifle abollado, el traje repitió su estrategia, agarrando el martillo de Gregor y sujetándolo con fuerza. El contorno borroso se igualó a Gregor, tirando del arma, acercándolos. Soltar el agarre para lanzar un puñetazo podría significar perder el martillo, y dado que estas cosas podían moverse muy rápido, Gregor no quería arriesgarse.

En su lugar, tiró. El traje también tiró, sus agarres enrollándose alrededor del mango del martillo como dos dioses atrapados en un choque inmortal.

Atrapados hasta que Gregor notó una quemadura rojonegra atravesando donde había estado la cabeza del traje. El agarre de la cosa se aflojó y se soltó, revelando a Briany de pie detrás con su pistola desenfundada.

—Mucho más fácil cuando se quedan quietos —dijo Briany—. ¿Estás vivo?

—¿Lo estás tú?

—Me he hecho un buen corte debajo de esta armadura —respondió Briany, agitando el cuchillo ahora libre en su mano izquierda—. Estas cosas están afiladas.

—Sí. —Gregor miró de nuevo hacia las puertas de la bahía—. Hay más.

—¿Entonces qué estamos esperando?

—Las probabilidades no son buenas —respondió Gregor—. Podríamos tomar la lanzadera e irnos.

Briany se rio.

—¿Tú, asustado? No pensé que ese fuera tu estilo.

—Estás herida.

—Y la misión no ha terminado —replicó Briany—. Vamos, grandullón. Me estoy aburriendo aquí parada.

Habiendo dado voz a sus preocupaciones, Gregor no perdió más tiempo lamentándose por Briany. Juntos, pasaron junto a la lanzadera de descenso y atravesaron las puertas cortadas de la bahía, que ahora tenían un óvalo humeante cortado en su centro de arriba a abajo. Más allá, el pasillo central de la fragata se bifurcaba hacia la izquierda y la derecha.

Cualquier decisión fácil murió cuando los dos miraron en ambas direcciones del largo pasillo. Carteles estándar de DefenseCorp, tanto educativos como propagandísticos, se aferraban a las paredes en jirones, algunos ardiendo activamente donde el fuego láser había dejado su evidencia. Los cuerpos, también, yacían esparcidos por el suelo donde el personal de seguridad de la fragata y transeúntes al azar habían encontrado rápidos finales.

Esos cuerpos se extendían en ambas direcciones también, sugiriendo que la fuerza invasora estaba menos interesada en tomar el control de la nave que en limpiar la fragata. Una vez más, el estómago de Gregor se endureció junto con su corazón, su mandíbula tensándose ante la carnicería eficiente.

Estas pobres almas no sabían contra qué estaban luchando. No tuvieron oportunidad.

—¿Puente o motores? —preguntó Briany, la actitud arrogante desaparecida ante, bueno, todo.

—Puente —dijo Gregor—. Van tras las personas, no las máquinas.

También tenía que apostar a que los monstruos no sabrían cómo desactivar o afectar los motores si las criaturas llegaban tan lejos. Por lo que Gregor recordaba, el programa Raider no era conocido por la inteligencia de sus soldados.

—¿Crees que habrá algún superviviente? —preguntó Briany mientras giraban a la izquierda.

—Ya veremos —respondió Gregor—. Si no, nos aseguraremos de que sean vengados.

Mientras dejaban atrás la bahía, los camarotes de la nave pasaron rápidamente a la derecha, con su puerta sellada. Eso, al menos, le dio a Gregor una medida de confianza. Alguien había sido lo suficientemente inteligente como para cerrar el espacio, y a los monstruos no les había importado derribarlo.

Todavía.

—Estás completamente decidido a ayudar a estas personas, ¿no? —preguntó Briany.

—Yo fui uno de ellos, una vez —dijo Gregor—. No olvidas ser utilizado.

—Dice alguien que ha pasado ¿cuántos años haciendo precisamente eso?

—No así. No engañado y abandonado a morir.

Briany no respondió a eso, y Gregor agradeció el silencio. No es que la nave careciera de sonidos. Las alarmas resonaban ahora, sus penetrantes tañidos llamando a los soldados a sus puestos, y al resto a buscar un arma. Sin embargo, nadie irrumpió en el corredor para enfrentarse a los intrusos. O bien prevalecían órdenes más inteligentes, o cualquiera con una onza de valor ya estaba muerto.

El puente demostró que ambos pensamientos estaban equivocados.

Bloqueado por otra entrada más gruesa, el puente permanecía sin asaltar cuando Gregor y Briany se acercaron por detrás. Con su visor detectando los trajes invisibles, Gregor contó cuatro atacando la puerta con el mismo cortador que habían usado para atravesar la bahía. Ante su aproximación —el corredor recto ofrecía pocas oportunidades para el sigilo— dos trajes se volvieron hacia Gregor y Briany.

A diferencia de los que salían de la lanzadera, estos dos tenían rifles. Las armas contrastaban con la armadura invisible, brillando en sus negros. Brillando aún más con el sombreado de DefenseCorp en las armas.

Los trajes no habían venido con estos rifles. Los habían saqueado de los muertos.

—Ve —dijo Briany, levantando su propio rifle robado y abriendo fuego.

Con el martillo en alto, Gregor cargó. Se mantuvo en el centro del corredor, dejando que Briany disparara a su alrededor. Los dos trajes concentraron sus disparos en Gregor, eligiendo al loco que se abalanzaba como el blanco más fácil. La armadura de poder de Gregor recibió el fuego entrante con alarma, pero los disparos impactaron en el pecho de Gregor, la parte más fuerte, la única placa que podría durar lo suficiente para que llegara al alcance del martillo.

El fuego de cobertura de Briany marcó la diferencia después de la primera salva, enviando a ambos soldados armados con rifles a lanzarse lejos. Su autopreservación solo selló su destino, ya que Gregor giró bruscamente a la derecha, apretando el mango y enviando poder cinético a través de la cabeza del martillo. El hombre intentó bloquear con el rifle, interceptando el martillo en lo alto de su arco.

El rifle se partió en dos, su gas rojo explotando cuando el martillo de Gregor dio en el blanco. La energía cinética hizo rebotar el arma de Gregor incluso mientras arruinaba al hombre, derribándolo al suelo del pasillo. Gregor giró con el rebote del martillo, usando el impulso para cruzar el pasillo hacia el compañero del hombre.

Un destello rojo golpeó los ojos de Gregor y el visor se

derritió, recibiendo el impacto y dejándole una visión turbia del mundo. Una visión que aún mantenía un objetivo claro: Briany había acribillado la armadura con marcas de explosión, dejando a la cosa preparando otro disparo.

Gregor sintió el calor en su estómago cuando el rifle disparó, sintió las salpicaduras en su rostro cuando su martillo convirtió ese último disparo en el final de la cosa.

Al volverse hacia el par que cortaba la puerta del puente, Gregor se encontró con dos cadáveres humeantes, cada uno acribillado por el fuego del rifle de Briany.

—Siguieron cortando incluso mientras cargabas —dijo Briany al alcanzar a Gregor—. Puede que sean duros en una pelea, pero siguen siendo unidimensionales.

Gregor gruñó en señal de acuerdo, dejando el martillo a un lado para arrancar el resto del visor de cristal. Ese cálido resplandor en su estómago no había desaparecido. De hecho, ahora que le prestaba atención, el resplandor se sentía más como una hemorragia caliente. Miró hacia abajo y vio que donde antes estaba su armadura, ahora no había nada más que piel, y no mucha.

—Oh, eso no es bueno —dijo Briany, apartando la mano de Gregor—. Siéntate, idiota. —Briany casi empujó a Gregor hacia abajo mientras se giraba hacia el puente—. ¡Eh, ¿hay alguien ahí? ¡Las personas que acaban de salvarles el trasero necesitan un médico! ¡Ahora!

Gregor parpadeó. Intentó sacudirse el entumecimiento creciente. Una sensación extraña, esta. Caliente y paralizante al mismo tiempo. Como si su propia alma estuviera tratando de encontrar una salida a través del agujero. Le habían disparado antes, muchas veces, pero no aquí, no en el estómago.

Tal vez por eso había mantenido su maldito coraje todo

este tiempo: Gregor nunca había sido alcanzado en el lugar correcto.

Briany se acercó más a la puerta del puente, todavía gritando. Otra voz respondió, una respuesta que Gregor no llegó a captar del todo. Sus oídos, aunque zumbaban, habían captado un ruido más importante. Un sonido de traqueteo y golpeteo, que venía de vuelta por el pasillo. Acercándose.

—Briany —dijo Gregor, casi ahogándose con su nombre —. Hay más.

—¿Qué? —preguntó Briany, lanzando una mirada hacia atrás—. Cállate, hombre. Ahorra tu aliento.

Habría tiempo para eso más tarde. Siempre lo habría.

Agarrando su martillo, Gregor se puso de pie, mirando hacia el ruido que se acercaba. ¿Morir defendiendo un puente inocente?

Sí, Gregor podía hacer eso.

## 24

## LA JUGADA DEL CORREDOR

La lanzadera brilló intensamente cuando la *Prisa* la iluminó, sus torretas se unieron por arriba y por abajo junto con los cazas que la flanqueaban mientras la flota de DefenseCorp recobraba el sentido. Como un cuerpo que ataca una enfermedad, las corbetas, cazas y naves más grandes buscaron las lanzaderas y las desintegraron. Los ataques de Eponi ahora contaban con un escuadrón más grande, dividiendo las torretas automáticas entre los objetivos.

—Y por esto es que todavía tenemos humanos en los controles —dijo Tarla mientras la *Prisa* recibía impactos dispersos, no suficientes para atravesar los escudos—. Estas cosas tontas no podrían ni destruir un carguero.

—Casi nos matan —replicó Eponi.

Tarla descartó las palabras con un gesto mientras Eponi seguía a los cazas hacia la siguiente lanzadera que necesitaba ser destruida.

—Nunca estuvo tan cerca.

Según los propios datos de la *Prisa*, Eponi no estaría de acuerdo. Su nave tenía algunas quemaduras graves en el casco, y algunas partes necesitarían ser reemplazadas la próxima vez que aterrizaran. Otra andanada de los cazas podría haber atravesado los escudos, enviando a la *Prisa* y su tripulación girando en el vacío.

Aunque, por otro lado, las situaciones de riesgo eran parte del juego.

—Sever, ¿están libres para una misión? —La voz de Deepak se transmitió por su línea abierta—. Hemos perdido contacto con uno de los cruceros. Necesito que sobrevuelen su puente y vean si aún queda alguien allí.

—¿Un crucero? ¿Te refieres a uno de los grandes? —preguntó Eponi.

—Creo que tienes experiencia acercándote al puente de una nave y asustando a sus oficiales —dijo Deepak—. Les estoy enviando las coordenadas.

En el gran parabrisas, apareció una nueva línea, inclinando la *Prisa* de vuelta hacia Aurum Tres. El objetivo de Deepak resultó ser el crucero más cercano al planeta. No era exactamente una sorpresa: las lanzaderas habrían atacado ese primero.

—¿Quiere que hagamos qué? —preguntó Tarla.

—Se supone que debemos dar un saludo de cerca —respondió Eponi—. Espera que sus sistemas de comunicación estén caídos y nada más.

—¿Así que volar cerca de una nave gigante erizada de cañones que podría no estar de nuestro lado? ¿Sin recompensa?

—El mismo trato que antes, Tarla.

—Cuando ellos cambien los términos, tú puedes hacer lo mismo —la capitana de los Twilight Rangers se reclinó en su asiento, sacudiendo la cabeza—. Tienes mucho que aprender si quieres jugar este juego.

Eponi ignoró las palabras de Tarla, concentrándose en

cambio en el vector de aproximación de la *Prisa*. El crucero no era tan grande como el *Nautilus*, y su volumen redondeado carecía de la integración rocosa con un asteroide, pero aun así la nave tenía espacio de sobra. Se cernía sobre Aurum Tres como una luna errante, con sus propulsores traseros apagados, dejando la nave a la deriva.

Por lo que Eponi podía deducir, las lanzaderas habían estado siguiendo una estrategia de ataque de una por nave, lo que había facilitado su destrucción cuando se separaban de sus grupos. Aun así, muchas habían encontrado sus destinos antes de que DefenseCorp recuperara la cordura, y una debía haber atracado aquí. La idea de que una sola lanzadera de asalto se enfrentara a todo un crucero, con cientos y cientos de personal, tropas y armas a bordo, parecía una locura.

Pero un grupo concentrado y letal de merodeadores invisibles podría ser capaz de asaltar un puente.

Inclinando la *Prisa* para acercarse por el lado izquierdo del crucero, Eponi desvió energía de las armas de su nave y la volcó en los escudos. Aunque las torretas del crucero aún no disparaban, su número y potencia de fuego podían asar una nave desprevenida como la *Prisa* en un abrir y cerrar de ojos. Los pilotos en las torretas de la *Prisa* protestaron, pero un rápido recordatorio sobre quién les había salvado de una muerte real en el frío vacío acalló las quejas.

Tarla aprovechó los segundos para enviar consultas tanto por las frecuencias de Sever como por las de los Twilight Rangers, intentando que alguien en la superficie respondiera. Nadie contestó y, por una vez, Eponi captó preocupación en el rostro de Tarla.

—Así que sí te importa —dijo Eponi después de que el último mensaje de Tarla quedara sin respuesta.

—Es difícil ganar dinero sin un equipo.

Eponi suspiró y sacudió la cabeza. Algún día, quizás, Tarla mostraría una grieta en su arrogante armadura. Tenía que haber algo más en la capitana que ocurrencias y dinero.

Afuera, el puente del crucero hizo su primera aparición. La extensión curva de cristal cubría el espacio multinivel del puente, donde un grupo de oficiales debería estar afanándose con los sistemas de la nave. Mirando desde el espacio, Eponi tuvo que ver más allá de la estrella resplandeciente de Aurum Tres, que proyectaba un destello blanco azulado.

Confiar en la simple vista en una galaxia donde las naves volaban de un planeta a otro le parecía a Eponi un poco absurdo, pero de todos modos se inclinó hacia adelante, tratando de encontrar señales de vida. Acercándose sigilosamente, apagando los motores de la *Prisa*, se aproximaron al cristal.

Tarla maldijo mientras Eponi contenía la respiración. No podía, no debería sorprenderse por nada que estas criaturas pudieran hacer, no después de verlas precipitarse hacia la *Prisa* en aquella bahía sangrienta, y sin embargo...

Incluso mientras la horrible visión se filtraba, el crucero se movió. Su velocidad aumentó, y Eponi se apresuró a encender los motores de la *Prisa*, alejando la nave más pequeña mientras el crucero se elevaba a una órbita más alta.

—¿No viste a ningún piloto allí, verdad? —dijo Eponi mientras el crucero pasaba por debajo de la *Prisa*.

—No vi a nadie —dijo Tarla—. Sé que dije que mantendríamos a cualquier fugitivo aquí, Eponi, pero estoy pensando que no podemos derribar este crucero.

—No se está marchando —dijo Eponi, mirando su consola mientras trazaba la probable dirección del crucero

—. Si acaso, parece que se dirige directamente hacia el centro de la flota.

—¿Por qué?

Eponi miró a Tarla, y ambas captaron el significado al mismo tiempo.

—Vana realmente los convirtió en monstruos —murmuró Tarla mientras Eponi volvía a abrir el canal de comunicación con Deepak. El hombre respondió rápidamente, su imagen granulosa apareciendo en la consola.

—Almirante —dijo Eponi—. El puente de ese crucero está comprometido, y no creo que le guste hacia dónde se dirige.

El rostro del almirante mostraba todo el estrés y nada de sorpresa ante las palabras de Eponi.

—Entonces necesito que lo destruyas. Hemos logrado contactar con supervivientes en la nave, y aún controlan el puente de respaldo. Si puedes cortar la parte delantera, quizás aún podamos salvarla.

—¿Quiere que me enfrente a un crucero yo sola?

Deepak hizo una mueca.

—No quiero que lo hagas, pero no hay otra opción. Enviaré una llamada de auxilio, pero aunque tu crucero es nuestro mayor problema, no es el único. Otras fragatas están cayendo, y hay más lanzaderas que derribar.

Eponi se encontró reprimiendo otro suspiro; últimamente lo hacía demasiado a menudo. Los pilotos de karts tenían que creer que iban a ganar, y eso significaba mantener a raya las emociones negativas. En su lugar, afinó los motores y comenzó a desviar energía de los escudos a las torretas.

—Cuando todo esto termine, tal vez puedas decirle a quien quede que preste atención cuando Sever Escuadrón dé consejos, ¿de acuerdo? —dijo Eponi.

—Tienes mi palabra, Eponi —respondió Deepak—. Ocúpate del crucero. Buena suerte.

El rostro desapareció mientras la *Prisa* comenzaba a arrastrarse sobre el casco del crucero, avanzando de nuevo hacia el puente. En el primer acercamiento, Eponi no vio signos de vida en las armas del crucero. Las torretas permanecían inmóviles, silenciosas y quietas. Justo como ella prefería a sus enemigos.

Ahora, esas mismas lanzas que sobresalían en el espacio comenzaron a girar. Desde tan cerca, Eponi vio cómo las armas se movían y, peor aún, lo hacían al unísono. No había forma de que soldados emprendedores movieran esas torretas con tanta suavidad.

—¿Estás viendo esto, verdad? —preguntó Eponi a Tarla.

—Solo intento no creerlo —respondió Tarla—. Hasta ahora esperaba que estas cosas no tuvieran la inteligencia para hacer grandes movimientos.

—No necesitan saber mucho —dijo Eponi—, enséñales a fijar un objetivo, activa el piloto automático. Eso es suficiente para arruinar esta flota.

—Este contrato se pone cada vez peor.

—Si quieres que mejore, diles a esos pilotos que se preparen —dijo Eponi—. Apuesto a que a este crucero no le va a gustar cuando empecemos a disparar.

El hecho de que el crucero no hubiera abierto fuego de inmediato significaba que los invasores no eran tan inteligentes después de todo. ¿Fijar un destino y activar el piloto automático, activar las defensas automáticas? Esas eran las opciones más simples que tenía un crucero como este, así que una nave grande diseñada para mil personas podía arrastrarse con solo un par de personas a bordo.

La *Prisa* y todas las demás naves junto al crucero aparecerían como neutrales, tal vez incluso como aliadas.

Sin embargo, tan pronto como Eponi lanzara algunos láseres contra el puente, eso cambiaría. La piloto de karts podía volar con estilo, pero la *Prisa* no era lo suficientemente pequeña como para evadir el fuego de un crucero entero.

—¿*Prisa*? —la llamada irrumpió en la cabina de Eponi—. Aquí Ala de Espada. Deepak nos envió en tu dirección, dijo que podrías necesitar ayuda para sacar de combate a este grandullón.

Eponi parpadeó y miró el escáner. Vio cuatro puntos acercándose a su posición. Ni de lejos suficientes para desafiar a un crucero.

—Dime que eres mucho más grande de lo que pareces, Ala de Espada —dijo Eponi.

—Dos cazas, dos corbetas —respondió el líder de Ala de Espada, sin desanimarse en absoluto por sus perspectivas—. Estándar de DefenseCorp, a tu servicio.

Tarla se cubrió el rostro con las manos mientras, afuera, el crucero completaba su giro. La gran nave se había alejado de la órbita y ahora encaraba a la flota; la continua batalla láser que destellaba entre las naves capturadas, las lanzaderas y los buenos, parecía, si Eponi entrecerraba mucho los ojos, una línea de meta.

—Esta es la situación —dijo Eponi—. Tenemos que destruir el puente de este crucero, pero sus escudos están activados. Tan pronto como piense que somos los malos, nos lanzará todo lo que tiene.

—No estamos equipados para manejar ese tipo de potencia de fuego.

—¿Tú crees?

El líder del escuadrón no dijo nada, y Eponi casi se sintió mal por el comentario sarcástico. Casi. En su lugar, mientras la *Prisa* coronaba el puente por segunda vez y miraba hacia su centro aparentemente vacío, Eponi intentó encontrar otra opción.

—Dime qué tienes —le dijo Eponi al Escuadrón Blade.

—Misiles y láseres, Sever. Eso es lo que llevamos.

—Misiles y láseres —murmuró Eponi, sopesando las opciones. Necesitaba una estratagema aquí, algo que les diera a las cinco naves desaliñadas una oportunidad contra un monstruo gigante. Bueno, un monstruo que, por ahora, no sabía que estas cinco naves eran el enemigo—. Espera, ¿puedes adelantarme? ¿Formar a unos pocos kilómetros más allá de mis motores?

—Puedo hacerlo.

Igualando la velocidad del crucero, Eponi empujó la *Prisa* sobre el puente y bajó frente al vasto cristal. Dando la vuelta a la nave, Eponi colocó su parabrisas mirando directamente al objetivo.

—¿Vas a embestirlo? —preguntó Tarla—. Porque no te di permiso para matarme ni para destruir mi nave.

—No trabajo para ti —respondió Eponi.

Tarla sacó una pistola más rápido de lo que Eponi creía posible. La capitana de los Twilight Rangers apuntó directamente a la cabeza de Eponi.

—Sácanos de aquí —dijo Tarla—. He decidido que estas naves de DefenseCorp no valen la pena.

—No me importa lo que pienses —dijo Eponi, abriendo de nuevo el canal con el Escuadrón Blade—. Bloqueen sus misiles en mí. Todos los de todos. Solo tendremos una oportunidad para esto.

—¿En ti? —preguntó el comandante del Escuadrón Blade, con ese tono preocupado que Eponi escuchaba con bastante frecuencia de Aurora.

—Es una orden —dijo Eponi—. Cuando yo lo diga, disparen.

Tarla frunció el ceño, aún sosteniendo su pistola.

—Eponi, no me gusta este juego.

Eponi no respondió. Tenía que acercar la *Prisa*. Usando los propulsores de maniobra de la nave, redujo la velocidad poco a poco, acercando la *Prisa* al puente centímetro a centímetro. Las alarmas comenzaron a sonar cuando el Escuadrón Blade cumplió su promesa, formándose y bloqueando sus misiles en la *Prisa*.

El número de bloqueos y los misiles esperados seguían aumentando, mucho más allá del número que reduciría a Eponi y a todos en la nave a cenizas.

—Respóndeme, Eponi —dijo Tarla—. O dispararé.

—Si aprietas ese gatillo, ambas moriremos —respondió Eponi bruscamente—. Así es la vida conmigo, Tarla. La tomas o la dejas, pero por ahora, por favor, cállate.

Y, por una vez, Tarla lo hizo.

Una vez que los bloqueos se estabilizaron, una vez que el puente del crucero se acercó tanto que Eponi sintió que podía extender la mano y tocar el cristal, dio la orden.

—Disparen, hermosos bastardos —dijo Eponi—. Disparen todos.

Los misiles se lanzaron por docenas, precipitándose hacia la *Prisa* mientras Eponi aumentaba la potencia del motor.

Era hora de ganar la carrera o morir en el intento.

## 25

## HACIA LA OSCURIDAD

Lo que yacía bajo la zona de aterrizaje se hizo evidente mucho antes de que Rovo tocara fondo. Manchas negras, charcos que aún se estremecían con material viviente, le dijeron a Rovo todo lo que necesitaba saber. Las pesadillas provocadas por Felix y sus creaciones enfermas atormentaban el sueño de Rovo, y ahí estaban de nuevo.

—Vuelve arriba —le dijo Rovo a Javelin, quien seguía al novato a unos pasos de distancia.

—¿Volver? ¿Por qué?

—Porque no tengo señal aquí abajo y vamos a necesitar ayuda —respondió Rovo—. Si no me equivoco, lo que hay aquí abajo es muy malo.

—Nosotros también lo somos, hermano.

—¿Hermano? —Rovo lanzó una mirada por encima del hombro al mercenario—. Y no, no como esto. Necesitamos refuerzos. Más potencia de fuego.

—¿Pero tú vas a seguir adelante de todos modos?

—Si Sai está aquí abajo, entonces está en problemas. Tú

y yo somos los únicos que lo sabemos. Si ambos morimos, ¿quién vendrá a buscarnos?

—Si estamos muertos, tío, ¿por qué nos importaría?

Rovo cerró los ojos, inhaló y exhaló en el orden correcto.

—Javelin, por favor, vete. Ahora. Antes de que te dispare para ahorrarme el dolor de cabeza.

Entre risas, Javelin finalmente hizo lo que Rovo le pidió y se dirigió hacia arriba. Tal vez el mercenario podría ponerse en contacto con Tarla y Eponi, hacer que trajeran el *Prisa* hasta aquí si ya habían terminado con las lanzaderas de descenso allá arriba.

O conseguir a Gregor y su martillo.

Sin embargo, cuando el novato pisó el último peldaño metálico sobre un suelo áspero, la repentina soledad encendió un fuego diferente en sus huesos. La última vez que Rovo había seguido a Felix a los rincones más oscuros y enfermos en solitario, Rovo había sido capturado y casi devorado. Esta vez, el novato tenía una segunda oportunidad para demostrar que podía hacerlo. Que no era una baja fácil.

Pensar eso y demostrarlo requería cruzar un abismo cada vez mayor mientras Rovo se adentraba en el laberinto subterráneo. Su brazalete captó escasa señalización que indicaba que todos los nuevos sujetos debían ir en una dirección mientras que los cuidadores en otra. Obligado a elegir entre las dos, Rovo optó por los sujetos.

De vuelta en Gillane Cuatro, en medio de los océanos, Vana había tomado la sangre de Kaia en un intento de convertir a sus agentes en una fuerza de combate invencible. Rovo había pensado, en ese momento, que un grupo sigiloso capaz de infiltrarse en cualquier entorno y salir sin un rasguño sería lo peor que podría pasar. Ahora, Vana había ido un paso más allá, optando por desechar a sus agentes experimentados por civiles aleatorios y desafortunados.

Cientos habían sido puestos en esas lanzaderas, pero si el asalto a la bahía de la *Prisa* revelaba lo que les había ocurrido a las personas que Sever había dejado atrás en Dynas, entonces podrían haber miles más aquí. Civiles, incluso familias, atrapados en estas madrigueras y esperando el virus que los convertiría en monstruos sin mente.

Rovo no había visto a esas personas acompañando a los agentes en la evacuación. Dónde podrían estar, qué podría haberles sucedido, el novato intentó no especular. Especialmente cuando las paredes a su alrededor se oscurecían cada vez más con manchas virales. El aire se volvió denso y húmedo, a diferencia del estado seco de Aurum Tres en la superficie. A través del visor, un hedor fétido se arrastró hasta el traje de Rovo, provocando toses hasta que el novato hizo que la armadura potenciada comenzara a filtrarlo.

Nuevos sonidos surgieron mientras Rovo se adentraba más, un paso vacilante tras otro. Un goteo constante y húmedo, y un deslizamiento, como si serpientes empapadas de pantano vagaran por las profundidades con Rovo. Detrás de ellos, creciendo en volumen, se escuchaban ocasionales chasquidos como si dos objetos duros chocaran. Lo que podría haber sido una máquina captó la atención de Rovo mientras los golpes se producían a intervalos aleatorios, como si alguien blandiera un objeto.

Como una espada.

Rovo había escuchado la katana de Sai mientras descendía los escalones, pero la hoja había quedado en silencio. ¿Ahora esto, un ruido similar? Tal vez Sai aún luchaba en lo profundo de estas catacumbas.

Maldiciendo sus propios pensamientos errantes —especulando sobre el destino de los ciudadanos de Dynas mientras buscaba a un amigo— Rovo echó a correr, tomando decisiones al azar y atravesando salas más grandes llenas de escritorios volcados, equipo de laboratorio destruido y pantallas en blanco y agrietadas en su camino hacia el ruido. Cada elección seguía el sonido y Rovo aumentó el ritmo, utilizando los impulsores cinéticos de la armadura para dar largos saltos, mientras esos golpes se hacían cada vez más lentos.

Rebotando en las paredes, rociando oscuridad a su alrededor mientras corría, Rovo irrumpió en la sala más grande hasta el momento, una repleta de podios derribados y empapada en una suciedad negra y agitada. Con las luces de su armadura brillando desde sus hombros, Rovo giró a la derecha hacia el sonido.

Sai estaba de pie, con la espalda contra la pared y favoreciendo su brazo izquierdo. Rovo no podía ver más del hombre, ya que formas oscuras cargaban y se rompían una y otra vez contra la espada de Sai. Una espada que, de alguna manera, no era la katana del hombre.

No es que el arma importara ahora.

Levantando el rifle, Rovo disparó a la izquierda de Sai, derribando a un par que se acercaban por el punto ciego del espadachín. Girando, Rovo recorrió la línea con láseres, saltando cualquier latido que pudiera golpear directamente a Sai.

—¡Detente! —gritó Sai, las primeras palabras que le dirigía a Rovo—. Perro está a mi derecha.

¿A su derecha? Rovo miró y no vio nada más que más formas arremolinándose. Sin embargo, las sombras encontraban espacio entre sus brazos aferradores y miembros doblados, espacio que Rovo vio que Sai mantenía despejado con amplios movimientos.

Así que Rovo tenía que ser preciso. Podía hacer eso.

Apuntando sus disparos, Rovo fue eliminando a las criaturas mientras se acercaban a Sai y, ahora, también hacia él. Cada explosión azul-blanca dejaba una llama naranja en el objetivo, un fuego que se propagaba mientras las criaturas caían unas sobre otras. La visión dejó atónito a Rovo hasta que recordó exactamente cómo Gregor había despachado a esas cosas en Dynas: rompiendo una tubería y quemando las criaturas hasta convertirlas en cenizas.

Aquí no había tuberías que Rovo pudiera ver, pero el rifle parecía estar a la altura de la tarea.

—¿Vas a ahumarnos? —el grito de Sai resonó por toda la habitación.

El hombre tenía razón. El trabajo de Rovo había hecho que un humo denso se arrastrara por la habitación. La armadura del novato mantenía el humo lejos de sus ojos, evitando que los escombros filtrados entraran en sus pulmones. Sai —en una realización que saltó sobre Rovo como un tigre al acecho— ya no parecía tener su traje. Si el fuego se propagaba, sería tan probable que muriera como las criaturas.

—¡Voy! —gritó Rovo en respuesta, lanzándose a correr hacia el espadachín.

La poderosa carrera comenzó y terminó con un solo paso en el viscoso fuego que cubría el suelo. Como en un programa de comedia, los pesados pies con botas de Rovo no lograron encontrar tracción y se deslizaron bajo el novato, enviando a Rovo y su armadura potenciada a un resbalón. Duchas de llamas se rociaron mientras la espalda de Rovo golpeaba el suelo, con más de una criatura viendo su oportunidad de atacar.

De vuelta en la lanzadera de descenso estrellada, Rovo había tenido al trío homicida golpeándolo con puños y cuchillos uno tras otro. Sus trajes, junto con el cóctel de drogas que Vana les había proporcionado, dieron a esos demonios la fuerza suficiente para agrietar la armadura de Rovo, para hundir sus cuchillos a través de su protección.

Estas criaturas no tenían ninguna de esas ventajas. Sus manos pegajosas y sus dientes rotos intentaron y fallaron en penetrar las defensas de la armadura potenciada. Rovo podría haberse reído, se habría reído si no hubiera sentido lo mismo que había atrapado al novato allá en Dynas: una lenta sensación de succión mientras el virus se aferraba a sus brazos, piernas y espalda.

Podría llevarle mucho tiempo a la maldita enfermedad, pero devoraría a Rovo de todos modos.

El novato intentó sentarse, pero las criaturas usaron su peso para empujarlo hacia abajo. Tampoco podía levantar el rifle, ya que otras criaturas se amontonaban sobre él, inmovilizando el arma en el lodo.

—¿Dónde estás? —llamó Sai, las palabras escapando a través de un paisaje sonoro dominado por chapoteos y gritos roncos.

—Me caí mal —respondió Rovo, repasando sus opciones y sin encontrar ninguna que le gustara.

Pero encontrando una que podía usar.

—Aléjate lo más que puedas —dijo Rovo—. ¡Cinco segundos!

Soltó el rifle, un acto que no llevó el arma a ningún lado en el charco de lodo que ahora le llegaba a la mitad del costado. Rovo nadó con la mano a través del limo hasta su cinturón, donde dos granadas estaban listas y esperando. Lograr agarrar el orbe estriado con los dedos mientras puños mugrientos golpeaban su cara y su pecho le llevó unos segundos de torpeza, dándole a Sai sus cinco segundos y más.

Entonces Rovo activó la bomba. Contó hasta tres.

Liberando su brazo de un tirón, Rovo lanzó la granada con todas sus fuerzas. No pudo verla volar con todas las criaturas cubriéndolo ahora, arremolinándose en una masa informe que devoraba su armadura. Sin embargo, sí escuchó el más leve tintineo cuando la bomba golpeó el techo.

Rovo definitivamente oyó el estruendo cuando la granada explotó.

Como un amanecer repentino, las criaturas que se arrastraban desaparecieron en una ola ardiente. La armadura de Rovo inundó su visor de alertas, indicando que la coraza energética ya no tenía mucha integridad. Usarla en el espacio o bajo el agua sería un viaje rápido hacia una muerte lenta. El calor se filtró por los puntos más débiles de la armadura en las articulaciones, quemando a Rovo a través de su traje interior.

Armadura dañada o no, el novato se incorporó de golpe, empujando con sus brazos mientras la materia viral ardía a su alrededor. Rocas llovían del techo, donde un buen trozo había sido arrancado, sus restos creando una lluvia de piedras en la habitación. Primero, Rovo revisó donde Sai había estado y no vio nada. Luego, cuando su visor detectó una amenaza a sus pies, salió disparado.

Dos largos saltos, chispeando mientras la armadura de Rovo luchaba con el movimiento, lo llevaron al antiguo puesto de Sai. Se apoyó en la pared de piedra, una barrera maltratada con arañazos donde los amplios movimientos de Sai habían rozado la superficie, y Rovo divisó la mejor salida de Sai a la derecha, un corredor paralelo al que Rovo había tomado para llegar allí.

Lo divisó, y luego perdió toda visión cuando los escombros en llamas alcanzaron el rifle vulnerable de Rovo. El gas en el paquete de energía del arma se encendió en un destello abrasador, recorriendo los colores y enviando una segunda serie caliente a través de las articulaciones de Rovo.

Necesitaría un largo baño de ungüento después de esto.

El pensamiento, mientras los ojos de Rovo recuperaban el enfoque, le arrancó una sonrisa. Aquí estaba, en una habitación en ruinas rodeado de una enfermedad mortal y los monstruos sin mente que creaba, pensando en un buen baño.

Aurora siempre decía que Sever Escuadrón tenía que mantener su confianza. ¿Por qué parar ahora?

—¿Sai? —llamó Rovo por el pasadizo—. ¿Estás ahí abajo?

—¿Sigues vivo, novato? —respondió Sai.

—¡Esto no es nada! —dijo Rovo, dirigiéndose hacia el espadachín—. Un poco de fuego nunca le hizo daño a nadie.

Sai, esperando en el corredor con Perro colgando de su hombro, sacudió la cabeza mientras Rovo se acercaba. La armadura energética del novato aún tenía una luz funcional, y Sai tenía una mano levantada para proteger sus propios ojos mientras Rovo se acercaba.

—No quiero volver a ver otro fuego en mi vida —dijo Sai —. ¿Cómo nos encontraste?

—¿Seguí la carnicería?

Fuera de la habitación en llamas, las paredes estaban nuevamente cubiertas de limo negro. Trozos de él succionaban las botas de Rovo desde el suelo, matando cualquier deseo de tener una agradable charla con Sai. Había un momento y un lugar para intercambiar historias, y sería con una cerveza en un mundo muy, muy lejos de este.

—¿Te importa si seguimos moviéndonos? —preguntó Rovo cuando Sai no hizo ningún movimiento para continuar por el corredor. En su lugar, el espadachín miró más

allá de Rovo hacia el fuego, que ya comenzaba a extinguirse
—. ¿O hay algo que me estoy perdiendo?

—Mi espada —respondió Sai—. No me iré de aquí sin
ella.

—¿Y tu espada está?

—En algún lugar bajo todo eso. —Sai asintió hacia la
habitación.

—¿Y si voy a buscarla, podemos irnos?

Algo en la mirada de Sai, en la forma en que el hombre
mantenía una postura firme incluso con sus heridas, incluso
con lo que parecía ser la mitad de un traje espacial hecho
jirones, indicaba que esto no se trataba solo de la katana.
Una sensación que se confirmó cuando Sai negó con la
cabeza.

—Ella todavía está aquí —dijo Sai—. No me iré hasta
que la encontremos.

—¿Aurora? —sugirió Rovo.

—Anaskya —respondió Sai—. Nuestra misión aquí no
habrá terminado hasta que ella se haya ido. Hasta que lo
último de esto sea destruido. La dejamos escapar después de
Dynas. Esta vez no.

Rovo echó un vistazo a su armadura. Golpeada y
quemada, las únicas armas del novato eran las dos pistolas
en su cinturón. Dos pistolas y dos puños.

Sería suficiente.

—Una katana —dijo Rovo—, en camino.

## 26

## CAMINAR Y HABLAR

Vana expulsó su armadura dañada, enfrentando a Aurora. Ambas estaban de pie en sus trajes de piel, Aurora apuntando la pistola hacia Vana, sin creer lo que la agente le decía. Una línea tras otra. A medida que las palabras salían, Aurora dio un paso atrás, luego otro, ganando espacio suficiente para evitar que Vana la sorprendiera con algún agarre.

La capitana de Sever Escuadrón tenía que hacer el movimiento, porque lo que Vana decía tenía demasiado y muy poco sentido. La agente habló sobre un plan que se estaba formando desde hace tiempo, ayudado por la ambición ciega de Renard y la codicia excesiva de aquellos que deberían haber sabido mejor. Según su relato, Vana había evitado que se desatara un terror, había sido quien saboteaba el futuro que Aurora y Sever Escuadrón se esforzaban por detener.

En resumen, Vana había sido la mayor aliada de Sever Escuadrón todo el tiempo.

—Mentiras —dijo Aurora por tercera vez mientras Vana cerraba otro capítulo, explicando cómo había seguido engañando a Sever Escuadrón para mantener a Renard bajo control, sabiendo que podría tener que confiar en el escuadrón si las cosas iban demasiado lejos, demasiado rápido—. Tú dirigiste todo en Gillane Cuatro. Tú reuniste todo esto. Esas son tus lanzaderas dirigiéndose a las naves de DefenseCorp.

—Esas son lanzaderas de DefenseCorp dirigiéndose a naves de DefenseCorp —dijo Vana, manteniendo su irritante calma—. Están llevando el producto que Renard quería, el producto que todas esas personas que masacraste deseaban más que nada. Verán su error de cerca y aprenderán...

—No aprenderán una maldita cosa porque ya están muertos —rebatió Aurora—. Todos en esas naves solo intentan ganar dinero, como tú y yo. No saben lo que se avecina.

—Intentando ganar dinero explotando una galaxia terrible —la voz de Vana se enfrió—. Sabes lo que Defense-Corp hace a los mundos que "sirve". Sabes quién pierde cuando tus almirantes firman sus contratos, y quién gana.

Aurora quiso poner los ojos en blanco, pero se contuvo. Cualquier cosa que dijera Vana podría ser una distracción, una jugada para desviar su atención. Aun así, Aurora había escuchado variaciones de este argumento moral una y otra vez. Sí, había perdedores. Sí, DefenseCorp no era un salvador que siempre ayudaba a los menos afortunados. La realidad no era amable.

Pero obtener una motivación trillada no ayudaría a Aurora y Deepak a detener lo que Vana había puesto en esas lanzaderas. Necesitaba respuestas reales, con soluciones reales.

—¿Tu respuesta a eso es lanzar estas cosas a la galaxia, donde matarán a innumerables inocentes? —preguntó

Aurora—. ¿Qué pasará cuando se lleven una nave lejos de Aurum Tres y aterricen en un mundo real?

—Nunca lo lograrán —respondió Vana, curvando los labios en una mueca de autocomplacencia—. Cada una de esas pobres almas se desmoronará en unos días. El mismo virus que los mantiene vivos los destruirá y dejará las naves que tomen como cementerios contaminados. Ejemplos eternos del error que cometió DefenseCorp.

—¿Cómo? —Aurora no era ingeniera genética, pero Vana tampoco lo era. Cualquier bomba puesta en esas cosas no podía haber sido obra de Vana—. ¿Uno de los científicos de Renard?

—Oh, no. Ellos no tenían ni idea —Vana negó con la cabeza—. Como los de Dynas, trabajaron y trabajaron hasta que recibieron su inyección y descubrieron su propio destino. Demasiado apegados a sus fines para ver el cambio introducido por alguien aún más obsesionado que ellos mismos. —Vana levantó una palma cuando Aurora empezó a formular otra pregunta—. Estamos perdiendo el tiempo, Aurora. Ese disco duro tiene todo lo que quieres saber dentro, todo lo que puede mostrar a la galaxia lo que salió mal aquí, y por qué DefenseCorp debería ser desmantelada.

Vana retrocedió un paso, miró hacia la salida de la cámara. —Ahora, tengo un último desastre que limpiar antes de que me mates, ¿puedes contener tus ansias de asesinato solo un poco más?

Las cosas nunca salían bien cuando dejabas que el rehén llevara la voz cantante, pero Aurora se encontró asintiendo para que Vana continuara de todos modos. Aurora necesitaba un minuto para reprocesar las palabras de Vana, para desentrañar lo que realmente significaban. A primera vista, sonaba como si todo el plan de Vana no hubiera sido sobre la dominación galáctica en absoluto, sino todo lo contrario, a través de una demostración sangrienta y terrible.

Mientras Aurora seguía a Vana fuera de la cámara, subiendo por los mismos diodos de emergencia y de vuelta a la escalera, la capitana de Sever Escuadrón recolocaba las piezas del rompecabezas de Vana donde mejor encajaban. La agente podría haber hecho todo lo que dijo por las razones que había dado, un socavamiento sistemático del plan de Renard junto con una magistral maniobra de limpieza para destruir a todos los que habían ayudado en los esfuerzos de Renard.

Y, posiblemente, suficientes registros para horrorizar a la galaxia de modo que nadie lo intentara de nuevo.

Audaz, temerario y más que un poco terrible enviar a cientos, incluso miles, a la muerte para demostrar algo.

Mientras subían, Vana permaneció en silencio todo el camino, como si supiera que Aurora tenía trabajo que hacer. La clave que faltaba en toda la explicación residía en la propia Vana. La motivación. La mayoría de las misiones de Sever Escuadrón tenían un villano claramente definido, ya fuera una turba luchando por sus derechos u otra compañía extralimitándose. Esos villanos tenían objetivos: libertad, un asteroide valioso.

Vana quería destruir DefenseCorp, pero ¿por qué?

—No importa —dijo Vana mientras entraban en la sala de Administración, aún a oscuras. La agente tenía su muñequera levantada y brillando. Los otros dos agentes habían desaparecido—. Tengo mis razones y me las guardaré para mí misma.

—Es difícil que te crea si no sé por qué estás haciendo esto.

—Ese es tu problema.

—Yo tengo la pistola.

—Entonces dispárame si quieres —Vana miró hacia atrás, pareciendo casi aburrida—. Si no vas a apretar el gatillo, deja las amenazas y déjame escuchar.

Aurora dejó que su dedo se deslizara lejos del gatillo, hizo lo que Vana dijo y dejó que sus oídos se pusieran a trabajar. Más allá de la sala de administración se encontraban todas esas celdas, laboratorios y otros horrores por los que Aurora había corrido mientras estaba armada y con armadura. Con la energía aún cortada, Aurora esperaba oír a esas criaturas despedazándose entre sí y posiblemente a los guardias de DefenseCorp.

En su lugar, silencio. Un silencio total y muerto, casi desconocido para Aurora, que había pasado gran parte de su vida en naves ruidosas, estaciones espaciales y otros centros tecnológicos. El silencio comprimía el espacio, plegando el mundo alrededor de Aurora hasta que consistía en su pistola, su muñequera y su luz plateada, y Vana, mirando a través de la salida destruida de la habitación.

—Buen trabajo —dijo Vana, rompiendo el momento y señalando hacia la puerta—. Siempre me gusta ver cómo rompen estas. Son todas iguales, ¿te has fijado? Todas estas bases, todas las naves, todas las puertas se parecen.

—Claro... ¿Estás satisfecha? ¿Dónde está esa cosa que estás buscando?

—Me preocupa que hayamos hecho un mejor trabajo del que quería —dijo Vana mientras empezaban a caminar —. Es difícil impedir que científicos brillantes hagan progresos. Estas células eran la siguiente etapa. Humanas, animales, alienígenas. Todas posibles adiciones al arsenal de los Asaltantes.

Con sus pasos interrumpiendo el silencio, Aurora seguía a Vana mientras recorrían los pasillos y sus salas destruidas. El trayecto fue rápido, Vana no dudaba al elegir cada dirección. Su única parada fue cuando encontraron dos cuerpos apilados entre mesas volcadas y cristales rotos. Aurora los reconoció incluso cuando Vana suspiró.

—Se suponía que debían esperarme —dijo Vana, arrodillándose para comprobar su pulso—. Tú deberías haberte quedado en la nave. Entonces los tres íbamos a terminarlo juntos.

—¿Terminar qué?

—Ya lo verás —Vana miró a Aurora con dureza—. Ahora tú tienes la responsabilidad.

—Yo no tengo nada —respondió Aurora—. Esto es cosa tuya.

Vana igualó la firmeza de Aurora con la suya propia:

—Esto es cosa nuestra, Aurora. Tuviste todas las oportunidades de acabar con esto en Dynas. Podrías haber compartido lo que viste con la galaxia, pero no lo hiciste. Tu escuadrón huyó y se escondió. Si quieres ganarte ese tono de superioridad que usas tan rápidamente, entonces ayúdame y haz que su sacrificio valga la pena.

No mucho después, se encontraron con las cosas que habían matado a los dos agentes. Los monstruos mostraban marcas de fuego láser junto con ropa rasgada atrapada en sus dientes y garras. Vana murmuró algo sobre perros, y Aurora pudo ver el parecido. En cuanto a los asesinos de las criaturas...

Los guardias de DefenseCorp se habían formado en una fuerza cohesionada, caminando por los laboratorios y exterminando todo lo que encontraban. Vana y Aurora habrían sido disparadas también, excepto que su discusión sobre quién era más terrible que quién despertó curiosidad en lugar de fuego de armas. Una curiosidad que pasó de intensa a extrema cuando se dieron cuenta de quién era Vana.

—Alto —dijo Vana, anticipándose a una serie de preguntas en cascada del trío que lideraba a los diez o más combatientes que corrían por la zona—. ¿Me preguntan qué pasó aquí? Ella tiene un dispositivo con todas sus respuestas. Tómenlo y váyanse.

Las luces de los rifles se dirigieron hacia Aurora.

—¿Sabes de qué está hablando? —preguntó un hombre rudo con un rostro que Aurora no podía ver—. Y por favor, mantén esa pistola baja. Estamos nerviosos ahora. No han sido unas horas divertidas.

En eso, Aurora podía estar de acuerdo. Hurgó en uno de los delgados bolsillos del traje de piel, diseñado para tarjetas de identificación y otros pequeños elementos esenciales. Sacando el dispositivo, lo ofreció.

—¿Cuántos perdieron? —preguntó Aurora.

—Algunos heridos —dijo el hombre—. La gente que irrumpió en este lugar hizo algunos daños antes de huir. Las bestias de aquí no nos alcanzaron, pero encontramos a algunos que no lo lograron.

—Bien —respondió Aurora—. Deberían hacer lo que ella dijo y marcharse.

—No creas que puedes darnos órdenes —replicó el hombre—. De hecho...

—Pero yo sí puedo —lo interrumpió Vana—. Lo han hecho bien, todos ustedes, y ahora deben regresar a casa.

—Las personas que mataron a nuestros comandantes siguen ahí fuera —protestó el hombre.

—Ya no están aquí —respondió Vana—. Si quieren encontrarlos, vuelvan a sus naves y empiecen por ahí. Es una orden, capitán. Una que debería seguir, por el bien de su gente.

Esa última frase, dado todo lo que les rodeaba, pareció causar impacto. El líder tomó una gran bocanada de aire, la exhaló y dio la orden de retirada. Mientras los pasos vacilantes se dirigían de vuelta a la bahía, el hombre les ofreció una escolta.

—Eso —dijo Vana— sí que nos vendría bien.

Durante el camino de regreso a la bahía, Aurora se preguntaba cuán afortunada era de que los guardias no la reconocieran. Sin su armadura de combate, Aurora se parecía poco a la guerrera lista para la batalla que se abría paso por la base. Aun así, el rostro y el nombre de Aurora deberían haber estado por todas partes en los registros de desertores de DefenseCorp.

Aunque, ¿quién estaría pensando en desertores en un momento y lugar como este?

De vuelta en la bahía, los guardias abordaron sus naves, una experiencia que se aceleró en cuanto los pilotos regresaron a sus cabinas, abrieron sus comunicaciones y se enteraron de los asaltos que ocurrían arriba. Todas estas unidades aquí representaban lo mejor que cada grupo de DefenseCorp tenía para ofrecer, guardaespaldas especializados ahora incapaces de defender sus naves.

—¿Otra parte de tu plan? —preguntó Aurora a Vana mientras las lanzaderas partían, todos sorprendidos de que las dos rechazaran el pasaje—. ¿Mantener a los mejores defensores lejos de casa?

—Puede que no me creas, pero no —dijo Vana—. No es la cantidad de muertes lo que importa, sino la imagen. Eso es todo lo que necesitamos para convencer a la galaxia de que no se puede confiar en DefenseCorp.

—Estoy segura de que será un argumento convincente durante tu audiencia.

Vana se rió, —¿Mi audiencia? Solo hay dos formas en las que saldré de este planeta, Aurora. Ninguna será con esposas de aturdimiento.

Antes de que Aurora pudiera responder, Vana caminó hacia la amplia abertura de la bahía, que daba a la extensa plataforma de aterrizaje que habían utilizado las lanzaderas. Lo que había sido una extensión plana y concurrida ahora ondulaba, como si un terremoto localizado estuviera ocurriendo bajo la superficie. Aparecieron fosos, uno tras otro, hundiéndose.

—Se está moviendo más rápido de lo que pensaba —dijo Vana.

—¿Anaskya?

Vana asintió, —Quería ver a sus creaciones cobrar vida. Le dije que no sobrevivirían, pero tal vez Anaskya encontró una manera.

—Entonces, agente, me vas a ayudar a detenerla —dijo Aurora, apretando aún más la pistola.

—Vaya, Aurora, creí que nunca me lo pedirías.

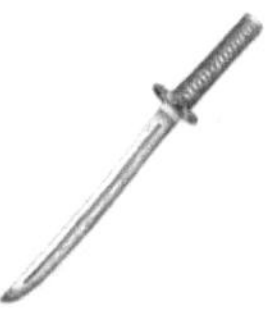

## 27

## SUEÑOS DE ENFERMEDAD

Incluso a través del visor, Sai podía sentir la frustración de Rovo. El espadachín la ignoró mientras, usando un trozo rasgado de su traje de piel arruinado, limpiaba la katana. Rovo también necesitaba una limpieza: la mugre negra cubría su armadura después de la búsqueda para encontrar la espada.

—Necesita ayuda, y no la conseguirá aquí abajo —repitió Sai—. ¿Dijiste que Javelin está arriba? Entonces deja a Perro y vuelve.

—Como si fueras a esperar.

Ahora Sai adoptó su papel paternal, lanzando la mejor mirada que tenía directamente a Rovo. La responsabilidad emanaba de esa mirada, golpeando duro al novato y dirigiendo los ojos de Rovo hacia Perro, que respiraba superficialmente en el suelo cerca de allí.

—No podemos arriesgarnos a que Anaskya escape —respondió Sai—. Sin Perro, podré moverme rápido.

—Sin armadura, también morirás rápido.

—Mucha gente ha intentado matarme, Rovo. A Anaskya también. Ninguno lo logró.

—Sí, porque yo te salvé el trasero.

Sai esbozó una sonrisa burlona.

—Entonces date prisa y puede que tengas la oportunidad de nuevo.

El novato golpeó con el puño una pared, salpicando el lodo negro por todas partes.

—Sé que no esperarás —dijo Rovo—. Así que ten cuidado. No hagas tonterías. Volveré tan rápido como pueda.

Sai asintió y el novato no dudó un segundo más, recogiendo a Perro y alejándose con pasos pesados hacia las profundidades. Sin la luz de la armadura potenciada, la pulsera de Sai emitía un débil resplandor blanco. Las paredes oscuras parecían extenderse para siempre, como si Sai caminara en una noche sin fin. Los continuos ruidos de raspado, roce y chapoteo de las creaciones de Anaskya moviéndose impedían que la idea fuera pacífica.

Al principio, Sai siguió los propios golpes y pisotones de Rovo, dejando atrás la sala del podio y sus ardientes charcos de enfermedad. Anaskya ya se había marchado antes de que Sai se uniera a Perro, y nada indicaba que hubiera regresado. En cuanto a dónde podría haber huido la científica, Sai solo tenía una pista.

Anaskya dijo que quería morir a manos de su propia creación. Aunque eso podría significar tumbarse y encontrar la paz con el primer monstruo que se topara con ella, Anaskya ya había renunciado a eso cuando abandonó la sala del podio. Debía tener otro destino en mente, y en este laberinto, aparte de las jaulas y las salas de inyección, estaba el lugar donde Anaskya realmente hacía las manipulaciones, convertía la hipótesis en producto. Si Sai tuviera que apostar por un lugar al que Anaskya iría, sería donde ella daba vida real a sus pesadillas.

El maldito laberinto, sin embargo, no le daba a Sai mucha orientación sobre dónde podría estar tal lugar.

Esbozando un mapa mental en su mente, el espadachín caminó, llenando los espacios a medida que se movía. Sai ubicó el hueco del ascensor por el que él y Perro habían caído en el extremo lejano del laboratorio, con las escaleras por las que Rovo había descendido en el lado opuesto. Si la sala del podio servía como el nexo del laboratorio, con fácil acceso al ascensor para que sus sujetos subieran y se equiparan, entonces las propias cámaras de Anaskya estarían más atrás. En el mismo extremo del laboratorio.

Un lugar perfecto para mantener a una científica con un agarre cada vez más débil sobre la realidad.

Las preguntas acumuladas de Sai seguían creciendo. No había esperado —nadie en Sever lo había hecho— que esta misión fuera un asalto directo, pero cada minuto parecía hacer las cosas más extrañas. No solo Vana había reunido un ejército enloquecido e infectado, sino que había tomado la ciudad abandonada en Dynas y la había explotado como capital humano. Además, un laboratorio de este tamaño requería más de un científico para gestionarlo, pero Sai no había visto ni una sola otra rata de laboratorio aquí.

Aunque añadir esos números a las víctimas de Anaskya no sería descabellado.

Pero, ¿por qué permitiría Vana que su mina humana se desmoronara? ¿Qué ganaría la agente mostrando todo este potencial a DefenseCorp, solo para que se desintegrara a su alrededor?

Tal vez Aurora o Gregor habían encontrado algunas respuestas, porque Sai ciertamente no tenía ninguna.

Y tendría que seguir a ciegas por un poco más.

Los pisotones de Rovo desaparecieron a medida que el lodo viral se espesaba. Sai sentía su agarre succionador con cada paso, sus pies descalzos chapoteando en el limo. Sus cortes ardían mientras la enfermedad sin duda se colaba en las heridas de Sai, cooptando su sangre para sus propios propósitos. Incluso si Sai lograba llegar arriba con vida, necesitaría un tratamiento médico de primera para evitar convertirse en los mismos monstruos que había estado despedazando.

Una razón más para darse prisa.

Con los pasillos convirtiéndose en túneles ennegrecidos, el crecimiento mohoso extendiéndose por las esquinas y acumulándose en montones retorcidos a lo largo del suelo, Sai llegó a lo que debía haber sido una puerta. El escáner, identificable solo como un bulto contra su revestimiento negro, permanecía tan inerte como todo lo demás. Donde debería estar la puerta metálica, se alzaba en su lugar una gruesa pared de lodo. Estabilizando su espada, Sai dio dos tajos en la parte superior, cortando el soporte del limo y enviándolo a salpicar al suelo.

Al otro lado se encontraba lo que Sai había estado buscando: aunque su pulsera no brillaba exactamente, Sai vio la única estación de trabajo y los monitores colgantes que se asomaban desde los brazos del techo. Anaskya, trabajando en el centro de la habitación, tendría pantallas por encima y a su alrededor, junto con controles para manipular asistentes robóticos.

Esos socios mecánicos se erguían por todo el espacio, sus extremidades cubiertas con la misma porquería que todo lo demás. Deberían haber tenido sus propias baterías, deberían haber podido funcionar, pero estaban tan muertos como el resto de la base.

A diferencia del resto de la base, sin embargo, la habitación sí tenía otra fuente de luz. Un resplandor amarillo como el sol proveniente de la derecha. Sai atravesó la puerta, esperando una emboscada y no recibiendo ninguna. Al girarse hacia la luz, Sai vio una espalda familiar, con cabello hasta los hombros enmarañado por el limo que se extendía entre sus mechones.

Anaskya estaba de pie sobre el único lugar limpio del laboratorio, una larga mesa que iba de esquina a esquina. La pulsera de Sai, junto con la luz amarilla, revelaba alimentos celulares apilados en cajas, junto con estantes de viales y jeringas. Anaskya, sin embargo, bloqueaba cualquier vista de la luz y su objeto.

—Te encontré —dijo Sai. Moverse a través del fango haría demasiado ruido para un ataque sorpresa de todos modos. Mejor ver si Anaskya tenía alguna sorpresa preparada—. Bonito lugar el que tienes aquí.

—Aún bromeas. ¿Después de todo lo que has visto? —preguntó Anaskya sin darse la vuelta—. ¿Cómo?

—Sever me ha enseñado a no perderme hasta que me rinda —dijo Sai, dando un primer paso chapoteante hacia la científica. El fango se espesaba aquí, ondulándose al tacto de Sai. Se pegaba a su piel, como una cinta fuerte despegándose con cada movimiento—. Y aún no me he rendido.

—Qué bonito para ti —respondió Anaskya, y ahora su brazo se movió, cogiendo algo de la caja—. De cierta manera, supongo que yo tampoco.

—Difícil ver cuánto más daño podrías hacer.

Tres zancadas largas pondrían a Sai al alcance de un golpe, pero mantuvo su movimiento corto. Después de caer y ver a Rovo hacer lo mismo, cualquier carrera agresiva en esta porquería probablemente terminaría con Sai de espaldas, ahogándose mientras la suciedad inundaba su boca.

No, gracias.

—Vana y yo hicimos un trato. Justo como uno de vuestros contratos —la mano de Anaskya entró en vista, sosteniendo una jeringa llena de algo rojo, color cereza—. Ella obtendría su espectáculo y toda la muerte que lo acompañaba, y yo obtendría mi laboratorio y una oportunidad de crear a mis hijos.

—Bueno saber que tengo una razón más para desagradarme esa agente —replicó Sai. Dos zancadas ahora—. ¿Qué hay en eso?

—La sangre de la niña contenía un vector que Vana me hizo usar. Una opción limpia para proporcionar a sus sacrificios fuerza y, al mismo tiempo, un final rápido —Anaskya suspiró al terminar—. Ella vio el tesoro de la niña como un medio para un fin, y yo lo vi como otro.

—¿Es esa una desagradable sorpresa la que sostienes, Anaskya? —preguntó Sai, tratando de mantener a la científica hablando. Una zancada—. ¿Qué hace?

—Observa.

Sin esperar la respuesta de una sola palabra, Sai perdió la oportunidad de cargar cuando Anaskya se inyectó, clavando la jeringa en su hombro. El líquido entró mientras Sai se preparaba para atacar, poniendo un fin limpio a la científica. Ella se desplomó sobre el fango, su mano aún sosteniendo la jeringa mientras ambas desaparecían bajo la oscuridad.

Sobre la mesa, bajo una lámpara conectada a una batería, había una cuba del tamaño de una olla. Más líquido color cereza reposaba dentro, inerte. Sai lo observó durante un minuto, buscando una respuesta, una explicación, y no encontró ninguna. Anaskya había echado a perder mil versiones antes de que Sai se topara con ella en Dynas. Quizás también había arruinado esta.

Acabar una vida en un experimento fallido. Sería triste si no hubiera sido la propia elección de Anaskya.

Sai miró fijamente la cuba. No contenía ninguna

respuesta, y el espadachín de Sever no sabía qué hacer con ella. Dejar el brebaje parecía una mala idea, porque quien lo encontrara después podría dar con la terrible fórmula que Anaskya había diseñado. Verterlo en el fango viviente también parecía sospechoso: Sai había visto las películas, sabía lo que solía pasar cuando mezclas dos cosas terribles.

Pero, combinar electricidad y líquido tendía a freír la vida por completo. Sai había pasado mucho tiempo averiguando las mejores formas de cortocircuitar computadoras y los circuitos que las hacían funcionar, y sacrificar agua en el proceso solía funcionar mejor que muchos métodos más complicados. Conveniente, entonces, que Anaskya hubiera dejado su lámpara justo aquí con una batería en funcionamiento.

Con su mano izquierda, Sai empujó la lámpara caliente dentro de la cuba. La empujó con fuerza suficiente para romper la bombilla de la lámpara dentro del líquido cereza, provocando una chispa, algo de humo y un rápido oscurecimiento dentro de la cuba mientras la corriente de la lámpara hacía su trabajo. Cualquier cosa que viviera dentro debería haber recibido una desagradable descarga.

—Y quédate muerto —murmuró Sai, volviéndose hacia la salida. Una vez más, su brazalete sirvió como la solitaria guía de Sai—. ¿Ves, Rovo? No tenías nada de qué preocuparte.

Chapoteando lentamente, Sai se dirigió a la salida del laboratorio. Echando un último vistazo, iluminó con el brazalete el cuerpo medio devorado de Anaskya, observando durante un largo instante, esperando que la mujer mostrara alguna señal de que su último experimento no había fallado.

Nada.

Volviendo al pasillo, Sai avanzó cinco segundos antes de

que un ruido lo detuviera. Como una máquina batiendo una bebida, el burbujeo constante hizo que Sai cerrara los ojos para tomar un breve respiro resignado. Por supuesto, sería demasiado bueno dejar que el luchador, ya ensangrentado, golpeado y probablemente infectado con algo terrible, se marchara.

Con su katana en alto, pero manteniendo la distancia —Sai pensó que el pasillo ofrecía cierta protección comparado con una carrera ciega de vuelta—, el espadachín escuchó cómo crecía el ruido. Antes, las criaturas de Anaskya se habían arrastrado y caído, sonando como grifos mortalmente goteantes. Esto sonaba más como un rugido burbujeante, como una manguera abierta al máximo.

El fango subió a los pies de Sai, por encima de sus tobillos. A la luz del brazalete, el color del limo comenzó a cambiar, como si alguien hubiera sumergido una pluma roja en la sustancia. Una nube carmesí se derramó desde el laboratorio de Anaskya, espumando y expandiéndose a través de la oscuridad mientras se acercaba.

Sai no vio nada que cortar, no vio ninguna criatura abalanzándose hacia él para rebanarla.

Así que Sai se dio la vuelta y corrió, porque sabía, como toda historia y toda película le habían enseñado: tocar el rojo significaba la muerte.

## 28

## MARTILLOS Y CUCHILLOS

La armadura potenciada de DefenseCorp convertía a sus soldados en armas vivientes. Para Gregor, *viviente* se convirtió en la parte clave cuando la armadura registró sus signos vitales en declive y se activó. El traje envolvió su piel, sus huesos, y le administró una gloriosa combinación a la sangre de Gregor mientras esperaba detrás de las puertas del puente. Por derecho, la quemadura del láser a través de su estómago debería haber derribado a Gregor, pero el mismo rayo que lo mató cauterizó la herida, ralentizando el daño lo suficiente para que la armadura potenciada lo llevara a una última batalla.

Y no entraría solo.

Con la ayuda de Briany, el luchador había logrado entrar al puente, donde una docena de oficiales y tripulantes aterrorizados se agazapaban esperando un milagro. Algunos tenían pistolas, y un par había recogido los rifles que portaban los trajes ahora muertos. Ninguno parecía querer pelear.

Detrás de la tripulación, el parabrisas envolvente del puente ofrecía una hermosa vista dividida que mostraba las arenas doradas de Aurum Tres a la derecha y el espacio lleno de láseres a la izquierda. Salpicado de estaciones de trabajo que ahora servían de cobertura, el puente parecía, por lo demás, un lugar prístino. Una lástima dejar que los perros que venían por el pasillo lo arruinaran.

—¿Cuánto tiempo? —preguntó el capitán, el hombre teniendo el valor suficiente para permanecer en el centro.

—Ahora están siendo pacientes —dijo Gregor—. La sorpresa surtió efecto.

Gregor había lanzado una granada electromagnética por el pasillo, la esfera azul plateada prometía un final rápido para cualquier circuito atrapado en su radio. El cuarteto invisible que cargaba debió haber sido lo suficientemente inteligente para reconocer la granada, ya que detuvieron su ruidosa embestida tan pronto como la bomba rebotó.

La pausa compró tiempo para que Gregor y Briany entraran, para que la tripulación del puente saqueara lo que pudiera. Para gran molestia del capitán, Gregor insistió en dejar el cortador láser en el pasillo.

—Necesito recuperar mi nave —se quejó el capitán—. Es un caos allá afuera, y somos la primera línea de defensa.

—Usted dejó aterrizar la lanzadera —dijo Gregor.

—¿Cómo podíamos saberlo?

—¿Puedo dispararle? —preguntó Briany a Gregor, lo suficientemente alto para que todos la oyeran—. Tú te estás muriendo, yo estoy herida, y él se queja de sus propios erro-res. Merecemos algo mejor.

Gregor no podía estar en desacuerdo con eso, pero aun así negó con la cabeza.

—Guarda tu energía para los trajes.

El capitán captó el tono, quizás vio el dedo de Briany apretado contra sus dos pistolas, y sabiamente decidió callarse. Gregor, apoyando la cabeza contra la puerta y disfrutando del frío metal contra su piel, cerró los ojos. La espera no sería larga. Hasta entonces, podría concentrarse en el dolor y en cómo combatirlo.

—¿Vas a lograrlo, amigo? —dijo Briany, esta vez en voz baja.

—Me preocuparé por eso cuando los trajes estén muertos.

—Podría ser un problema si mueres primero.

—Entonces, si puedes, ¿los matarás rápido?

Briany soltó una risita que murió cuando un nuevo sonido surgió detrás de ellos, a través de la puerta. Los cuidadosos temblores mientras los trajes recogían el cortador láser, preparándose para ponerse manos a la obra. Gregor cruzó la mirada con el capitán y asintió. El hombre le devolvió el gesto, aunque con un profundo trago de saliva.

—Ha sido un maldito placer —le dijo Briany a Gregor—. Si salimos de esta, deberías venir con nosotros. Podríamos hacer esto todo el tiempo.

Gregor le dedicó a Briany la más leve de las sonrisas. Él era un Sever, siempre sería un Sever hasta que él o el Sever Escuadrón dejaran de existir. No importaba lo divertido que pudiera ser arrasar la galaxia con la banda de Tarla, las lealtades de Gregor estaban echadas.

Su mano se apretó alrededor del mango del martillo, el arma se sentía bien y firme en su agarre, incluso si el propio Gregor sentía que necesitaba una siesta de mil años. Ahora no.

Todavía no.

El capitán levantó un solo dedo con una mano y alzó su pistola con la otra. Gregor, confiando en su armadura de poder, se puso de pie y levantó el martillo. Justo al lado del centro de la puerta, alzó el arma sobre su cabeza mientras Briany se colocaba en el lado opuesto, reemplazando sus pistolas por los cuchillos de diamante robados a los trajes caídos.

Listos.

La puerta se difuminó, el *zumbido* sonó y Gregor golpeó antes de ver su objetivo. Dos trajes sostenían el gran cortador, su pesado rayo cobrando vida mientras las puertas se abrían. La corta llama blanco-azulada se disparó un metro entre Gregor y Briany, como una línea divina separando a la pareja. Con las manos sosteniendo el cortador, los trajes no tenían defensa excepto su armadura difuminada.

Gregor no necesitaba ver su objetivo para aplastarlo. El martillo se hundió en el hombro del traje, derribando al enemigo con el crujido combinado de huesos y barrera. Tan pronto como el traje soltó el gatillo del cortador, su rayo se apagó, reemplazado por chispas más brillantes y coloridas cuando el capitán y sus oficiales abrieron fuego contra los otros dos trajes.

Mientras Gregor levantaba y dejaba caer el martillo por segunda vez, la armadura destrozada de su objetivo parecía vidrio fracturado en el suelo, los láseres centelleaban a su alrededor. Los dos trajes que disparaban no se quedaron quietos, usando su armadura que doblaba la luz para esquivar el fuego entrante mientras respondían con rifles robados. Alguien gritó en el puente, seguido por otro mientras los trajes ignoraban a Gregor y Briany en busca de blancos más fáciles.

Hablando de... Gregor miró a la derecha y vio a Briany arrodillada sobre su propia víctima, trabajando con los cuchillos como Gregor solía trabajar con un martillo neumático. Embestidas rectas hacia adentro y hacia afuera, triturando el objetivo hasta convertirlo en polvo. Parecía estar bien, más que bien. Gregor levantó su martillo e intentó encontrar un punto donde enfocarse.

Encontrar estas cosas era mucho más difícil sin un visor que las marcara. Afortunadamente, a esta distancia, era muy difícil fallar.

El fuego dejó de venir del puente. Gregor no sabía si todas las fuerzas del capitán habían muerto o si los trajes los tenían inmovilizados. De cualquier manera, sin el fuego entrante, los trajes dejaron caer sus rifles y cambiaron a esos cuchillos de diamante. Más difíciles de ver, más letales en el combate cuerpo a cuerpo.

—¿Tú tomas la derecha? —dijo Briany mientras avanzaban.

—Sí.

Rovo o Eponi podrían haber salido con una ingeniosa ocurrencia para la ocasión, pero Gregor nunca había tenido labia para esas cosas. Tampoco se sentía con ganas, con el estómago hirviendo por el impacto del láser.

Gregor leyó las líneas mientras pasaba por encima de los restos de su primera víctima. A simple vista, los trajes ofrecían una invisibilidad casi total, captando la luz de atrás y reproduciéndola al frente. Gregor no había leído los detalles técnicos de cómo funcionaban esas malditas cosas, pero Sai le había dado a Sever Escuadrón una descripción general durante los días de tedio en la estación fronteriza. En resumen, para ver los trajes había que encontrar los bordes.

Allí el reflejo no era perfecto. La costura entre el traje y todo lo demás se difuminaba, como el aire sobre el asfalto caliente. Difícil de ver desde lejos, más fácil de cerca y con la concentración que da estar cerca de la muerte.

El cuchillo delató al traje. Una estocada hacia la garganta de Gregor en un intento de acabar la pelea de un solo golpe. Un destello inicial hizo que Gregor se retorciera hacia adelante, recibiendo la puñalada en la gruesa placa sobre su pecho superior. El cuchillo se clavó, lanzando chispas y produciendo un chirrido ensordecedor, pero la punta no logró atravesar. La embestida le costó a Gregor la oportunidad de dar un golpe con el martillo, obligando al luchador de Sever Escuadrón a adelantarse con el hombro.

Mientras Gregor golpeaba, liberó la energía restante en sus impulsores cinéticos, lanzándose contra el traje con fuerza suficiente para enviar al hombre volando. Gregor no podía ver el traje mientras volaba, pero escuchó al hombre caer y vio las chispas donde los cuchillos golpearon el suelo. Sin detenerse, Gregor aprovechó el impulso para dar un salto, elevándose con el martillo y aplastándolo donde los destellos mostraban al hombre.

El traje no esperó el golpe. Cuando el martillo de Gregor cayó, el traje se apartó, los destellos moviéndose justo fuera del alcance del martillo. El suelo del corredor se abolló donde Gregor golpeó, y él cambió su agarre con el impacto, girando el martillo y lanzándolo en un barrido lo suficientemente rápido como para interceptar la puñalada del traje, desviándola y ganando distancia entre los dos.

Una maldición sonora llamó la atención de Gregor de vuelta hacia el puente, donde Briany lucía una brillante línea carmesí en un brazo, su traje espacial hecho jirones mientras intercambiaba cuchilladas con su objetivo. Su enemigo invisible era, ahora, muy visible con cortes rojos por toda su armadura. Ninguno de los dos cedía, prefiriendo recibir golpes antes que esquivar.

Gregor apostaría por Briany para ganar esa batalla contra cualquier enemigo cuerdo. ¿Contra estas cosas?

Su propio objetivo aprovechó el titubeo como una oportunidad para acercarse. Esos cuchillos no tenían el alcance del martillo, así que Gregor igualó el avance del traje con un paso atrás, enviando el martillo en otro golpe cruzado para mantener al traje alejado. Después de la embestida de

Gregor, el reflejo prístino del traje mostraba grietas en algunos puntos, pareciendo cristal roto.

Fácil de ver, pero aún difícil de golpear.

El traje fingió una estocada, empujando a Gregor a otro golpe de contraataque. Usando su propia agilidad, el hombre se lanzó hacia arriba, dando un salto desde la pared cercana para esquivar el golpe cruzado de Gregor e intentar apuñalar la cara del luchador de Sever Escuadrón.

Un movimiento audaz y peligroso.

Una vez que el traje se comprometió con el salto, perdió toda capacidad de ajustar su trayectoria. Gregor soltó el martillo, demasiado lento para retraerlo, y en su lugar atrapó el ataque en pleno vuelo. El cuchillo rozó la mejilla de Gregor, un golpe insignificante comparado con lo que Gregor ya había sufrido. Con lo que el enemigo experimentó cuando Gregor lo lanzó contra la pared. El traje intentó retirar el cuchillo, pero Gregor lo golpeó una y otra vez, el tercer impacto desalojó el agarre del traje sobre la hoja.

El cuarto golpe, amplificado por la fuerza de la armadura potenciada, dejó inerte al traje. Gregor añadió un quinto para asegurarse, y luego arrojó el cuerpo lejos.

Las maldiciones de Briany continuaban, y Gregor miró para ver a ambos luchadores en peor condición que antes. El capitán y su tripulación del puente, detrás de ellos, tenían sus pistolas fuera, pero no parecían confiados en disparar en medio del combate cuerpo a cuerpo.

No tendrían que hacerlo.

Gregor se agachó, recogió el cuchillo caído. Apuntó con cuidado, y después de que Briany se retirara de otra estocada cortante, Gregor lanzó la hoja. Un dardo, listo para ensartar y terminar la pelea.

Hasta que la empuñadura del cuchillo rebotó en la

cabeza del traje, cayendo el extremo afilado inofensiva-mente al suelo. El traje vaciló, y Briany aprovechó. Esta vez, su golpe dio en el blanco, cortando la capacidad de respirar de su enemigo. El traje se derrumbó, dejando a Briany desplomada y sangrando.

—Buen lanzamiento —dijo Briany—. La próxima vez, intenta con el otro extremo.

—No soy bueno con objetos afilados —dijo Gregor, inclinándose para recoger el martillo.

Inclinándose y cayendo. El problema no era difícil de diagnosticar desde el suelo del corredor: los esfuerzos de su armadura potenciada, más la adrenalina de Gregor, lo habían mantenido de pie. Terminada la pelea, esos métodos se desvanecieron, dejándolo adolorido, mareado y jadeando por aire.

—Oye —dijo Briany mientras la tripulación del capitán salía del puente para confirmar las bajas—. Quédate conmigo, grandullón. No me dejé apuñalar solo para que te mueras encima de mí.

—No me estoy muriendo encima de ti —dijo Gregor, mirando a la Guardabosques del Crepúsculo—. Estoy en el suelo.

Poniendo los ojos en blanco, Briany se agachó, puso el brazo de Gregor sobre su hombro y lo ayudó a ponerse de pie.

—Capitán, dígame que tiene una bahía médica en este montón de chatarra —dijo Briany.

—Por donde vinieron —dijo el capitán, pareciendo demasiado desconcertado para ofenderse—. Si aún está en pie, hay un bot que puede ayudarlo.

Briany no esperó, girando a Gregor y empezando a caminar en esa dirección. Cada paso parecía hacer que el mundo de Gregor rebotara arriba y abajo. Cada sonido llegaba hueco, como un eco. Sus piernas habían desaparecido en algún vacío entumecido. Problemas, sí, pero unos que podía superar. Rellenar los suministros de drogas de su armadura potenciada y Gregor podría seguir adelante.

—Tenemos que ayudar a Sever Escuadrón —dijo Gregor—. La misión no ha terminado.

—Para nosotros, amigo, definitivamente ha terminado —respondió Briany—. Vamos a conseguirte una buena cama y algunos medicamentos mejores para acompañarla. Y yo voy a buscar un ungüento para no quedarme con demasiadas cicatrices.

Gregor quería protestar, pero como con todo lo demás, su boca no quería cooperar. Sus ojos parpadearon, su lengua saboreó algo húmedo y metálico. Gregor escuchó a Briany maldecir, y luego no oyó nada más.

## 29

## MANTENIÉNDOLO CERCA

Si un truco funciona una vez, inténtalo de nuevo. La máxima podría no sostenerse a largo plazo —los corredores de karts que dependían de un solo movimiento una y otra vez tendían a acabar aplastados—, pero Eponi suponía que los monstruos infectados de Vana no habían estado observando su vuelo tan de cerca.

Los misiles bloqueados en el *Prisa* se acercaban a toda velocidad, mientras Eponi dirigía toda la energía posible a los motores de la nave. Rozando el puente, el *Prisa* saltó hacia adelante mientras los misiles se acercaban, ardiendo hacia un crucero cuyos sensores, sin los bloqueos que nunca llegaron, permanecían ignorantes. La maniobra no tenía ninguna posibilidad contra una observación real, contra personas que pudieran ver el señuelo persistente y hacer que las torretas lo ahuyentaran.

¿Contra enemigos obcecados que, incluso si veían el movimiento de Eponi, no sabían qué hacer al respecto?

Perfección.

Los misiles no podían ajustar su dirección en un corte preciso. No en el espacio. Intentaron virar cuando el *Prisa* se disparó hacia adelante, ascendiendo hacia la parte superior del puente y sobre el crucero. Lo intentaron, y su impulso llevó las bombas balísticas directamente hacia los escudos del puente y más allá. Observando a través de su consola, Eponi vio el destello verde cuando la barrera de energía del crucero intentó quemar los misiles, vio cómo absorbía los primeros dos, tres, cuatro impactos en rápida sucesión.

El colapso del escudo llegó sin previo aviso. La barrera simplemente dejó de existir, desvaneciéndose a tiempo para que los siguientes cinco misiles pasaran zumbando y se estrellaran contra el grueso cristal que protegía el puente. Ese cristal, como el escudo, absorbió los primeros impactos, las grietas ondulándose a través de la armadura diseñada para dar a la tripulación detrás una oportunidad de evacuar.

Esta vez no hubo oportunidad, porque los misiles seguían golpeando. Tarla silbó cuando el puente se derrumbó, su parabrisas de cristal haciéndose añicos. Tres misiles más se arquearon a través del agujero, intentando encontrar un camino hacia el *Prisa* a través del interior del crucero. Sus floraciones de nova derramaron fuego, por un caliente segundo, en el espacio.

La explosión debería haber marcado el final, debería haber silenciado las alarmas del *Prisa*, pero la nave seguía quejándose de un bloqueo de misiles. Eponi encontró a los culpables, dos bombas propulsadas, en el escáner.

—Un caza disparó tarde —maldijo Eponi, inundando sus escudos para impulsar el *Prisa* a su máxima velocidad.

Y reservó un poco de energía para las torretas gemelas.

—Levanten sus armas —dijo Tarla a través del intercomunicador de la nave, tomando el control mientras Eponi arrastraba la *Prisa* tan cerca del crucero como se atrevía—.

Dos misiles se acercan, y si dejan que uno golpee mi nave, los arrojaré por la esclusa de aire.

La *Prisa* no era lo suficientemente pequeña para esquivar y zigzaguear entre las torretas del crucero y los módulos salientes, una danza que podría haber enviado los misiles a estrellarse contra una pared al azar, arriesgando vidas inocentes en el interior, así que Eponi rozó la superficie en su lugar. Hacer rebotar la nave envió a los misiles y su rastreo predictivo en un tartamudeo ondulante, cada descenso potencialmente aplastando las bombas contra el crucero.

—Un poco de ayuda vendría bien —dijo Eponi, viendo cómo la distancia se acortaba mientras los misiles se negaban a fallar.

Detrás de la *Prisa*, lanzándose a la estela, las dos torretas de la nave enviaron su contrafuego. Usando el disparo disperso, las torretas rociaron luz de baja potencia en el espacio. Los misiles podrían haber esquivado los trucos de Eponi, pero no tenían respuesta para las ondas láser. Ambas bombas explotaron en rápida sucesión, nubes azules y verdes estallando y muriendo rápidamente.

—Gracias —suspiró Eponi, empezando a reclinarse en su silla.

—Ustedes dos acaban de ganarse su rescate —dijo Tarla a través del intercomunicador—. Buen disparo. ¿Alguna vez han considerado un cambio de carrera, digamos, a una pequeña organización?

Cualquier respuesta a la pregunta de Tarla se desvaneció cuando Eponi se inclinó hacia adelante, viendo e intentando entender el movimiento en la superficie del crucero. Todos esos grandes cañones, los que habían estado pasivos todo este tiempo, giraron, apuntando hacia la *Prisa*.

—Crucero —dijo Eponi, cambiando a una banda abierta

de corto alcance—. Por favor, dime que todas esas torretas no están a punto de reducirme a polvo espacial.

—¿Qué? —preguntó Tarla, tan enfadada como Eponi quería estar—. ¿Por qué nos están disparando?

El crucero no respondió, un problema que se convirtió en crisis cuando el primer láser disparó sobre la proa de la *Prisa*. Eponi equilibró los escudos con los motores ahora —no podían escapar del crucero o del alcance de sus torretas— y giró a la derecha, dirigiéndose hacia las bahías de acoplamiento del crucero. Tendrían que atravesar la parte superior de la nave y bajar por su costado, pero el cálculo instantáneo de Eponi no ofrecía otra opción.

—Los disparos dispersos —Tarla respondió a su propia pregunta, coloreándola con algunas palabras más escogidas mientras abría de nuevo el intercomunicador—. Uno de ustedes, imbéciles, golpeó el crucero. Consideren mi oferta retirada, y cualquier daño que esta nave...

—Tarla —dijo Eponi—. ¡Por favor, cállate para que pueda mantenernos con vida!

Los rayos llegaban ahora calientes y rápidos, forzando a Eponi a una danza irregular. Con su mano derecha en la palanca de vuelo, enviando la *Prisa* arriba y abajo, manteniéndose cerca del crucero para minimizar el número de torretas con línea de fuego, Eponi tecleaba en la consola con su izquierda. Cada toque de dedo enviaba energía a un jet de maniobra, moviendo el cuerpo de la *Prisa* a derecha e izquierda, vertical u horizontalmente. Como los misiles, la IA le decía a las torretas dónde disparar, así que mientras Eponi no fuera predecible, podrían...

La consola explotó. Su pantalla se derritió mientras las luces superiores de la *Prisa* se apagaban. La nave misma retumbó cuando otro láser golpeó, una alarma graznó y murió mientras la nave intentaba redirigir la energía a los sistemas críticos. Tarla seguía maldiciendo, y Eponi, incapaz de intercambiar energía o activar los jets, hizo lo único que podía.

—Lo siento —susurró Eponi mientras empujaba suavemente la palanca de vuelo hacia adelante.

La *Prisa* rebotó mientras se deslizaba por la superficie del crucero. Los dos cascos se rozaban entre sí mientras Eponi elevaba y bajaba su nave al ritmo de la piel irregular del crucero. Los chirridos metálicos hicieron que la piloto se estremeciera, haciendo que Tarla le preguntara qué demonios estaba haciendo.

—Manteniéndonos con vida —dijo Eponi, apenas rozando el borde antes de zambullirse por el lado opuesto del crucero. Esas bahías no estarían lejos ahora—. Si nos mantenemos cerca, esas torretas no pueden alcanzarnos.

—¡No importará si nos estrellamos!

—No lo haremos.

Con las manos sudorosas, Eponi agarró con fuerza la palanca de vuelo. Luchó contra los temblores de la *Prisa* con cada roce que desprendía chispas, el espacio sobre ellas destellaba cada vez que una torreta creía tener la oportunidad de un último disparo. A la izquierda para esquivar otro cañón que sobresalía, a la derecha para caer entre dos salientes cuadrados. A Eponi le ardían los ojos, pero parpadear significaba la muerte.

Por debajo de todo, su corazón se aceleraba. Esta era la emoción, la adrenalina que había echado de menos desde que dejó los karts. Claro, una burbuja sería agradable. Una multitud animando. Pero, ¿los espacios reducidos, un juego de centímetros a alta velocidad?

¡Alta velocidad!

—¿Tu consola sigue funcionando? —dijo Eponi—. Di que sí.

—¿Lo está? —respondió Tarla.

—Reduce nuestra velocidad. Veinte por ciento. Ahora.

Adelante, una suave luz azul interrumpía el vacío normal del espacio, flotando sobre el exterior metálico gris del crucero. La señal inequívoca de una bahía de atraque, y una que la *Prisa* sería demasiado rápida para alcanzar sin algunos cambios drásticos.

—Hecho. ¿Por qué?

—Calla —dijo Eponi—. Haz lo que te digo.

La *Prisa* pasó sobre el último montículo antes de la bahía, dejando una estela plana antes de la abertura. El empuje reducido de la *Prisa* no hizo nada para frenar la nave porque el espacio era el espacio y la física era la física. Sin fricción, toda libertad.

—Activa los propulsores de proa —ordenó Eponi.

Tarla lo hizo, demostrando que conocía la regla cardinal de liderar un equipo: deja trabajar a tus expertos.

La *Prisa* giró de un extremo a otro, su cabina de repente mirando hacia atrás por donde habían venido, pero con el impulso de la nave aún enviándola hacia la bahía de atraque. El empuje lento que ahora empujaba contra la antigua trayectoria de la *Prisa* redujo la velocidad, frenándola pero no deteniéndola.

Detenerse significaba morir.

Las torretas, aprovechando el espacio despejado alrededor de la bahía de atraque, intentaron apuntar a la *Prisa*. Sus audaces proyectiles naranjas llegaron demasiado alto mientras Eponi mantenía su nave rozando el metal, el casco ahora sobre la cabeza de Eponi, con el espacio y Aurum Tres debajo.

—No podemos alejarnos del casco o nos dispararán —dijo Eponi—. Cuando te diga, activa los propulsores de proa otra vez. Cincuenta por ciento esta vez.

Con un deslizamiento, Tarla hizo el ajuste. La luz azul de la bahía de atraque se hizo más brillante. La velocidad de la *Prisa* disminuyó.

Eponi había perdido su carrera de karts haciendo movimientos locos como estos. Todos aquellos habían sido trucos de exhibición para las multitudes y el dinero del premio. Esta vez no.

—¡Ahora! —gritó Eponi cuando la abertura de la bahía de atraque apareció a la vista.

Tarla golpeó la consola y la *Prisa* giró de nuevo, reemplazando el casco del crucero con el interior brillantemente iluminado de la bahía de atraque. El empuje del veinte por ciento de la *Prisa* alcanzó la velocidad de la nave cuando el giro comenzó a empujar la *Prisa* lejos del crucero y directamente hacia la zona de objetivo de la torreta. Durante un largo segundo, Eponi pudo ver su salvación alejándose de ellos.

—¡Propulsor de babor, todo! —exclamó Eponi—. Diez por ciento de empuje principal.

El capitán del Twilight Ranger volvió a intervenir, accionando el propulsor izquierdo para poner la *Prisa* en posición vertical. Con el impulso agotando el resto de su inercia, la *Prisa* se deslizó dentro de la bahía de atraque, mientras el fuego naranja de las torretas iluminaba la estela de sus motores sin causar más daño.

—Detenla por completo, Tarla —dijo Eponi, mientras el calor del momento se convertía en un sudor frío—. Despliega esos soportes de aterrizaje.

—Con absoluto placer —respondió Tarla, y luego rio, una sola carcajada de alivio—. Menudo piloto.

Recostándose y manteniéndose así, Eponi miró al frente mientras la *Prisa* se asentaba en su posición de atraque. El puente de respaldo tendría sus excusas, y el caza Blade

Wing que disparó sus misiles tarde se disculparía. Tarla se aseguraría de que DefenseCorp pagara la factura de las reparaciones, además de la tarifa por mantener con vida a sus pilotos.

Todo eso podría resolverse, pero mientras Eponi bajaba de la adrenalina, comenzó a escanear las bandas de comunicación, tratando de averiguar qué había pasado con el resto de su escuadrón.

## PALANCAS

Rovo aterrizó en la oscura superficie de Aurum Tres, con Perro colgado sobre su hombro, buscando a Javelin sin encontrar a nadie. La amplia zona de aterrizaje estaba vacía, aunque ahora su superficie estaba salpicada de profundos hoyos. Nuevos socavones se formaban, y un temblor constante provenía del laboratorio subterráneo que Rovo había dejado atrás. La misión de Sai allá abajo no estaba siendo muy amable con los cimientos.

¿Quizás Sai había decidido enterrar a Anaskya y su virus?

Ese pensamiento hizo que Rovo se volviera hacia la puerta y la escalera descendente. Podría bajar de un salto, llegar hasta Sai y...

¿Dejar morir a Perro?

Rovo había visto cómo se propagaba el virus. Incluso si Sai lo aplastara con rocas, esa cosa podría seguir creciendo, podría devorar cualquier microbio que viviera en la arena para cubrir el planeta. Rovo necesitaba encontrar un trans-porte hacia arriba, convencer a algunos potentes láseres orbitales de que rostizaran los restos de Anaskya desde una distancia segura y conseguir ayuda médica real para el Twilight Ranger.

Como si respondiera a sus pensamientos, el rugido y crepitar de los motores de las naves estelares retumbó a través del aire agitado. Rovo observó cómo una nave tras otra estallaba desde la estructura central de la base, disparándose hacia el cielo. ¿Quién las pilotaba? Rovo no tenía ni idea, pero con Javelin fuera de vista, tenía que intentarlo.

—Solicitando asistencia en la plataforma de aterrizaje —dijo Rovo, transmitiendo en la frecuencia de emergencia estándar de DefenseCorp—. Estamos varados en una mala situación y necesitamos que nos recojan.

La transmisión se emitió, debería haber sido captada por aquellas naves que huían. Rovo observó cómo esos jets se alejaban hacia arriba sin una sola pausa, sin una sola respuesta. La unidad de comunicaciones de la armadura de poder no obtendría una señal hasta el espacio, así que Rovo no tenía esperanza de que la *Prisa* lo escuchara, y no creía que la flota de DefenseCorp viniera a rescatarlo incluso si recibieran su llamada.

—Imbéciles —murmuró Rovo, haciendo un gesto particular con su mano blindada hacia las naves que huían.

Mientras nuevos planes se formaban y fracasaban uno tras otro, una señal zumbante sonó en el oído de Rovo. Una llamada entrante en la frecuencia de DefenseCorp.

—Eh, tío —la voz de Javelin llegó débil y difusa—. Capté tu transmisión. Si quieres que te llevemos, podemos hacerlo, pero necesitaríamos algo de ayuda.

—¿Dónde estás? —Rovo giró sobre la arena, sin ver señales.

—En el lado este —respondió Javelin—. Sigue la señal, nos encontrarás.

—¿Nos? —preguntó Rovo, pero Javelin cortó la llamada.

Rovo intentó contactar de nuevo con el hombre, devolviendo la llamada en la misma frecuencia. Sin respuesta. La señal de Javelin había sido débil, tal vez el hombre había quedado fuera de alcance. Esa era la respuesta más probable. No, ya sabes, cualquiera de las otras cosas mortales que rondaban por este agujero infernal.

Recurriendo a su mediocre sentido de la orientación, Rovo alineó la estructura central de la base. En su lado oeste se encontraba la bahía ensangrentada de la *Prisa*, lo que hacía que la extensión arenosa hacia el Este fuera donde Javelin había dicho que fuera. Sin puntos de referencia y poca luz, salvo la que proporcionaban las estrellas, Rovo puso en marcha su armadura de poder, cuidando de mantener a Perro acomodado en su hombro.

A pesar de todo el tiempo que había pasado viajando por la galaxia, Rovo había visto muy poco de ella. La mayoría de las naves estelares, tanto para proteger contra la radiación cósmica como para mantener sus cascos gruesos, ofrecían pocas oportunidades de mirar al exterior durante los viajes. Las estaciones espaciales hacían lo mismo, manteniendo las cubiertas de observación limitadas, convirtiendo el acto de visitarlas en una competencia con otras necesidades de Rovo, como tomarse una copa o ver otra mala película de acción. En resumen, el cosmos permanecía a distancia, algo capturado en la pantalla o en su imaginación.

Hasta ahora, hasta que sus botas blindadas golpeaban la arena en medio de una base oscura y muerta. Arriba, la luz de las estrellas brillaba sin interferencias, lanzas plateadas que bañaban las dunas alrededor de Rovo. Una franja púrpura-azul también cortaba el cielo arriba, difusa pero hermosa no obstante: la galaxia que Rovo había estado atravesando se extendía en todo su esplendor.

Corriendo entre puntos, pequeños destellos en naranja y azul dejaban claro que no todo era pacífico allá arriba. Los láseres continuaban entregando destrucción, su importancia y las vidas en riesgo, incluidas las de Eponi y Gregor, robando algo de magia al momento.

Pero solo algo.

A pesar de todo el anhelo de aventura de Rovo, ese fuego audaz que lo sacaba de su litera para ponerse la armadura potenciada la mañana en que Sever Escuadrón partió hacia Dynas, estos últimos meses habían forjado ese deseo en algo más afilado, más enfocado. Mientras la arena se levantaba con cada paso, Rovo se dio cuenta de que ya no sentía el impulso de volver a sumergirse en el pozo de enfermedades de Anaskya, ni quería enfrentarse a un monstruo más solo por el gusto de pelear.

No a menos que ayudara a alguien que le importara a Rovo.

—Qué cliché —resopló Rovo para sí mismo mientras coronaba otra duna, mirando hacia abajo a una estructura achaparrada—. Por supuesto que el héroe quiere ayudar a la gente.

Como la bahía de la *Prisa* pero sin el hogar rocoso, la estructura abrazaba la base dura de un rectángulo y los lados suaves y arqueados de una cúpula. Construida para resistir una tormenta de arena, Rovo supuso que el edificio, si este era el objetivo de Javelin, se abriría como una flor. Los lados se abrirían de par en par sobre enormes bisagras, ofreciendo protección a las naves que entraran y salieran.

Sin embargo, sin energía, la bahía no se abriría para nadie.

—Supongo que el héroe tendrá que ayudarles —murmuró Rovo, sonriendo para sí mismo.

Precipitándose duna abajo, el tamaño de Rovo en

comparación con la estructura se hizo cada vez más evidente. La bahía se alzaba sobre el luchador de Sever, lo suficientemente grande como para albergar transportes de tropas enteros o enormes cargueros. Aparentemente, DefenseCorp esperaba que este lugar produjera divisiones enteras, listas para inundar la galaxia con su rabia asesina.

Una imagen encantadora, sin duda.

Cualquier preocupación sobre una entrada desapareció cuando Rovo encontró las puertas principales ya reventadas. Alguien con un rifle o un arma más pesada había quemado los portales, dejándolos carbonizados y a un lado. Más allá, el vestíbulo de entrada estaba oscuro, iluminado por una luz anaranjada hacia el fondo, donde el pasillo se unía con la bahía propiamente dicha. Toda la escena parecía lo bastante dura como para que Rovo tomara a Perro y lo dejara fuera de las puertas con la espalda contra la pared.

—Intenta mantenerte vivo, ¿de acuerdo, amigo? —dijo Rovo, desenganchando el botiquín de la espalda de la armadura potenciada y aplicando un poco de ungüento, inyectando a Perro con un cóctel antiinfección. Si alguna de estas cosas marcaría la diferencia, Rovo no podía saberlo, pero mirando al hombre ensangrentado e inconsciente, pensó que tampoco haría daño—. Yo, eh, volveré enseguida.

Desenganchando su guadaña del cinturón, Rovo la ensambló en su configuración grande y amplia. El pasillo y la bahía más allá tenían el espacio para blandirla, y ciertos sonidos insinuaban que la llamada de Javelin pidiendo la ayuda de Rovo no se había hecho a la ligera.

Cuando la *Prisa* atracó, con Gregor y Sai embarcándose en su misión de matanza, Rovo estaba en una torreta. Había escuchado los gruñidos, los rugidos, los gritos ahogados de los infectados mientras hacían su carga desesperada. Esos mismos sonidos volvían ahora, filtrándose a través de las puertas destruidas antes de perderse en los torbellinos nocturnos de Aurum Tres. Mezclado entre ellos venía el silbido-chillido de las baterías de energía quemándose, el chasquido de succión de una granada al explotar.

¿La principal diferencia entre las bahías?

Aquí, los gruñidos, forcejeos y gritos eran mucho más fuertes. Llenaban el pasillo mientras Rovo entraba, los ruidos rebotaban desde el interior de la bahía y volvían a salir. Eran tantos que los sonidos se mezclaban en un rugido constante.

—¿Javelin? —dijo Rovo, transmitiendo el nombre del hombre—. Por favor, dime que estás poniendo música mala.

—Peor, colega. Empezamos la fiesta equivocada. Ponte en el centro y no te demores.

Algo parpadeó a través de la luz anaranjada más allá. Una sombra creciente, ahora seguida de pasos pesados en el suelo.

—¡Alto! —gritó Rovo, una prueba que la forma que se acercaba falló cuando decididamente no se detuvo, no disminuyó la velocidad.

La antigua ocupación de Rovo, su papel original en Sever Escuadrón, trataba sobre comunicaciones. Acercar al escuadrón a sus objetivos sin conflicto, o encontrar formas de alcanzar a enemigos y aliados. A veces, eso significaba palabras.

A veces, hacer entender el punto significaba usar un punto.

Poniéndose en posición, Rovo balanceó la guadaña al mismo tiempo que la sombra cargaba. Rovo aumentó las luces de su armadura potenciada al mismo tiempo, deslumbrando con su brillo blanco a la criatura. El destello repentino aturdió a la cosa, un ser medio humano, medio enfermedad en descomposición, el tiempo suficiente para que el golpe de Rovo atrapara y rebanara al monstruo como un tallo de trigo particularmente feo.

Héroe: uno. Monstruos: cero.

Rovo no tuvo mucha oportunidad de regodearse en su victoria: tan pronto como los pedazos de su víctima golpearon el suelo, la luz que emanaba de la armadura de Rovo se extendió por todo el pasillo y hacia la bahía más allá. Lo que Rovo había pensado que eran cajas apiladas, tal vez montones de metal oxidado como las estatuas en la bahía original del *Prisa*, resultó ser mucho, mucho peor.

Como un público de concierto abarrotado en cada centímetro, las criaturas apiñadas se volvieron hacia el nuevo espectáculo. Sus brazos, piernas y cuerpos se despegaron y separaron unos de otros mientras la multitud se tambaleaba hacia Rovo. Nuevos gruñidos, silbidos y llamadas se elevaron mientras las cosas comenzaban a perseguir a su presa.

El novato se había preguntado dónde habían ido las otras personas de Dynas, qué habían hecho Vana y Anaskya con los desechos que no eran lo suficientemente buenos para el servicio de soldado.

Parece que Rovo respondió una pregunta hoy.

Sin embargo, una pregunta que el novato no tenía ningún deseo de responder era cuánto duraría bajo la presión de mil cuerpos. Cambiando la guadaña a su mano derecha, Rovo sacó rápidamente su pistola de la funda izquierda de su cintura, apuntó hacia arriba y disparó al techo del pasillo de entrada. Los disparos se elevaron y chamuscaron los paneles blandos, rompiéndolos. Encima de ellos estaban las escasas oficinas para los cargadores y el control de tráfico, estándar para bahías como estas y, dado el pésimo historial de esta base, probablemente nunca utilizadas.

La avalancha se acercaba mientras Rovo miraba hacia arriba, activó toda la energía almacenada a través de sus impulsores cinéticos y se preparó para el salto de su vida. Devolviendo la pistola a su funda, Rovo hizo un pequeño gesto de despedida a la horda que cargaba, levantó la guadaña sobre su hombro y saltó.

Blandiendo la guadaña, Rovo serpenteó su punta a través del agujero que su pistola había abierto. El golpe arrancó más techo, debilitándolo lo suficiente como para que cuando la cabeza con casco de Rovo se estrellara contra los paneles, sus manos deslizándose por el mango de la guadaña, Rovo no rebotara directamente hacia las garras expectantes de sus amigos más cercanos y hambrientos.

Con la guadaña clavada, Rovo atravesó el suelo con su mano izquierda y se impulsó hacia arriba, mientras las baldosas debilitadas se desmoronaban bajo él. Alejándose del agujero, Rovo se encontró exactamente donde pensaba: en un piso de oficinas vacío y abierto con amplios ventanales que daban a la bahía. Allí, en medio de una horda bulliciosa que por momentos parecía estar formada por individuos y al siguiente segundo se convertía en una masa enferma singular, se encontraba una nave bulbosa que Rovo reconoció.

Los Rangers del Crepúsculo volaban en algo que podría describirse mejor como una calabaza con armas. Luces naranjas recorrían la nave, mostrando una embarcación asediada. Con la bahía cerrada, no es como si la nave pudiera salir, y Javelin no era piloto de todos modos, así que...

—Oye —dijo Rovo, entrecerrando los ojos hacia la nave—. Tú no puedes volar. Yo tampoco soy realmente un piloto. Entonces, ¿cuál es el plan aquí?

—Sanje está dentro —respondió Javelin rápidamente—.

Está listo para partir, pero no podemos irnos con la bahía cerrada. Esperaba que tuvieras una idea para eso.

—¿Volar las puertas?

—Ya lo intentamos —replicó Javelin—. Son demasiado fuertes. O estas torretas necesitan más potencia. Usa ese cerebro Sever tuyo, hombre, y encuentra una salida.

¿Su cerebro Sever?

Rovo miró a su alrededor, buscando una solución. El suelo desnudo se mezclaba con algunos escritorios a medio construir, como si las personas encargadas de amueblar este espacio hubieran sido llamadas a mitad de turno. No había estaciones de trabajo, ni grandes botones que indicaran una fuente de energía de emergencia. Las puertas del hangar sí tenían un control manual, una palanca que descansaba oscura contra las ventanas. Rovo se acercó, intentó tirar, pero la palanca no se movió.

Tanto para esa idea.

De vuelta en la bahía, las criaturas innovaban: trepando unas sobre otras, sus extremidades aquí y allá fundiéndose en una especie de red cubierta de moho, los antiguos ciudadanos de Dynas se arrastraban sobre la nave de los Rangers del Crepúsculo. Golpeando sus puños contra el casco, las cosas trepadoras probablemente no representaban mucho peligro para la nave.

Pero podían enterrarla. Rovo recordó el ardor cuando el limo se deslizó entre las rendijas de su armadura, lo difícil que había sido levantar su brazo libre del pantano en el laboratorio subterráneo. Se necesitarían muchos cuerpos para inmovilizar una nave, pero había muchos cuerpos allá abajo. Eventualmente entrarían en la nave, o enterrarían a Javelin y Sanje tan profundamente que los dos nunca podrían salir.

Rovo miró más de cerca la palanca. Tenía que conectarse a engranajes, algún interruptor que retractaría las puertas de la bahía. Sin energía, podría no hacer esa conexión. Todo volvía a la maldita electricidad.

A menos que.

La palanca estaba contra la pared, en un soporte donde cualquiera podía agarrarla bien y tirar. Rovo dividió la guadaña y se agachó, usando el gancho liberado para tallar una línea en el bloque gris debajo de la palanca. Un trazo, dos y tres seguidos de un golpe, y Rovo pudo ver el interior. Con las luces de su traje, el problema se presentó con una claridad pasmosa y absoluta.

Esta bahía de acoplamiento auxiliar nunca había sido autorizada por DefenseCorp. Su centro de control no había sido equipado. Vana podría haberla abierto con un impulso eléctrico desde su muñequera, así que ¿para qué molestarse con todas las pequeñeces necesarias para una operación a tiempo completo?

La palanca manual estaba lista para funcionar, excepto que nadie se había molestado en prepararla para su uso. El cierre de acero colgaba del mecanismo de liberación, impidiendo que la palanca iniciara la secuencia para abrir las puertas. Cualquier base normal habría tenido esto quitado, con la liberación manual lista para usar.

Rovo se rio, sacó su pistola y apuntó.

Tal vez sí tenía un cerebro de Sever después de todo.

Dos disparos de baja potencia cortaron el cierre, y con su mano libre, Rovo apartó el seguro.

—Enciendan sus motores —dijo Rovo, poniéndose de pie—. Esa puerta se va a abrir rápido.

Javelin empezó a responder, pero Rovo cortó la llamada. La cortó porque vio algo reflejado en las ventanas, una sombra en la luz naranja que proyectaba la nave Twilight Ranger. Las criaturas de abajo habían aprendido a apilarse para subir al vehículo.

Habían hecho lo mismo para entrar en la oficina de Rovo.

Agarrando la guadaña del suelo, Rovo giró y atrapó a la primera criatura en el pecho, lanzándola a un lado. Dos más le siguieron, chillando mientras se abalanzaban sobre él. Con su mano izquierda, Rovo separó la mitad inferior de la guadaña, formando un escudo circular. Empujándolo como un puñetazo, Rovo se ganó un segundo de tiempo para enfundar la guadaña y agarrar la palanca.

Esta vez, se deslizó con un pesado *clunk*. Esta vez, engranajes chirriantes siguieron al tirón. Esta vez, las puertas de la bahía empezaron a separarse con un crujido.

Y esta vez, Rovo sintió manos que le arrebataban el escudo de la guadaña. Arrojando el arma detrás de ellos, Rovo oyó el estruendo cuando la guadaña desapareció por el agujero hacia el piso de abajo.

No es que perder el arma importara. De todos modos, no tenía espacio para blandirla.

Con la espalda contra las ventanas, Rovo no podía ver nada excepto más criaturas cargando contra él, trepando sobre sus compañeros para acercarse, como una ola creciente.

Tiraban de sus brazos, se metían entre sus placas, mordían el visor de Rovo mientras la multitud lo empujaba contra el cristal. Rovo intentó moverse, hacer que su traje titubeante golpeara o empujara, pero había agotado su energía cinética subiendo hasta allí. La armadura de combate, maltratada por una larga misión, tenía poco que dar.

Lo mismo ocurría con las ventanas.

Mientras los cuerpos seguían llegando, mientras Rovo intentaba encontrar una salida entre todos los dientes que rechinaban y las manos que arañaban, el cristal a su espalda se agrietó y se hizo añicos. Cayendo con la ola, Rovo gritó junto con todos los demás mientras se precipitaba en un mar furioso, desesperado y moribundo.

Al menos, allá arriba y más allá de todo el infierno que lo rodeaba, Rovo vio las estrellas.

## 31

## CARNADA Y FUEGO

Cuando Aurora y Vana llegaron a la plataforma de aterrizaje, con sus trajes de piel cubiertos de arena, ambas notaron la figura que se alejaba. Una sombra deforme corría hacia una gran duna bajo la luz plateada, y tanto la agente como la soldado intentaron descifrar la forma.

—Se dirige hacia el otro hangar —dijo Vana—. Donde se alojan tus amigos mercenarios.

—¿Qué amigos mercenarios?

—Su líder es una mujer temperamental. ¿Los Crepúsculo no sé qué? —reflexionó Vana—. Dijeron que te conocían, que podían contrarrestar cualquier cosa que se te ocurriera. Necesitaba una distracción en caso de que llegaras, y salieron baratos. Supongo que te hiciste de un enemigo, ¿no?

Tarla. Por supuesto que estaría aquí. Eso podría explicar por qué Aurora no había oído ni visto al resto de su equipo desde que comenzó esta misión. Con la mano apretada en la empuñadura de la pistola, Aurora consideró, una vez más, freír a Vana donde estaba.

Pero la agente aún podía ser útil.

—¿No querías que sobreviviéramos? —preguntó Aurora —. Contratar a otro grupo para matarnos no parece encajar.

—No para matar. Para retrasar, distraer, desorientar. Mis soldados tenían que escapar, y lo hicieron. —Vana señaló los destellos distantes—. ¿Esa flota? Van a aceptar su destrucción con los brazos abiertos. Cruceros enteros perdidos por el orgullo de DefenseCorp. La galaxia no lo tolerará.

Aurora quería decir que eso no sucedería. Que Deepak y Sever la detendrían. No pudo pronunciar las palabras porque, maldita sea, parecía que Vana los había manipulado a todos para ganar. La flota allá arriba sería destruida, y la galaxia se enteraría de lo que había sucedido aquí.

Vana, sin embargo, tenía un último fallo en su plan. Quería una muerte limpia o una escapada al final. Ninguna de las dos cosas sucedería. DefenseCorp pagaría por sus crímenes. Y la agente también lo haría.

—Nos trajiste aquí —dijo Aurora, mirando la plataforma de aterrizaje picada. Mientras sus ojos recorrían la superficie, los granos se agitaron y un leve temblor sacudió sus pies —. ¿Por qué?

—El laboratorio de Anaskya está debajo de nosotros — dijo Vana—. Solo hay dos formas de entrar y salir que Anaskya puede usar, y viendo lo que tus amigos ya le hicieron a nuestra central eléctrica, vendrá por aquí.

—¿Y una vez que nos deshagamos de la científica?

—Entonces seremos solo tú y yo, Aurora. Como querías.

Se acercaron al pequeño edificio en forma de caja, con la puerta volada. Vana frunció el ceño ante la abertura, vacilando. Aurora le dio a la agente varios segundos para que pusiera algo en orden, luego agitó la pistola hacia la entrada.

—¿No es lo que esperabas? —preguntó Aurora.

—Había sellado el laboratorio —respondió Vana, repasando sus propios planes en su mente y en voz alta—. Mis agentes bloquearon el ascensor del otro lado. Cerraron esta puerta. Teníamos a los soldados clasificados. A todos los que no calificaron los dejamos abajo y abrimos el embudo.

—¿El embudo?

Vana negó con la cabeza.

—Renard lo inició antes de que yo me involucrara. Toda esa pobre gente de Dynas. Probamos las inyecciones y los mantuvimos abajo, esperando que murieran o sobrevivieran lo suficientemente fuertes como para obtener un traje. La mayoría languideció.

—No respondiste mi pregunta, Vana.

—Lo descubrirás eventualmente.

La agente dio un paso antes de que los ruidos que subían y salían del edificio la hicieran detenerse. El fuerte golpe de pies que resonaban en los escalones, puntuado aquí y allá por un chirrido metálico cuando algo chocaba contra las paredes.

—Retrocede —dijo Aurora, optando por dejar de lado el embudo por el momento. Vana no tenía un arma, y la agente no podía morir aquí—. Déjame espacio para disparar.

Vana obedeció, moviéndose a la izquierda de Aurora. Levantó las manos y se puso en una ligera posición de cuclillas. Lista para lanzarse a alguna rutina de artes marciales, como si eso pudiera detener a una de las criaturas. Aurora se habría reído si no hubiera mantenido su atención en la oscura entrada.

Una forma ensangrentada y desgarrada salió disparada, con la hoja chispeando contra el marco de la puerta. Aurora habría apretado el gatillo de no ser por la espada, el arco curvo de la katana captando la luz de las estrellas. Conocía demasiado bien la hoja de Sai, supo en un instante que la forma destrozada y cubierta de mugre frente a ella tenía que ser el espadachín.

O alguien que había robado su espada.

—¿Sai? —preguntó Aurora, retrocediendo para mantener la cautela mientras el hombre, respirando con dificultad, les devolvía la mirada.

—¿Aurora? —respondió Sai, antes de reconocer a Vana. Cuando Sai identificó el rostro de la agente, levantó la katana—. Tú.

Vana esbozó su característica sonrisa relajada.

—Veo que has conocido a nuestra científica.

Sai no bromeó, no respondió. Caminó hacia Vana con una determinación particular que Aurora conocía demasiado bien. En un segundo, la cabeza de la agente estaría tirada en la arena.

—Sai, detente —dijo Aurora, pero el espadachín la ignoró. La sonrisa de Vana se desvaneció y la agente comenzó a retroceder—. Ella no es peligrosa.

—Y una mierda que no lo es —gruñó Sai, levantando la hoja para un golpe con ambas manos.

Aurora disparó. El rayo azul blanquecino pasó silbando entre la agente y el espadachín, cortando el aire con su calor y, por fin, haciendo que Sai se detuviera. El espadachín miró furioso hacia Aurora mientras la sonrisa exasperante de Vana volvía a aparecer.

—¿Qué estás haciendo? —dijo Sai—. Ella es...

—Está en nuestras manos —interrumpió Aurora—. Necesitamos lo que sabe, y no voy a dejar que la ejecuten aquí. Sería un final demasiado limpio.

—¿Un final demasiado limpio? —replicó Sai, apuntando con la katana hacia la agente—. Cada segundo que sigue viva, está tramando algo peor. Ella es la misión, Aurora. Justo aquí.

—Sai, mírate —Aurora forzó la calma en cada palabra—. Vana dijo que Anaskya está allá abajo. Que teníamos que detenerla antes de que la científica hiciera algo peor que esos soldados. ¿La viste?

Sai negó con la cabeza.

—¿Verla? Anaskya ya no existe. Pero su maldito virus sí, y está devorando todo el lugar allá abajo. Creo que las escaleras lo ralentizaron porque son de metal, pero viene, Aurora —Una vez más la katana se elevó, y una vez más Vana retrocedió un paso, aunque esta vez su sonrisa no desapareció—. Porque Vana aquí le dio a Anaskya todo lo que quería.

—No todo —objetó Vana—. Solo lo suficiente para que la galaxia vea cómo...

—Cállate —dijo Aurora—. No abras la boca a menos que te lo pida. Sai, baja la espada y habla con nosotros. ¿Dices que hay más de esto allá abajo?

Sai no ocultó el conflicto, la katana temblando en sus manos, pero años de seguir órdenes crearon hábitos que no morían fácilmente. Con un suspiro, dejó caer la hoja en la tierra. Se sentó después, un movimiento sorprendente hasta que Aurora miró con más atención al espadachín. Bajo la mugre, Sai tenía cortes y moretones a lo largo de su traje de piel destrozado. Cortes lo cruzaban, pareciendo cicatrices supurantes bajo la luz de las estrellas.

—Es peor —dijo Sai—. Anaskya lo modificó de alguna manera. Es más agresivo ahora, se propaga más rápido. Lo llamó su hijo.

Mientras Sai hablaba, otro temblor recorrió la plataforma de aterrizaje. Hacia el centro, la arena compactada se movió, hundiéndose en un pozo creciente. Más le siguieron, abriéndose por toda la plataforma de aterrizaje como alguna... enfermedad que se extendía.

Aurora tuvo que dejar de lado esas comparaciones por un tiempo.

—Lo ha logrado, entonces —dijo Vana—. Anaskya no dejaba de hablar de una fórmula mejor, una que usaría si le diéramos más tiempo. La sangre de la chica la desbloqueó. Le dije que no y traté de mantenerla demasiado ocupada.

—Fracasaste —escupió Sai.

—Lo hice —respondió Vana con un encogimiento de hombros—. Pero después de que nos mate, ¿qué pasará? No va a salir del planeta.

—Por ahora —dijo Aurora—. ¿No se suponía que la sangre permitiría que la enfermedad viviera en cualquier lugar? ¿Sobrevivir a cualquier entorno? ¿Podría llegar al vacío?

—Le preguntas a la persona equivocada —dijo Vana—. Por eso quería matarla ahora.

Sai murmuró algo sobre que era demasiado tarde. Aurora, sin embargo, miró a través de la plataforma de aterrizaje, más allá de esos pozos hacia lo que parecía un gran edificio en ruinas en el lado opuesto.

—Vana, ¿esa es la central eléctrica? —preguntó Aurora.

—Era —respondió Sai—. La volé por los aires.

Aurora asintió.

—¿Y de dónde venía la energía? No veo paneles solares.

—Un tubo, perforado profundamente —dijo Sai—. Mucho calor del interior del planeta. Me cocinó.

Las misiones nunca salían según lo planeado. Algo salía mal, algo salía demasiado bien. Había que adaptarse, leer el entorno, los propios recursos, y averiguar cómo cumplir el objetivo. En este momento, Aurora había visto suficiente de la enfermedad de Anaskya. Ahora necesitaba un arma capaz de destruirla.

—¿Dijiste que el virus te persiguió? —preguntó Aurora

al espadachín, mientras esos pozos se hacían cada vez más anchos. Un resplandor rojizo teñía la luz que se hundía en esos agujeros—. ¿Ciegamente?

—Es un virus, no un animal —respondió Sai—. Sí, me persiguió ciegamente.

Si el monstruo molecular de Anaskya quería alimento, entonces Aurora pensó que podría hacer que la cosa trabajara para conseguirlo.

—Lo haré yo —dijo Vana—. ¿Guiar el virus hacia el fuego?

—Buena idea, persona equivocada —respondió Aurora—. Sai, vigila a Vana. Si hace algún movimiento, haz lo que quieras.

—No hay razón para que te arriesgues, Aurora —dijo Vana—. De todos modos estoy muerta, por qué-

—No estás muerta, y no lo estarás. —Aurora hizo un gesto a Vana para que pasara más allá de Sai, al borde de la plataforma de aterrizaje y lejos de los pozos en crecimiento—. Siéntate y espera como una buena prisionera.

Vana lanzó una buena mirada fulminante. Aurora la ignoró, observó a la agente seguir las órdenes, y luego se volvió hacia el problema en cuestión.

El virus de Anaskya, la criatura viviente, lo que fuera, parecía estar erosionando los mismos cimientos de la plataforma de aterrizaje. Los constantes retumbos se combinaban ahora con un siseo burbujeante, y surgían bocanadas de los pozos mientras la roca y la arena desaparecían en unas fauces indiscriminadas.

—Cuidado —dijo Sai mientras Aurora se acercaba al borde del pozo y miraba hacia abajo.

Con la luz de las estrellas brillando, el pozo se inclinaba hacia un centro más pequeño. Allí, agitándose mientras la tierra seguía cayendo en su piscina, estaba la creación de

Anaskya. De un rojo brillante, pegajoso y en constante movimiento, el virus parecía más bien un montón de criaturas arremolinándose juntas, con las extremidades todas amontonadas y cubiertas por la película color cereza.

En otras palabras, bastante asqueroso.

Alrededor de los bordes de la piscina, a medida que la arena se desprendía y se llevaba consigo el techo del laboratorio, Aurora pudo ver un pasillo abierto debajo. El virus no parecía estar extendiéndose como gas o agua: sin rumbo y por todas partes. En su lugar, su impulso lo empujaba de vuelta hacia Aurora y Sai, por debajo de ellos y hacia la escalera que Sai había usado para volver a la superficie.

—Hay una abertura —gritó Aurora—. Voy a por ella.

—Buena suerte —respondió Sai—. La mantendré fresca para ti.

—Cuento con ello.

Corriendo alrededor del exterior del pozo, Aurora fue en dirección opuesta a Sai y Vana. Miró hacia atrás a la estación de energía, echó un vistazo dentro del pozo y trazó una ruta. El pasillo de abajo podría no llevar a Aurora exactamente a donde necesitaba ir, pero con una dirección general en mente, la capitana de Sever tenía que creer que podría llegar allí.

Con una última mirada a Sai, captando el saludo del espadachín con su espada, Aurora se lanzó al interior.

Deslizándose sobre la arena y cayendo los últimos metros, Aurora se zambulló en la inmundicia negra, aterrizando sobre sus manos y rodillas. Ahora al mismo nivel, miró directamente al virus, comprobando que la impresión de miembros arremolinados no era incorrecta: al igual que Felix y sus monstruos se convirtieron en esclavos de la enfermedad, este parecía hacer lo mismo.

Pero a pesar de todos sus huesos y salmuera, la cosa aún no había notado a Aurora. Eso tenía que cambiar.

Levantando su pistola, tan cubierta de mugre como el resto de ella, Aurora tomó una respiración profunda y apretó el gatillo. El proyectil azul-blanco destelló, dio en el blanco y encendió un fuego en el rojo arremolinado. La criatura no emitió ningún sonido, no rugió de dolor, simplemente se movió.

Una oleada roja surgió hacia Aurora, envolviendo el fuego que su pistola había iniciado y sofocando las llamas con su propio cuerpo.

—Parece que funcionó —murmuró Aurora, girando sobre sus talones y echando a correr.

Alzando su muñequera para que su luz la guiara, Aurora corrió, esparciendo lodo oscuro con cada paso. Apretando el gatillo de la pistola sin apuntar, la capitana de Sever Escuadrón intentó mantener la atención de la criatura sobre ella. El ruido chirriante y pegajoso que seguía sus pasos parecía probar que Aurora había tenido éxito.

Hurra.

El pasillo no ayudó mucho, terminando rápidamente y forzando a Aurora a girar a la derecha. Un corto trecho la llevó a una habitación enorme, inundada de virus. La muñequera captó una hoja roja al otro lado de la sala, cerca de unas rocas. Un misterio para otro momento: el camino que necesitaba seguir estaba a su izquierda, y Aurora se dirigió hacia allí mientras la criatura surgía detrás de ella.

Cada pisada venía acompañada de un deslizamiento aquí, obligando a Aurora a moverse con su propio impulso. Perdió la pistola para evitar caerse, soltándola mientras se deslizaba alrededor de una esquina y usaba ambas manos para estabilizarse contra las paredes. Empujándose, siguió adelante, siempre escuchando, siempre esperando.

Hasta que Aurora pasó por una pequeña puerta a una habitación cuadrada con suelo acolchado. La luz venía de arriba, un resplandor naranja, junto con un calor sofocante. Mirando hacia arriba, Aurora vio el corte en el suelo del ascensor, deduciendo que Sai debía haber hecho la brecha.

El plan había funcionado hasta ahora, pero nadie mencionó escalar un pozo. Sin su armadura de combate, Aurora no tenía un gancho. No tenía botas que pudieran impulsarla. Sin su pistola, la capitana de Sever Escuadrón no tenía armas.

Sacudiendo la cabeza, Aurora retrocedió hasta la pared más alejada de la habitación. Un pozo de corte limpio, las paredes no ofrecían asideros. Ni escaleras de mantenimiento en este lugar improvisado.

—Esperemos que seas tan tonto como pareces —dijo Aurora mientras la criatura se deslizaba dentro de la habitación.

La masa espesa se acercó a ella, con tentáculos redondeados serpenteando en su dirección mientras el rojo fluía dentro. Aurora dio un paso adelante y saltó. Los tentáculos se movieron, siguiéndola, alcanzándola. Agradeciendo todos esos cursos de agilidad, Aurora plantó un pie en un tentáculo, lo sintió hundirse, sintió que tocaba hueso. Aterrizando su pie derecho en otro muñón, Aurora se impulsó, arrancando sus pies mientras el virus se precipitaba hacia el pozo del ascensor.

Con su brazalete guiando sus pasos, Aurora siguió moviéndose, usando las paredes para impulsarse y mantener al virus persiguiéndola. Los tentáculos se abalanzaban, creando nuevos puntos de apoyo. Cada paso le costaba a Aurora algo de piel, cada paso dejaba virus en sus piernas, en sus brazos, pero cada movimiento le compraba tiempo, la llevaba más arriba mientras el virus se derramaba en el pozo.

Lanzándose hacia arriba, los brazos de Aurora agarraron el borde irregular cortado por la espada de Sai. Sintió los cortes, los aceptó mientras se liberaba del último agarre de la criatura. De pie en el ascensor, sudando, sangrando, Aurora echó su primera mirada real al daño que Sai había causado.

No había fuego directo, no exactamente. Más bien un calor cegador y sofocante que emanaba del array roto. Las llamas iluminaban el aire en destellos, devorando el poco oxígeno que llegaba al interior de la cámara de la tubería.

Incluso con la sangre de Kaia, Aurora tenía que creer que una larga exposición a un calor como este funcionaría, pero el virus tenía que alcanzarlo. Tendría que enjambrar alrededor de la tubería. Aurora miró hacia abajo a través del ascensor mientras el virus comenzaba a filtrarse por el agujero de Sai. Podría correr hacia la llama y el virus la seguiría.

Aurora moriría, y la criatura se quemaría.

Entonces miró hacia arriba, hacia la parte superior del ascensor y la escotilla de salida que esperaba. Cerrada, chamuscada, pero viable. Aurora le daría una segunda mirada a cualquier plan que no implicara un sacrificio en llamas. Tal vez incluso una tercera.

Usando los lados del ascensor como impulso, Aurora se impulsó hacia la escotilla y tiró de la palanca, abriéndola de golpe. Los resortes llevaron a Aurora hacia arriba con la puerta que se abría. Estaba fuera, sería libre, lo había logrado-

Un tentáculo agarró su pierna, se envolvió alrededor de su pie mientras Aurora comenzaba a salir. Un segundo tentáculo se unió, tirando mientras el virus se precipitaba en el ascensor debajo de ella. En el borde de la escotilla, Aurora tiró de su pierna izquierda, tratando de liberarla mientras el virus trepaba. Su baba punzante y mordiente se infiltraba en sus heridas, nadaba en su sangre.

Aurora no tenía nada con qué cortar, o habría cortado la pierna de un tajo, arriesgándose a desangrarse allí mismo. En su lugar, tiró, vio cómo el virus trepaba más allá de su rodilla hasta su muslo. Cuando alcanzó su cintura, un tentáculo se arrastró hacia su cara.

El virus se estremeció. Un temblor que Aurora sintió a través de su agarre. El estremecimiento se volvió más violento, y un nuevo olor llenó el aire sofocante, el hedor espantoso de carne quemada. El humo se arremolinó a través de los huecos de la escotilla, trepando por el pozo del ascensor. Estallidos agudos, chillidos abrasadores resonaron. Burbujas supercalentadas reventando.

Con otro tirón, Aurora liberó su pierna. El virus se alejó bruscamente, retrocediendo hacia el ascensor. Aurora se inclinó y retrocedió cuando una ola de fuego casi le chamusca el cabello. Las llamas naranjas llenaron la escotilla, antes de descender junto con su nuevo alimento. La luz llenó el ascensor mientras Aurora se sentaba, con la espalda contra la pared del pozo, y dejaba que el calor la bañara.

Sudaría, pero viviría.

Eso sería suficiente.

## 32

## AL BORDE

Sai observó a Aurora descender al foso. Su líder de escuadrón entrando mientras él esperaba, con el trasero en la arena. Su mano derecha aferraba la empuñadura de su katana, aunque la espada también yacía en la tierra. A lo largo de su cuerpo, granos y suciedad se mezclaban con cortes y quemaduras, heridas que ungüentos y tiempo habían curado en el pasado, y que Sai necesitaría sanar de nuevo. Le picaba la piel, la garganta le escocía por la sed y su cabeza palpitaba con un dolor agotador.

Tantas misiones terminaban así, con Sai suplicando por una vuelta en la enfermería y unos cuantos días largos sin hacer nada en absoluto.

—Es valiente —dijo Vana.

Sai giró la cabeza, manteniendo a Vana a la vista. La agente, aparentemente ilesa, estaba de pie con los brazos cruzados y una mirada curiosa, como si esperara ver si Sai compartía su opinión.

—Todos somos valientes —respondió Sai—. No es que un agente lo entienda.

—Oh, sí. Todos somos cobardes porque no entramos con las armas desenfundadas.

—No —Sai alargó la palabra, reuniendo sus músculos tensos y convenciéndolos de ponerse de pie una vez más—. Sois cobardes porque preferís huir antes que asumir vuestras acciones.

—¿Eso es lo que parece para ti, huir?

Sai hizo un gesto con su katana hacia la plataforma de aterrizaje llena de cráteres detrás de él.

—Hace unas horas esto estaba lleno de agentes. Dices que queríais detener a Anaskya. Cualquiera de ellos podría haberlo hecho.

Vana asintió, dejando caer su sonrisa y recordando a Sai con las líneas que surcaban su rostro, las canas en su pelo atrapadas por la luz de las estrellas, que no era una novata a la que se pudiera asustar.

—¿Por qué Aurora seguía volviendo por ti y por Rovo? —preguntó Vana en un tono de maestra.

Sai, sin embargo, tampoco era un neófito en su primer viaje lejos de casa.

—Nunca me convencerás de que te preocupas tanto por estos agentes como para querer salvarlos —se rió Sai—. ¿Qué hiciste en Gillane Cuatro? Ah, sí. Inyectaste a tu propio equipo con el veneno de Anaskya. ¿Sabías lo que les pasaría? ¿Cuántos murieron?

—Eran la gente de Renard, no la mía —dijo Vana, como si eso lo excusara todo—. Aurora salva a su escuadrón. Yo salvo a mis agentes.

—Qué santa eres.

—La galaxia entenderá por qué hice esto —respondió Vana—. No necesito que tú lo hagas.

—La galaxia te verá como el monstruo que eres.

Entre ellos, la arena se arremolinaba, el viento azotaba y un ruido sordo surgía de la plataforma de aterrizaje. La búsqueda de Aurora por la central eléctrica debía estar haciendo algo, porque Sai ya no podía ver el resplandor rojo del virus desde el pozo. Se había alejado tras ella, persiguiendo a la líder del escuadrón a través del laboratorio subterráneo.

Todo porque Vana le dio la oportunidad a Anaskya.

—¿Esa espada es todo lo que tienes? —preguntó Vana.

Afilado de sospecha, Sai se enfrentó directamente a la agente, con la katana nivelada. —Es más que suficiente.

—Estás herido. Cansado y débil. —Vana se tocó la barbilla—. Si corriera, ¿podrías atraparme?

—Inténtalo y verás.

Los ojos de la agente vagaron, evaluando el espacio a ambos lados de Sai. Detrás de Vana, una duna se elevaba hasta la base del edificio central. Una carrera difícil de hacer. ¿A dónde más podría ir? No quedaban naves en la plataforma de aterrizaje para agarrar, y cualquier otra parte de la base parecía demasiado lejos para un sprint directo.

Aunque, después de todo, era una agente.

Vana dio un solo paso a su izquierda. Sai no se movió. Ella dio otro.

Sai permaneció quieto.

—¿Me das ventaja? —dijo Vana.

—No hay nada por allí.

—Que tú sepas.

—Estoy demasiado cansado para juegos, Vana. Si quieres correr y darme una excusa para acortar tu vida, hazlo. De lo contrario, siéntate y espera a que Aurora regrese.

Detrás de Sai, la central eléctrica y su instalación de

fabricación de trajes retumbaron. Sai miró hacia atrás en esa dirección, viendo un humo sombrío elevándose en el cielo. Y ningún rastro de Aurora.

—Puede que necesite ayuda —dijo Vana—. Mejor ve a comprobarlo.

—Entonces vendrás conmigo.

Vana no protestó. Con Sai permitiendo que la agente tomara la delantera —siempre más seguro detrás del enemigo que delante—, los dos caminaron a través de la plataforma de aterrizaje. Vana trotaba con una facilidad sin esfuerzo, mientras Sai jadeaba durante el cruce, dando a la agente la oportunidad de lanzarle una risa burlona.

—¿Vas a lograrlo, soldado? —dijo Vana—. Aurora podría estar muriendo ahora mismo.

Sai captó la pulla, pero realmente no podía discutir. Vana podría llegar a la central eléctrica más rápido que él, sería capaz de darle un impulso a Aurora.

O asesinarla si la capitana de Sever estaba herida.

—Mantente cerca —dijo Sai—. Ella sobrevivirá.

Por una vez, Vana no respondió con desprecio abierto. En cambio, deteniéndose un momento para que Sai la alcanzara, Vana lo evaluó con una mirada directa.

—Ahora estás tomando las decisiones correctas —dijo Vana, igualando el paso con Sai, quien intentó y falló en hacer que la agente tomara la delantera por segunda vez—. No puedes dejarme escapar, sin importar el costo.

—Hablas mucho para ser una agente, ¿lo sabías?

Esas palabras, al menos, silenciaron la voz de Vana hasta que la pareja llegó a la central eléctrica y al túnel que conducía al interior.

Las puertas reventadas les permitieron entrar, y Vana suspiró al ver lo que las minas de Sai habían hecho al ensamblaje de trajes. Las cintas transportadoras colgaban en jirones, los engranajes giratorios destinados a mantenerlas en movimiento se habían roto con la parada repentina. Las secciones derrumbadas del techo habían aplastado otras partes, esparciendo escombros por todas partes. Un calor sofocante lo invadía todo, sin una pizca de brisa.

—Huele como si se estuvieran quemando cuerpos —dijo Vana mientras permanecían al final del túnel observando el desastre.

—Un olor que conocerías —replicó Sai.

—No veo a Aurora —Vana ignoró la pulla de Sai—. Quizás no lo logró después de todo.

—Ven aquí —Sai guio a la agente hasta las puertas del ascensor, que estaban cerradas—. ¿Sabes cómo abrirlas?

—¿Sin energía? ¿No se supone que esa es tu especialidad?

—Podría ser. Ve a pararte allí —Sai señaló a su derecha, hacia una esquina.

Vana tendría que pasar corriendo junto a Sai para llegar a la salida. Un pequeño seguro adicional. La agente, con los brazos cruzados, se apoyó contra la pared y observó. Recomponiéndose, Sai apartó todos sus problemas y levantó la katana. Las puertas de los ascensores no solían ser muy gruesas.

Esperemos que estas siguieran la tendencia.

El primer golpe arrojó chispas, dejando poco más que un arañazo en la superficie. El segundo no llegó mucho más profundo.

—Aurora morirá de vieja antes de que logres atravesar esa puerta —dijo Vana—. ¿Te importa si echo un vistazo?

Sai le lanzó una mirada fulminante a la agente, pero el orgullo no podía interponerse en el camino de los resultados. Haciéndose a un lado, dejó pasar a Vana. Ella fue directamente al panel de control del ascensor, específicamente a una sección debajo del lector de tarjetas.

—Mira esto —dijo Vana—. Una liberación de emergencia. ¿Será que a veces los ascensores se averían con gente atrapada dentro?

Un Sai más descansado podría haberse reído de su propio error. Claro, ser un Sever a veces lo ponía en un estado mental unidireccional, donde cada solución comenzaba y terminaba con la destrucción. ¿Ahora? Sai estaba herido, cansado y emparejado con una agente que despreciaba.

La lógica y la estrategia no eran precisamente las estrellas de su espectáculo mental.

Con el cierre liberado, Vana hizo un gesto a Sai para que se acercara y juntos empujaron las puertas para abrirlas. Como al abrir un horno, una oleada de calor seco los envolvió, haciendo que la piel ya sudorosa de Sai entrara en sobremarcha.

—Y pensar que todo este tiempo la base tenía una sauna y ni siquiera lo sabía —dijo Vana mientras se giraban para mirar hacia abajo por el hueco del ascensor.

El resplandor plateado de una pulsera brillaba varios pisos más abajo. Los ojos de Sai se abrieron de par en par.

—¿Aurora? —llamó Sai.

Una tos seca le respondió, que eventualmente se convirtió en una afirmación. Sai dejó que la katana se hundiera a su costado mientras buscaba alguna forma de bajar allí, de ayudar a Aurora a subir. No había cuerdas ni escaleras de mantenimiento, pero...

El empujón llegó rápido. Un fuerte empellón, y Sai cayó por el hueco. Por reflejo, extendió las manos buscando algo de qué agarrarse. La hoja de la katana encontró la pared del hueco, cortando el delgado contenedor e iluminando la caída con chispas naranja-blancas.

Iluminando y frenando.

Reforzando su agarre, Sai se aferró a la hoja. La katana se enganchó en algo duro, haciendo que Sai se estrellara contra el lateral de la pared del ascensor con un fuerte impacto, lo suficientemente fuerte como para nublar su visión y aflojar su agarre. Sai cayó libre, solo para aterrizar un segundo después en el techo del ascensor, con un sonoro estruendo que resonó por todo el hueco.

—¡Lo siento por eso! —gritó Vana—. Aurora, gracias por encargarte del virus por mí. Ha sido un verdadero placer trabajar contigo.

Sin mirar atrás, la agente se dio la vuelta y se marchó. Una escapada sin posibilidad alguna de ser atrapada.

—Menudo rescate —susurró Aurora, con la voz ronca y tensa.

Sai se incorporó hasta quedar sentado, observando a su capitana. Juntos formaban la pareja más sucia y maltrecha que Sai había visto jamás. Ambos llevaban trajes de piel que ahora eran más jirones que trajes. Las manos y los pies mostraban arañazos ensangrentados cubiertos de mugre negra, y el sudor trazaba nuevas líneas en sus rostros cubiertos de suciedad.

—He tenido mejores —respondió Sai.

El techo del ascensor no ofrecía opciones evidentes para salir. Abundaban las paredes lisas, y la katana de Sai estaba arriba, fuera de su alcance.

—¿Alguna idea? —preguntó el espadachín a Aurora—. ¿O nos vamos a derretir aquí dentro?

Aurora esbozó una débil sonrisa, sus dientes eran un contrapunto perlado al resto de sus cuerpos.

—Estaba reuniendo el valor para intentar algo antes de que te estrellases aquí.

—No ha sido mi mejor actuación, lo admito.

Sin discutir la afirmación de Sai, Aurora señaló la abertura en el techo del ascensor.

—Las señales de comunicación no parecen funcionar aquí, así que, ¿volvemos dentro?

—¿Ahí abajo? ¿No es donde está el virus?

—Estaba, a menos que me equivoque mucho —dijo Aurora—. Creo que esa cosa tuvo un encuentro cercano con tu conducto reventado.

Sai no tenía una idea mejor, por mucho que odiase esta. Con una última mirada a la katana, el espadachín siguió a Aurora a través del techo del ascensor. Si el calor había sido intenso arriba, dentro del ascensor les robó el aliento. Los pies de Sai se llenaron de nuevas ampollas al tocar el interior del ascensor mientras él y Aurora hacían su rápida travesía. No miró el resplandor naranja abrasador: cada otra parte de su cuerpo había sido chamuscada, sus ojos no necesitaban ese tratamiento.

La caída hasta el piso inferior no los llevó a cojines esta vez. En su lugar, un montón de cenizas humeantes amortiguó su caída, ambos Severs reaccionando con su entrenamiento para rodar al tocar el suelo. Juntos, con Aurora ofreciendo una mano de ayuda a Sai, los dos salieron del foso del ascensor, sacudiéndose los trozos ardientes.

La muñequera de Sai se había cortocircuitado en la caída, su pantalla era una cosa fundida y derretida. La de Aurora aún funcionaba, difuminándose a través de destellos espasmódicos.

—La peor parte ha pasado —dijo Aurora.

—Todo es lo peor —replicó Sai—. Vana ha escapado. Debería haberla liquidado arriba.

—La encontraremos, Sai. Esa es la misión. —Aurora empezó a avanzar por el pasillo—. No puede escapar siempre.

—¿Estás segura de eso?

—¿Tú no?

Sai se rio y se arrastró tras Aurora. La capitana tenía razón. Mientras Sever sobreviviera, la misión continuaría.

Y el escuadrón aún no había fallado.

## 33

## ATRAPADO

Después de cierto punto, después de suficientes roces con la muerte, Rovo ya no esperaba cruzar al otro lado. Con la armadura potenciada recibiendo una paliza y el enjambre rodeándolo, Rovo se aferró al cielo despejado sobre su cabeza y esperó el milagro que sabía que llegaría.

Hay que admitir que tenía información privilegiada.

Los gritos de alegría de Javelin inundaron el comunicador de Rovo tan pronto como el novato aterrizó en el suelo de la bahía de atraque, sus vítores puntuados por los golpes de la nave del Twilight Ranger contra el suelo. El estruendo se combinó con las manos agarrantes de los infectados para darle a Rovo un último masaje antes de su rescate, o su muerte.

—¿Me recoges? —respondió Rovo, haciendo una mueca cuando otro puño cubierto de mugre se estrelló contra su visor.

—Claro que sí —dijo Javelin—. ¿Dónde estás?

—Busca el frenesí y me encontrarás.

—Tío, todo esto es un frenesí. Sé más específico.

Rovo le dio la orden a su armadura y encendió las luces de los hombros. Incluso con la masa enloquecida, los rayos se dispararon hacia el cielo. Sus faros dorados permanecieron por un segundo, con Rovo señalándolos a Javelin, antes de que el enjambre sofocara las luces. Antes de que lo sofocaran a él también, borrando las estrellas y todo lo demás.

—¿Tienes un agarre listo? —preguntó Javelin.

—No puedo ver nada.

—¿Eso es un no?

El visor activó una alarma. Algo había arrancado una hombrera. Otros dedos se engancharon en las placas del pecho de Rovo, tirando de ellas. Estas cosas no parecían muy inteligentes, pero habían descubierto que la carne estaba dentro del caparazón.

—Te estoy diciendo que necesitas sacarme de aquí por las malas.

—¿Quieres que lo haga a lo grande? Entonces cierra los ojos.

Rovo no siguió las instrucciones. El visor compensó los destellos mientras los Rangers del Crepúsculo convertían su nave en un arma. La oscuridad alrededor de Rovo se volvió blanca y naranja, seguida de llamas cuando los láseres trazaron una línea alrededor del luchador. Trozos de limo y charcos de virus retorciéndose se aferraron a Rovo mientras el novato se incorporaba, observando el círculo ardiente a su alrededor.

—Efectivo —dijo Rovo.

—Me alegro de que estés contento. Agarra el cable y larguémonos de aquí —respondió Javelin.

La puerta de abordaje de la nave colgaba abierta sobre Rovo mientras la calabaza iluminada de naranja se cernía sobre la bahía. Mientras Javelin hablaba, una larga cuerda de rescate, una combinación de negro y acero diseñada tanto para incursiones como para rescates, se desenrollaba hacia Rovo.

—Espera un momento —dijo Rovo—. No vine solo aquí.

—¿Qué?

—Encuéntrame fuera de la entrada, te alegrará haberlo hecho. —Rovo se giró, vio la masa congelándose a su alrededor—. Y, eh, ¿podrías despejar el camino?

El ángulo no era perfecto, pero el objetivo no era pequeño. Sanje o Javelin —Rovo no sabía quién disparaba— enviaron rayos ardientes desde las torretas de su nave hacia la masa debajo del vestíbulo de entrada. Como las criaturas que atacaban a Rovo, como Felix en Dynas, los impactos golpearon e incendiaron a las cosas, enviándolas chillando o convirtiéndolas en cenizas.

Al despegar, Rovo se tambaleó a través de la brecha ardiente. Cada paso se hacía más difícil ahora, con chispas saliendo de las botas del novato mientras se movía. Aparentemente, esas criaturas podían hacer algún daño. Un escalofrío surgió ante la idea de lo que Rovo habría enfrentado sin un rescate.

Bueno, él lo sabía. La evidencia se movía a su alrededor, gruñendo, siseando y gritando mientras las criaturas huían del fuego de las torretas.

Corriendo por el vestíbulo de entrada, Rovo vio un destello. Su guadaña, que se había caído del gancho del techo, yacía en el suelo. Sin detenerse, el novato se agachó y la recogió, separándola en dos y deslizando las mitades en sus fundas mientras se movía. Puede que Sai hubiera ganado el arma para Rovo en Wexer, pero al novato había llegado a gustarle la guadaña.

Algún día, incluso podría aprender a usarla correctamente.

Irrumpiendo por las puertas a nivel del suelo de la bahía, Rovo vio a Perro justo donde el novato lo había dejado. Tanto reconfortante como preocupante —¿Perro seguía vivo?— Rovo se acercó pisando fuerte y lo levantó, adoptando una pose heroica. Detrás de él, las criaturas avanzaban, gruñendo hacia la entrada de la bahía mientras los Rangers del Crepúsculo volaban su nave por encima.

—¿Quién es ese? —preguntó Javelin cuando la nave pasó por encima, descendiendo y girando sus torretas para cubrir el vestíbulo de entrada con fuego ardiente—. No parece estar muy bien.

—No lo está —respondió Rovo, observando cómo bajaba el cable—. Dime que tienes algo de equipo médico en ese tumor al que llamas nave.

—Sé amable con ella, o puede que no te deje subir a bordo.

Rovo puso los ojos en blanco, se echó a Perro sobre el hombro izquierdo y agarró la bobina con la mano derecha. Javelin hizo los honores, retrayendo la bobina, y después de unos hermosos segundos dejando atrás a las criaturas, Rovo tenía a Perro en la fría cubierta de la nave de su escuadrón.

Javelin y Sanje, dejando la nave suspendida en el aire, entraron en acción cuando vieron a su compañero de escuadrón. Mientras Rovo se sentaba a un lado, quitándose la armadura de combate dañada pieza por pieza —la secuencia de eyección había sido dañada por las malditas criaturas—, los dos Rangers cubrieron a Perro con ungüentos curativos, casi ahogaron al hombre con agua bendecida con drogas y lo llevaron a sus aposentos.

Liberado de su traje, Rovo se aventuró en la cabina de la nave mientras los otros dos Rangers atendían a Perro. Fuera del parabrisas, Rovo vio a las criaturas saliendo en tropel de la bahía. Algunas, aún no enredadas, se dispersaron en direcciones aleatorias, corriendo por las dunas en busca de alimento. Otras, enmarañadas entre sí, tropezaban y se tambaleaban al azar.

¿Cuánto tiempo sobrevivirían esas cosas, sin nada más que comerse entre ellas y arena?

Rovo observó el flujo de salida, aplicando distraídamente ungüento sobre algunos de sus propios cortes. Tendría que lidiar con infecciones, pero por el momento, el novato disfrutaba respirar sin temer que fueran sus últimos alientos. Lo habían intentado, todos esos monstruos. Habían intentado atrapar a Rovo, y habían fracasado.

Ahora estaban huyendo, perdidos, y...

El pensamiento se desvaneció cuando Rovo parpadeó, observando con más atención. Al principio, las criaturas se habían dispersado en todas direcciones. Ahora, sin embargo, parecía que se perseguían entre sí. Las masas más grandes perseguían a las más pequeñas, todas dirigiéndose hacia el este, hacia lo que parecía ser desierto abierto. Rovo habría buscado más, pero el parabrisas de la nave no le daba una vista completa.

Mirando de reojo la palanca de vuelo, Rovo escuchó por si Javelin y Sanje estaban cerca. Ninguno parecía estar cerca, así que el novato se inclinó y dio un ligero empujón a la palanca. No era piloto, pero cualquier soldado de DefenseCorp tenía suficiente entrenamiento para aterrizar una lanzadera en caso de crisis. El empujón hizo que la nave de los Rangers girara a la izquierda, dándole a Rovo una mejor vista.

Las criaturas perseguían a alguien, una figura corriendo —el largo cabello ondeando daba la impresión de que podría ser una mujer— que trepaba por una duna. Se dirigía lejos de la base, aparentemente hacia el desierto. Una dirección suicida, dadas las incansables criaturas que la perseguían.

—¡Sanje! —llamó Rovo. Había dado el empujón, pero cualquier intento de rescate pondría a prueba sus escasas habilidades al límite—. ¡Necesito un piloto!

—¿Para qué necesitas un piloto? —dijo Sanje, volviendo corriendo—. ¿Qué estás haciendo con mi nave?

—¿La ves? —Rovo señaló—. Está en problemas.

Una de las criaturas alcanzó a la mujer en la cresta de la duna. Esperando un rápido final, los ojos de Rovo se abrieron de par en par cuando la mujer adoptó una postura de combate y lanzó una patada fulminante que envió a la criatura rodando por la arena. Sin esperar a ver el resultado, ella salió corriendo de nuevo, desapareciendo por el otro lado de la duna.

—No parece estar en problemas —dijo Sanje.

—Sí, uno menos, un millón por delante —replicó Rovo—. Vamos a ayudarla.

—Si quisiera ayuda, podría haber llamado —dijo Sanje, pero de todos modos se deslizó en el asiento del piloto—. No es buen negocio rescatar a extraños. Particularmente hoy.

—Considéralo un favor entonces, por Perro.

Sanje no discutió esa transacción. Impulsó la calabaza voladora hacia adelante, sobre el desfile de criaturas y la cresta de la duna. Al otro lado, donde Rovo esperaba ver un interminable mar de arena, se encontraba un hangar achaparrado anidado entre varias otras dunas. Lo suficientemente grande para un caza, o un pequeño transporte del tamaño del *Prisa*. La mujer corrió hacia él, con más criaturas rodando por las dunas tras ella.

—Este lugar tiene demasiados secretos —murmuró Sanje mientras se deslizaban hacia el hangar—. ¿Qué hace esto aquí?

—Si estuvieras haciendo cosas terribles a personas que

podrían querer venganza —dijo Rovo—, no sería mala idea tener una vía de escape secreta.

—¿Qué estás diciendo?

—Creo que sé quién podría ser.

Rovo no quería imaginar lo que ver a Vana tan lejos podría significar para Aurora. La capitana de Sever nunca dejaría ir a la agente, así que o Aurora había muerto, o algo la había obligado a desviarse de su curso. De cualquier manera, Sever tenía una misión, y su objetivo pisaba la arena justo debajo de ellos.

—¿Es esa Vana? —dijo Sanje, inclinándose hacia el parabrisas—. ¿Todavía está viva?

—Vuela el hangar —dijo Rovo—. No sé qué nos espera ahí dentro, pero ella no puede llegar a ello.

—Tarla dijo que os ayudara a todos, no dijo nada sobre disparar a nuestra antigua empleadora.

—Te lo pondré de esta manera —dijo Rovo mientras Vana finalmente se percataba de la nave sobre ella, lanzándoles una mirada confusa—. DefenseCorp estará furiosa después de hoy. Querrán a alguien a quien culpar por todo esto, y Vana es esa persona. ¿Adivina a quién le pagarán por entregar su excusa en sus manos?

—Te entiendo, amigo —asintió Sanje—. Te entiendo.

El Ranger tecleó en su consola, y la calabaza disparó con sus torretas gemelas, triturando el hangar con láseres. Los disparos penetraron la delgada estructura, alcanzando lo que había detrás y destruyéndolo en una hermosa bola de fuego.

Al ver esto, Rovo regresó al centro de la calabaza y abrió la puerta de abordaje. Sanje bajó la nave lo suficiente para que Rovo desenrollara la bobina, pero en lugar de eso, miró hacia afuera y abajo a la mujer que lo había mantenido como rehén durante demasiado tiempo.

Vana estaba de pie sobre la arena, el viento azotando su cabello oscuro sobre su rostro. Las criaturas y sus rugidos sibilantes se acercaban cada vez más, cazando a su presa atrapada. La agente tenía segundos para tomar una decisión, una que Rovo ni siquiera tenía que articular.

—No iré con vosotros —gritó Vana—. Me matarán de todos modos. DefenseCorp merece morir por lo que han hecho.

Dejar que Vana fuera devorada por criaturas de su propia creación sonaba bastante atractivo, pero la agente podría saber dónde había terminado Aurora. Podría saber algo que pudiera detener a estas criaturas o prevenir futuros ataques. Todos los agentes de Vana se habían dispersado, algunos podrían tener el virus con ellos, esperando para lanzarlo sobre un planeta desprevenido.

El novato le debía a la galaxia atrapar a Vana con vida, por mucho que le desagradara la idea.

—¿Crees que estar muerta los va a detener? —gritó Rovo en respuesta—. DefenseCorp solo te va a utilizar, y si estás muerta, no podrás defenderte. Suprimirán lo que pasó aquí, y no serás nada.

—Tenía previsto eso —Vana lanzó una mirada hacia las criaturas que se acercaban, frunció el ceño y luego se obligó a recobrar su determinación—. Tengo unidades de almacenamiento, envié grabaciones. ¡La galaxia conocerá la verdad!

—¡Porque tú se la vas a contar!

En lugar de responder, Vana solo sonrió y cerró los ojos. Rovo reconoció una pose de muerte cuando la vio —gracias de nuevo, películas— y maldijo.

—¡Sanje, cúbreme! —gritó Rovo hacia la cabina.

Sosteniendo la bobina en sus manos, Rovo saltó desde la puerta de abordaje. A su alrededor, la nave abrió de nuevo sus torretas, estableciendo una línea de fuego. A diferencia de la bahía, sin embargo, las criaturas no estaban acorraladas aquí, y se dispersaron, acercándose desde todos los ángulos.

Rovo se estrelló contra la arena junto a Vana, arruinando su momento sereno. Ella se volvió y lo miró con sorpresa atónita, una expresión que adquirió un matiz completamente diferente cuando Rovo le propinó un puñetazo en la cara. El golpe hizo que Vana se desplomara, y Rovo amortiguó su caída. Con otro grito hacia Sanje, la bobina se retrajo, jalando a Rovo hacia arriba por segunda vez en muy pocos minutos mientras una marea viral invadía sus huellas en la arena.

Y Tarla lo había llamado inútil.

## 34

## ARRIBA Y LEJOS

Aurora y Sai siguieron las brasas, sus pies absorbiendo los calientes restos mientras la pareja caminaba por el laboratorio subterráneo devastado. Las cenizas cubrían el hogar de Anaskya, el virus en retirada había traído consigo llamas, una fuerza aún más hambrienta que él mismo que lamía la suciedad de las paredes y los charcos en las habitaciones. La pareja dio varios giros bruscos, encontrando la ruta directa a las escaleras intransitable debido a incendios que aún ardían.

—La sangre de Kaia no era tan fuerte como pensábamos —reflexionó Sai mientras cruzaban otra intersección cubierta de chispas, su voz marchita y seca.

—Funcionó con las personas —respondió Aurora, haciendo una mueca por los arañazos que sus propias palabras provocaban al salir. Ambos necesitaban un viaje express a la bahía médica y una larga estancia allí—. Lo que sea que Anaskya creó podría no tener la misma composición.

—O tal vez Aurum Tres es simplemente demasiado caliente.

—Eso también.

Cuando las llamas disminuyeron, Sai usó su pulsera para guiarlos. Después de todas las palizas y las quemaduras, Aurora sentía que el paseo iluminado por la luz plateada a través de los pasillos carbonizados podría haber sido su propio camino hacia algún lúgubre más allá. Su cuerpo crujía y gemía, mientras que lo que quedaba de su mente luchaba por mantener la compostura. Una sensación que a menudo llegaba después del final de una misión, una que Aurora prefería abordar con una bebida en la mano y un largo sueño en su futuro.

—No podemos dejar mi espada —dijo Sai.

—No se va a ir a ninguna parte —respondió Aurora—. No queda nadie para llevársela.

—Me doy cuenta ahora de lo afortunado que he sido de conservar esa hoja durante tanto tiempo. ¿Cuántas veces perdimos nuestra armadura de combate? ¿Nuestros rifles?

—Gregor siempre parece terminar con su martillo.

Sai no tenía una respuesta lista, lo que hizo que Aurora se preguntara si el hombre quería que ella entablara algún diálogo sobre la katana. Francamente, Aurora estaba asombrada. Estaba asombrada de que Sever Escuadrón hubiera pasado por toda esta mierda con alguno de ellos vivo, y mucho menos con algún equipo intacto. Si hablar no hiciera que Aurora sintiera como si tuviera cuchillos metidos dentro del cuello, como si sus pulmones no hubieran sido carbonizados, tal vez le habría dado a Sai las palabras que quería.

Por ahora, sin embargo, la capitana de Sever Escuadrón solo quería caminar.

Emergieron a la profunda noche después de subir aquellas escaleras metálicas, escalones que resultaron bendecidamente frescos para sus pies quemados. Arriba, el cielo salpicado de estrellas parecía desprovisto de láseres, una señal de que la flota había sido completamente tomada por los invasores de Vana, o bien sus amigos de DefenseCorp habían sobrevivido. No tenía energía para invertir en ninguno de los dos desenlaces.

En su lugar, siguió a Sai mientras este se dirigía de vuelta hacia la central eléctrica. Juntos, caminaron por la plataforma de aterrizaje llena de baches, evitando los agujeros causados por el virus devastador.

—¿Crees que Vana escapó? —preguntó Sai.

—Intentó lanzarme al espacio en su vieja nave —respondió Aurora.

—¿Qué?

Aurora le contó sobre la persecución, la pelea y el dispositivo que aún llevaba en el bolsillo. Palpó el pequeño aparato, su plástico frío y el metal en su interior esperando que funcionaran después del ardiente encuentro.

—Qué plan tan ridículo —dijo Sai mientras se acercaban a la entrada de la central eléctrica—. ¿Cuántas cosas tenían que salir bien?

—Lo logró, sin embargo. Y escapó.

—La encontraremos, como dijiste —respondió Sai—. La próxima vez no tendrá un montón de civiles infectados protegiéndola.

—Eso seguro que no.

Unas luces anaranjadas interrumpieron su entrada a la central eléctrica, una nave abultada se elevó sobre la duna cercana y se dirigió hacia ellos. Su puerta de embarque estaba abierta, con un rostro familiar saludando desde ella.

—¿Ese es Rovo? —preguntó Aurora.

—Le pedí que buscara ayuda —dijo Sai, sacudiendo la cabeza—. Aparentemente la encontró.

—¡No van a creer a quién tengo aquí dentro! —gritó

Rovo mientras la nave se estabilizaba en un vuelo estacionario cerca de la central eléctrica—. Además, hay un montón de cosas horribles viniendo hacia acá, así que deberían subir a bordo. Estoy demasiado cansado para seguir luchando.

Sai se negó a irse sin la katana, pero con la ayuda de Rovo y el cable de la nave Twilight Ranger, el trío recuperó la espada y logró subir a bordo antes de que las masas infectadas los encontraran. Mientras Sai iba por el botiquín médico, Aurora siguió a Rovo hasta el camarote de la tripulación que había convertido en una celda para Vana.

La mujer tenía miradas fulminantes de sobra, pero después de confirmar que las esposas paralizantes estaban bien puestas, que la puerta se sellaba herméticamente y que no había ningún otro dispositivo más allá de la pulsera de la agente en la habitación, Aurora dejó a Vana con sus propias protestas.

—Buen trabajo, novato —le dijo Aurora a Rovo en el pasillo exterior, esbozando una sonrisa cuando Rovo empezó a protestar por el apodo.

A partir de ahí, Aurora se aplicó ungüento, se dio una muy necesaria ducha y encontró algo de ropa de Tarla que le quedaba bien. Sai hizo lo mismo mientras Sanje llevaba la nave al espacio, encontrando la flota de DefenseCorp en un desorden menguante.

Las lanzaderas de Vana y sus tripulaciones habían sido eliminadas, aunque con la pérdida de más de una docena de naves. Principalmente pequeñas, pero con graves bajas, no obstante. Peor aún, Aurora apenas había empezado a sentirse humana de nuevo cuando Deepak se puso en contacto con ella y declaró necesaria su presencia, junto con Vana, en una reunión de emergencia en el *Nautilus*.

Aurora descartó la idea, en su lugar arrebatando el

control de comunicaciones a Sanje. Tenía prioridades más altas que sentarse en una sala mientras los nuevos oficiales de DefenseCorp intentaban tomar el control.

Primero vino la llamada a través de la frecuencia de Sever, un grito dirigido al *Prisa*, una nave que hasta ahora no aparecía en los escáneres de Sanje. Suficientes escombros flotaban entre la flota como para que la nave de Sever pudiera estar entre los desechos, pero Aurora se negaba a creer que Eponi hubiera caído víctima de algunos láseres de lanzaderas de asalto.

—¡Capitana! —la voz de Eponi resonó, crepitando tanto por la débil intensidad de la señal como por el deleite—. No estaba segura de que volvería a oír de usted.

—¿Por qué no estabas allí para recogernos? —dijo Aurora, reprimiendo su alivio por la aparente supervivencia de Eponi.

—La *Prisa* no está precisamente en condiciones para vuelos atmosféricos en este momento —dijo Eponi, y Aurora se preguntó por qué no percibía ninguna vergüenza en su admisión—. Hemos pasado por mucho aquí arriba, y va a necesitar algo de trabajo.

—Has dejado que nuestra nave...

—Mi nave —interrumpió una nueva voz, que sonaba muy cerca de la de Eponi—. Mi nave, Aurora. Ese fue el precio. Os ayudamos, salvamos todas vuestras vidas del Sever Escuadrón, y a cambio, nos quedamos con esta nave.

—Tarla, si tocas una sola cosa en la *Prisa*... —advirtió Aurora.

—Tranquila, capitana —volvió a hablar Eponi—. Tiene razón. Realmente nos ayudaron. Después de, bueno, casi matarnos, pero a veces las cosas son así, ¿sabes?

¿Lo sabía Aurora?

—Eponi, no dejes que se lleve esa nave hasta que

tengamos una conversación apropiada sobre quién salvó a quién, y cuál de nosotros decidió aceptar un contrato de un criminal —dijo Aurora.

—Lo tienes, capitana.

—Hasta luego, Aurora —añadió Tarla—. Es tan bueno saber que sobreviviste. No sé qué haría sin ti para despreciarte.

—Lo mismo digo, Tarla. Lo mismo digo.

Recostándose y cortando la llamada, Aurora miró hacia Sanje. El piloto del Twilight Ranger se encogió de hombros en respuesta. Antes de que pudiera empezar a interrogar a Sanje para obtener más detalles, entró otra llamada. Esta vez de una fragata cercana. Un capitán cuyo rostro sugería días mucho mejores que este apareció en la pantalla de la consola.

—¿El almirante Deepak dijo que esta era la frecuencia correcta para el Sever Escuadrón? —comenzó el capitán, y cuando Aurora asintió, el hombre ganó algo de confianza—. Tenemos a un miembro de su equipo a bordo y, bueno, podría necesitar algo de ayuda.

La nave del Twilight Ranger se convirtió en un transporte médico. Acoplándose en la fragata, Aurora, Sai y Rovo —Javelin y Sanje se quedaron atrás para vigilar a Vana— se reunieron con Briany y un Gregor que se aferraba a la vida. El hombre grande parecía tan ajeno en la cama, con la piel gris y cubierta de sudor, los ojos cerrados y el pecho robusto apenas subiendo y bajando.

Juntos, con Rovo cargando el martillo de Gregor, subieron al miembro más grande del Sever a la nave en forma de calabaza y pusieron rumbo al *Nautilus*. Allí, todos lo acompañaron en la bahía médica. Cada uno se quedó el tiempo que pudo, con nueva información de Gillane Cuatro que sirvió para ayudar en el tratamiento de las infecciones virales.

Rovo y Eponi, con la *Prisa* lo suficientemente arreglada para volar hasta el *Nautilus*, fueron los primeros en quedar libres para deambular por la nave. Aurora llenó sus días de recuperación con las peticiones de Deepak para unirse a las continuas reuniones entre los portavoces de DefenseCorp, todos maniobrando para mantener sus nuevos mandos y los contratos que conllevaban.

Deepak intentó suprimir la historia de Vana, una maniobra que fracasó cuando ella encontró a alguien dispuesto a filtrar su relato. La unidad que le había dado a Aurora desapareció de las pertenencias de la capitana del Sever —Aurora sospechaba que Javelin, o tal vez la misma Tarla, era el ladrón— y su contenido se difundió por toda la galaxia. La tormenta mediática resultante hizo más daño a DefenseCorp que cualquiera de los asesinos de traje de Vana. Aurora se mantuvo al margen, sin querer ni importarle cómo las facciones de DefenseCorp lidiaban con la repentina sospecha de cada planeta civilizado.

En su lugar, Aurora reunió al Sever Escuadrón una semana después de los acontecimientos en Aurum Tres. Todos tenían nuevas cicatrices, y Gregor llevaba un parche especial en el abdomen diseñado para mantener sus entrañas en su lugar mientras sanaban. Aun así, toda la tripulación se veía más o menos como ellos mismos mientras se sentaban en la cubierta de observación del *Nautilus*, contemplando el planeta arenoso y su estrella blanca brillar. Los equipos de limpieza de DefenseCorp escudriñaban la base allá abajo, asegurándose de que no quedara ningún infectado.

Aurora no era propensa a las lágrimas, pero sintió un par de ellas asomarse al borde de sus ojos mientras los cinco se reunían alrededor de una mesa. Rovo pidió las bebidas para todos, acertando con los favoritos de cada uno y pasándoselos al robot del bar sin perder el ritmo. Las bromas comenzaron, luego se apagaron lentamente cuando las miradas del Sever se dirigieron hacia Aurora.

—¿Tienes un discurso para nosotros, Aurora? —preguntó Sai, el padre, luciendo una sonrisa relajada—. ¿Algo sobre cómo Sever va a seguir convirtiendo la galaxia en su alcancía personal?

—En realidad —dijo Aurora, dejando que su propia sonrisa tranquila se desvaneciera—, no creo que eso sea lo que vamos a hacer, y creo que todos ustedes lo saben.

La absoluta falta de sorpresa en todos esos rostros, con Eponi incluso asintiendo, confirmó las propias conversaciones de Aurora con todos ellos durante los últimos días.

—Sever comenzó como un escuadrón de élite para una organización que —Aurora miró a su alrededor— no parece que vaya a sobrevivir mucho más. Al menos, no de la manera que la conocíamos. No hace mucho, los cinco votamos para dejar DefenseCorp y emprender nuestro propio camino. Sabemos lo bien que resultó eso.

—No fue nuestra culpa —interrumpió Rovo, y Gregor añadió un asentimiento propio.

—Aun así —continuó Aurora—, pusimos en riesgo nuestras cuentas bancarias y ganamos, en cambio, mucho peligro por poca recompensa. El juego de los mercenarios no es tan fácil como pensábamos que sería. —Fue a por su bebida, pensando en dar un largo sorbo, pero se detuvo. Aurora no necesitaba que un miembro del escuadrón la interrumpiera aquí—. Deepak me ha pedido que vuelva. Con todo lo que está pasando, quiere a alguien en quien pueda confiar al mando de sus soldados.

Esta vez, al menos, la sorpresa besó algunos rostros. Solo Sai mantuvo su mirada conocedora imperturbable.

—Voy a aceptar, y no solo porque Deepak me va a pagar condenadamente bien —Aurora volvió a sonreír, esta vez con fiereza—. Aprendí mucho de todos ustedes, lecciones que los soldados de esta nave deberían aprender también. Podría salvar algunas vidas.

Otro respiro, el discurso llegaba ahora a la parte que más odiaba.

—Deepak me pidió que les extendiera ofertas a cada uno de ustedes también. Si están interesados, les encontraremos un lugar —continuó Aurora—. Pero tengo la sensación de que eso no va a ser un problema.

Los miembros del Sever se miraron entre sí. Rovo tosió. Entonces Gregor se inclinó hacia adelante, tomó su bebida y la levantó.

—Un brindis —gruñó Gregor—, por el mejor maldito escuadrón que la galaxia haya visto jamás.

Cinco vasos chocaron poniendo fin a una aventura, y dando inicio a una larga noche intercambiando historias que todos ya habían escuchado, y que todos disfrutaban escuchando de nuevo.

## 35

## EL INTERCAMBIO

E l taxi redujo la velocidad hasta quedar suspendido al final de un callejón, y el césped azul amortiguó los pasos de Sai al descender. El aire le pellizcaba la nariz bajo un cielo verde mar. Modestas casas, gigantescas en comparación con los camarotes de la tripulación en el *Nautilus* o el *Prisa*, decoraban el paisaje con diseños serpenteantes concebidos para capturar la lluvia. ¿Su objetivo?

Tres puertas más allá, a la derecha. Una casa amarilla, con juguetes esparcidos por el amplio jardín delantero. Sai, con una bolsa sobre un hombro y la katana sobre el otro, luciendo un suéter civil que le picaba, se quedó mirando por un largo segundo la piscina infantil y los juguetes de animales dispersos a su alrededor. Se había marchado cuando sus hijos ya eran demasiado mayores para estas cosas. ¿Se habría equivocado de dirección?

Consultó su pulsera, comparó el número con el que estaba plasmado sobre la entrada de la casa, enmarcado por flores artificiales. No, definitivamente era la correcta.

Su hija no cometería un error así.

Mientras Sai se dirigía hacia la puerta, luchaba por

mantener los ojos en la entrada en lugar de escanear en busca de amenazas. Estar al aire libre sin un visor funcional le provocaba espasmos en las manos y las piernas, y Sai se encontró con que sus palmas se deslizaban hacia pistolas enfundadas que no existían.

El funcionario de DefenseCorp encargado de procesar la baja de Sai le dijo que su período de servicio traería consigo un equipaje que el tiempo tendría que desentrañar. Cargó la pulsera de Sai con suscripciones a programas diseñados para facilitar su regreso a una vida no llena de láseres, misiones y actos aleatorios de violencia.

El tiempo, repetía el hombre, resolvería cualquier problema, siempre que Sai lo permitiera.

En la puerta, Sai extendió la mano hacia el timbre, un suave botón azul incrustado en la fachada color limón pastel, cuando notó que la puerta estaba ligeramente entreabierta. Dejó su bolsa en el suelo y escuchó. Afuera y alrededor, Sai oía el tranquilo ruido de fondo siempre presente en lugares como este: máquinas funcionando, gente llamándose entre sí, pero dentro de la casa se escuchaba un sonido decisivo.

La última vez que había oído reír a un niño, Sai estaba con Sever. Después de Dynas y camino a Wexer, Kaia jugaba en la nave de Anaskya. Con la fe restaurada, Sai empujó la puerta para abrirla completamente y entró.

La risa del niño continuaba, atrayendo a Sai a través de un amplio pasillo, con fotografías agrupadas a lo largo de las paredes. Reconoció los rostros en esos marcos, su familia creciendo a través de los años. Había pasado un tiempo desde que Sai había visto una nueva transmisión de video —los tiempos de transmisión a través de las estrellas eran tan lentos—, pero el padre no olvidaba a sus hijos.

Tampoco olvidaba a su esposa.

Ella había pasado de ser una compañera luchadora a una líder regia, igualando y superando el papel de Sai en mantener a flote a la familia. A juzgar por la casa que lo rodeaba, su suave sonrisa en todas estas fotos, ella había continuado justo en ese papel.

El pasillo terminaba en una extensión de cristal que se abría a un amplio patio trasero. Sai vislumbró una mesa larga y ancha, puesta para diez, sobre un patio de adoquines. Todo se sentía, se veía tan doméstico. Sai se sintió mareado, como un intruso en una vida tan alejada de la suya.

Pero la risa del niño, un chillido agudo esta vez, empujó a Sai un paso más adelante. La puerta del patio se abrió sin problemas, deslizándose a un lado. Al atravesarla, Sai siguió los sonidos ahora amortiguados del niño hacia la izquierda.

Allí de pie, dispuestos como si fueran una de las fotos del pasillo, estaban las personas que Sai amaba más que nada en la galaxia. Las personas que había dejado atrás buscando su verdadero hogar. Un hogar que Sai sabía, ahora, estaba justo aquí.

—Hola, papá —dijo la hija de Sai, sosteniendo al pequeño en sus brazos—. ¿Quieres conocer a tu nieto?

—Te propongo un intercambio —respondió Sai, moviendo el hombro para hacer girar la espada envainada hasta su agarre—. La katana por el pequeño.

Quién sabe si alguna vez volvería a intercambiarlos.

## 36

## NUEVO CONTRATO

Habían seguido el dinero hasta un planeta que Gregor nunca quiso volver a ver. La masa negra y gris de Wexer se cernía fuera del parabrisas del *Prisa*, una vista que Gregor contempló durante un largo minuto antes de volver al espacio central para ajustar su martillo y cinturón en su chaleco, piernas y muñequeras.

—Apuesto a que no te esperabas esto —dijo Briany, conectando las baterías a su cañón. El arma apenas cabía al entrar y salir del *Prisa*, pero la mujer se negaba a dejarla atrás—. ¿Calico Max y los Talpa del mismo lado?

Se rio, una carcajada gloriosa que contagió a Gregor. Cuando Tarla anunció el contrato, apenas unos días después de partir del *Nautilus* en la flota de dos naves de los Twilight Rangers, Gregor y Briany se habían reído de la misma manera. Calico Max y sus amigos alienígenas operadores de minas necesitaban algo de seguridad después de que la antigua oficina de DefenseCorp cerrara, declarándose su ex funcionario dueño del planeta y exigiendo lo que le correspondía.

Sonaba como un objetivo perfecto para el martillo de Gregor.

—Eponi —llamó Gregor—. Aterriza directamente en su base. Quiero que este hombre vea lo condenado que está.

—Ese no es el plan de Tarla —respondió Eponi, ocupando el asiento del piloto. Sanje pilotaba la nave con forma de calabaza (tenía un nombre, solo que Gregor nunca se molestó en recordarlo) y, como era de esperar, la nave más lenta forzaba a los Rangers a usar estrategias tediosas—. ¿Quieres ir en contra de sus órdenes?

—Cuanto más rápido eliminemos a este tipo, más pronto nos pagarán —dijo Briany—. Haz eso, y Tarla te amará para siempre.

—Más te vale tener razón. —El *Prisa* se estremeció cuando Eponi inyectó energía a los motores, lanzando la nave por delante de su contraparte—. Porque te echaré la culpa si se enfada.

—Ajá —respondió Briany—, como si alguna vez pudiera enfadarse con su niña dorada.

Eponi no tenía respuesta para eso, y las dos en la parte trasera compartieron otra risa. Ver a su amiga enfrentarse a un desafío completamente nuevo con Tarla le había proporcionado a Gregor más entretenimiento que cualquier cosa desde que destrozaron esos trajes sobre Aurum Tres. Hasta ahora, Eponi parecía estar ganando: mantenía el derecho de pilotar la *Prisa*, y había hecho que Aurora transfiriera el título oficial de la nave a su nombre, no al de Tarla. Al parecer, Deepak había acordado encontrar y compensar a los antiguos propietarios de la nave, evitando así futuros problemas.

Una justa recompensa por detener ese crucero rebelde.

Terminando con su martillo, Gregor se recostó contra la pared de la *Prisa*. Echó un vistazo a su brazalete, encontró el último mensaje transmitido a su etiqueta, que llegaba rápidamente después de que Gregor enviara su propio saludo atrasado. Largo, divagante y asombroso en todos los sentidos, Gregor se deleitó con los párrafos que sus padres habían enviado detallando su último proyecto, ahora supervisando en lugar de volar rocas en un nuevo cometa.

El hecho de que los mensajes hubieran ido y venido tan rápido significaba algo aún más fantástico: el cometa, y sus padres, estaban cerca. Lo suficientemente cerca como para que, después de reducir esta molestia a la nada, Gregor pudiera convencer a Tarla de hacer un sobrevuelo por la roca.

Briany silbó mientras daba palmaditas a su cañón láser, una preparación casual que hizo que Gregor se maravillara del momento. Sin los meticulosos informes de Aurora, la armadura potenciada, o los rangos tácitos, los Rangers del Crepúsculo representaban algo nuevo, algo diferente.

—Te dije que esto sería divertido —dijo Briany, guiñándole un ojo a Gregor.

Gregor solo pudo estar de acuerdo.

## 37

## CAMBIO DE CARRERA

El golpe en la puerta desvió la mirada de Rovo de la ventana y del mar que fluía sin cesar más allá y por debajo de ella. Otro hermoso cielo azul engalanaba Gillane Cuatro, la luz del día inundaba la oficina de Rovo y resaltaba sus paredes desnudas y un escritorio austero.

—¿Te estás poniendo cómodo? —preguntó Raquel, abriendo la puerta y asomándose con una radiante sonrisa.

—Se podría decir —respondió Rovo, señalando el escritorio y la estación de trabajo apagada sobre él—. Es como volver atrás en el tiempo.

—¿Creía que nos manteníamos al día con la tecnología? —dijo Raquel.

—No son los componentes —dijo Rovo, y luego se miró a sí mismo—, sino el trabajo. La última vez que me senté en una oficina como esta, quería estar en cualquier otro lugar.

Raquel cruzó los brazos y se apoyó contra la pared. Sin el estrés constante de un ataque de agentes, la jefa de seguridad de Salinity tenía una nueva vida, un impulso que se reflejaba en sus ojos brillantes y en su ropa, pensada para pasar el día haciendo cosas con quien pudiera reclutar. Ella y Aurora tenían mucho en común: a Raquel solo le faltaba un rifle y una armadura potenciada para que Rovo se sintiera como en casa.

—No vas a estar rellenando papeles —dijo Raquel—. Después del almuerzo, empezamos con las entrevistas. Podrás elegir tu propio escuadrón.

—¿Así es como lo llamas? ¿Un escuadrón?

—A menos que prefieras otra cosa.

¿Lo preferiría?

Con DefenseCorp fragmentándose en pequeñas flotas y contratistas mercenarios, Salinity decidió hacerse cargo aún más de su propia seguridad. Rovo lideraría parte de ese esfuerzo, específicamente entrenando a oficiales nuevos y veteranos sobre cómo defender realmente una nave, una plataforma, a la gente. Para empezar, Rovo tenía que encontrar al equipo que le ayudaría a hacer eso a través de una vasta galaxia.

—Escuadrón está bien, aunque ahora tendré que pensar en un nombre —dijo Rovo.

—Puedes hacerlo durante el almuerzo —dijo Raquel.

—¿Crees que tenga tiempo?

—Definitivamente lo tienes. Vamos.

No es que Rovo fuera a decirle que no a Raquel de todos modos. Un trabajo no había sido la única razón por la que el novato quería regresar a Gillane Cuatro.

La cafetería de la torre de oficinas de Salinity carecía del ambiente sobrio y acerado del *Nautilus*, recordándole a Rovo una vez más que ahora trabajaba para una organización que no ponía a sus miembros en peligro día tras día. Una música rítmica y casual flotaba en el aire mientras el alegre parloteo del mediodía rebotaba por el amplio espacio, con tragaluces en las paredes laterales que proporcionaban un brillo refrescante.

Todo eso, sin embargo, se desvaneció cuando un único grito chispeante se elevó por encima del ruido. Rovo, a tres pasos de salir del ascensor, se agachó para recibir el abrazo apresurado de Kaia. Detrás de ella, por una vez sin mostrar frustración abierta en su rostro, venía Kashmal. La niña parecía feliz, radiante de salud, y cuando Rovo le dijo que podía verlo cualquier día que quisiera, la luz de Kaia disipó cualquier duda sobre haber abandonado DefenseCorp.

No, el trabajo definitivamente no era la única razón.

## PENITENCIA

A pesar de pasar la mayoría de sus noches en la cubierta de observación, las vistas aún no habían cansado a Aurora. Con el *Nautilus* en movimiento de regreso hacia la frontera —el lugar preferido de Deepak para jugar—, mirar hacia el núcleo galáctico presentaba colores vibrantes a lo largo del espectro, una belleza interestelar deslizándose por un cielo infinito.

—Su historia cuadra —dijo Deepak, el almirante uniéndose a Aurora con dos bebidas en sus manos—. Todo lo que hemos podido encontrar coincide.

—No está guardando secretos.

—No logro descifrar qué juego está jugando Vana —dijo Deepak, igualando la mirada de Aurora hacia el cielo—. La mantuve aquí con la promesa de averiguar lo que quería, y aún no lo sé.

La bebida dejó un picante sabroso con el bourbon. Una buena mezcla con la temperatura fresca de la cubierta.

—Te has estado obsesionando con ella —dijo Aurora—. Estás buscando fantasmas que no existen.

—Podría ser. —Deepak levantó el vaso a sus labios, pero no bebió—. ¿Crees que estoy persiguiendo la nada?

Aurora había escuchado la historia directa de Vana junto con todos los demás. La agente, cansada y victoriosa, había dado cada respuesta sin vacilación, sin cálculo. Que Deepak y su propio equipo descubrieran que Vana decía la verdad no fue ninguna sorpresa.

—Perdió su hogar porque el bando equivocado compró nuestros servicios —dijo Aurora—. Hay millones como ella por ahí, Vana solo tuvo las agallas para hacer algo al respecto.

—¿Destrozarnos desde dentro por despecho?

—Y asustar a la galaxia para que no cree monstruos sin mente —Aurora no jugaba con su bebida, disfrutando del ardor—. Lo llamaría noble si no hubiera matado a tantos para lograrlo.

El silencio llenó el vacío mientras una nebulosa púrpura y blanca ocupaba el centro del escenario en lo alto. Estelas atravesaban el espacio, líneas plateadas mostrando el paso de cometas, escombros e incluso otras naves.

—¿Crees que ella tenía razón? —preguntó Deepak.

—No —dijo Aurora—. Pero ella cree que sí, y eso es todo lo que hace falta.

—Las familias que perdieron gente por los experimentos de Dynas y Anaskya quieren sangre —dijo Deepak—. Quieren que muera, y de la manera tradicional.

—¿Nada de escotilla para Vana?

—No puedo. Todavía tiene agentes sueltos por ahí, algunos que pueden tener el virus. Hasta que los encontremos, no puedo arriesgar más vidas por ella.

—Supongo que es difícil estar al mando.

Deepak suspiró y miró a Aurora.

—Cuando bajaste a la superficie de Aurum Tres, ¿tenías la intención de matarla?

—Pensábamos que iba a desatar un ejército invencible e invisible. El objetivo era detenerla —Aurora le devolvió la mirada a Deepak—. Si acabar con la vida de Vana lo hubiera logrado, habría apretado el gatillo. Sin dudar. Cuando quedó claro que matarla no detendría lo que había pasado, cambiamos la misión.

—Y me dejaste con un gran dolor de cabeza.

—Pobre de ti —Aurora agitó su vaso—. Qué vida tan dura llevas.

Deepak se rio.

—No es más fácil contigo en ella.

—¿No es más fácil? ¡Tus rangos eran un desastre! Tu...

—Para —Deepak levantó las manos en señal de rendición fingida—. Ya me lo contarás todo por la mañana, estoy seguro. Y Vana también seguirá ahí. Déjame tener un momento de paz.

Ese momento pasó. Las estrellas del exterior se complacieron.

—Tengo una idea para Vana —dijo Aurora, lentamente, tanteando la intuición a medida que surgía.

—Te escucho.

—DefenseCorp se está desintegrando. Van a ser el *Nautilus* y sus amigos luchando con tantas otras facciones por los contratos —dijo Aurora—. Vas a necesitar buena voluntad después de lo que ha pasado, alguna forma de poner a los planetas de tu lado.

—Ya dije que no haremos una ejecución pública.

—No, algo diferente —Aurora dejó su vaso y le dirigió a Deepak la mirada de líder de escuadrón—. Que Vana haga monumentos conmemorativos. Que cuente las historias de todos los que murieron en Dynas, en Aurum Tres. Les damos un toque final y los enviamos. Los agentes de Vana pueden ayudarla a obtener la información que necesita para armarlos, y nosotros conseguimos algo del amor que tanto necesitamos cada vez que un planeta, una ciudad o una familia pueda despedirse.

Deepak empezó a darle vueltas. A diferencia de Rovo, o incluso de Sai, el almirante nunca se rendía directamente ante las palabras de Aurora. Frustrante, a veces.

—¿Vana haría esto porque...? —preguntó Deepak.

—Porque es lo que ella quiere —respondió Aurora—. Esto le permite contar su historia una y otra vez, lo que significa que la galaxia nunca va a olvidar lo que pasó aquí. Las facciones no pueden esperar unos años a que la gente pase página y reforme DefenseCorp. Es el legado de Vana tanto como cualquier otra cosa.

Reflexionaron sobre eso durante un trago y medio. La nebulosa púrpura brillaba más con cada sorbo. Aurora seguía repasando sus palabras, encontrando pequeños huecos que quizás necesitaran ser abordados, pero nada que hiciera colapsar toda la idea. Deepak expuso las reflexiones abiertamente, y ambos intercambiaron pensamientos, construyendo un plan como colegas, como amigos, como lo hacen los amantes.

—¿Es eso lo que quieres? —dijo finalmente Deepak, cuando habían ido y venido lo suficiente como para que las líneas se difuminaran tanto como su visión—. ¿Que Vana se quede y haga todas estas cosas?

El momento o la misión.

—Si la lanzamos a una estrella, obtenemos un segundo satisfactorio —dijo Aurora—. Honramos todas esas vidas perdidas, logramos lo que nos propusimos hacer al principio: rescatar a la gente en Dynas.

—Esa misión era para una persona y, si recuerdo bien tu informe, era un borracho que buscaba ganar dinero rápido.

Aurora sonrió.

—No dejes que lo perfecto sea enemigo de lo bueno, almirante. Tú necesitas dinero para pagar a tu gente, Vana necesita penitencia, y yo necesito algo para inspirar a mis soldados. Esto cumple con las tres cosas.

Deepak se acomodó con las palabras, negó con la cabeza y levantó su copa para chocarla con la de Aurora.

—¿Sabes qué significa esto? —dijo Deepak.

—¿Qué?

—Que nunca más te voy a enviar a una misión. Eres demasiado valiosa.

Aurora se rio.

—¿Sabes qué? Creo que podría usar un descanso.

Además, pasarían semanas antes de que el *Nautilus* llegara a su destino, un mundo cubierto de pantanos que necesitaba una limpieza. Mirando las estrellas, la nebulosa, e incluso el rostro de Deepak enrojecido por el bourbon, Aurora pensó que disfrutaría el viaje.

———

Los muertos pertenecen a Riven. Los vivos a la Tierra. Pero mientras la guerra llena Riven hasta reventar, Carver debe encontrar una manera de mantener esas líneas claras, o no habrá mucha diferencia entre los mundos por mucho tiempo.

Comienza una nueva aventura de fantasía con Riven, La Trilogía Riven libro uno!

# AGRADECIMIENTOS

Esta novela es el producto de mi familia y amigos que se negaron a dejar morir un sueño. A mi esposa Nicole, por permitirme escribir en las primeras horas de la mañana y asegurarse de que no muera de hambre. A mis hermanos y padres por sus continuos comentarios, apoyo y entusiasmo.

A Evan Aaseng, por ser un constante punto de apoyo y hacerme volver a la realidad cada vez que mis ideas iban demasiado lejos.

Y, por supuesto, a ti, lector, por darme una razón para escribir.

A.R. Knight teje historias en una casa helada en Madison, Wisconsin, principalmente propiedad de un par de gatos. Después de verse atrapado en la rutina laboral durante la crisis económica de 2008, se encontró surcando el espacio y viviendo grandes aventuras durante aburridas reuniones.

Con el tiempo, dedicándose a podcasts, guiones, relatos cortos y otras novelas, encontró una historia en la que sumergirse y un elenco de personajes tanto entretenidos como llenos de corazón.

Después de Sever Escuadrón, A.R. Knight planea saltar a otros mundos y encontrar nuevas historias que contar en los límites infinitos de nuestra imaginación.

¡Gracias, como siempre, por leer!

*Para más información:*
www.blackkeybooks.com

*Para Peter*